LES AMANTS MÉTÉORES

Née en 1982, Eloïse Cohen de Timary vit et travaille à Paris. *Les Amants météores* est son deuxième roman, après *Babylone Underground* (publié en 2015).

ÉLOÏSE COHEN DE TIMARY

Les Amants météores

ROMAN

JC LATTÈS

ISBN : 978-2-253-26209-1 – 1re publication LGF

Prologue

Comme un sportif avant l'épreuve, elle se répète mentalement le geste à accomplir. C'est sûr, elle aurait préféré faire ça à l'hôpital – entendre le bip des machines, le chariot repas qui passe dans le couloir, sentir l'odeur des détergents médicaux et puis celle, si familière, des anesthésiants – mais les circonstances ont voulu qu'elle se trouve quelque part en Bretagne, dans cette vieille maison aux murs humides et aux tomettes écaillées par le temps. Le jour s'apprête à se lever, il fait un froid glacial. Le givre a blanchi les fenêtres et la température à l'intérieur ne dépasse pas les dix degrés.

Dans la grande armoire en merisier à l'entrée, elle fouille un moment à la recherche d'une couverture ou d'un plaid mais ne trouve que des cirés et des bottes de toutes tailles, des seaux, des pelles colorées, une raquette de tennis au cordage usé – une odeur de vacances et d'eau salée – alors elle s'en va remettre quelques bûches dans la cheminée. Elle a vite fait d'imaginer les cris joyeux des enfants qui rentrent de la plage en courant, leurs cheveux collants de sel, les maillots de bain qui gouttent dans la baignoire, elle imagine aussi l'agitation perpétuelle dans cette grande maison, les adultes qui rigolent et qui s'engueulent, les tablées de quinze, les saucisses qu'on aligne sur le barbecue, les saladiers remplis à ras bord, les bouteilles qui descendent les unes après les autres, les repas qui s'éternisent, le dernier verre qu'on boit en regardant les étoiles, et aussitôt tous ces souvenirs qui ne sont pas les siens lui filent le bourdon. Elle remue la tête pour chasser ses idées noires puis elle revient à la cuisine, allume la cafetière. Marianne ne devrait plus tarder.

À l'étage, Marianne est réveillée depuis longtemps. Elle n'a presque pas dormi, en fait. Mais elle veut rester seule un moment encore. Elle s'approche de la fenêtre, efface la buée du revers de la manche et regarde le vieux prunier au fond du jardin, entièrement dénudé. Ses branches frêles et toutes tordues se détachent sur le ciel comme des ombres chinoises. Seule devant le jour qui se lève doucement, Marianne frissonne. Elle souffle deux trois fois dans ses mains pour les réchauffer puis se les coince sous les aisselles. Alentour, le brouillard matinal a poudré la campagne. Les cheminées des maisons voisines fument tranquillement. Le temps défile au ralenti. Il n'y a pas le moindre bruit, pas le moindre mouvement. Seuls un ou deux oiseaux qui trottinent jusqu'à la mangeoire en bas pour grappiller quelques graines de tournesol – et dans la ferme d'à côté, un petit veau qui s'apprête à naître.

Un peu plus tard, Marianne se trouve allongée sur le canapé du salon. Un plaid couvre ses jambes, dessous elle est nue. Elle ferme les yeux puis serre fort les paupières, si fort que des motifs psychédéliques se mettent à scintiller. Elle aurait voulu dire un poème, ou même une prière, mais rien ne vient. Juste le visage de Virgile et ces quelques images furtives qu'elle aimerait tant garder intactes pour toujours – le soir de leur première rencontre et ce moment où elle attrape la cigarette qu'il est en train de fumer, simplement pour toucher ses lèvres par procuration ; la première fois où ils ont vu la mer ensemble, non loin d'ici ; la première fois où ils ont rangé leurs vêtements dans la même armoire et mélangé leurs sous-vêtements dans la machine à laver ; la première fois où ils se sont imaginé devenir vieux ensemble, et l'odeur qu'aurait leur peau alors.

Marianne prend une profonde inspiration et ouvre grand les yeux. Elle sent Virgile qui est là, tout près d'elle. Elle sent son souffle tiède, son rire solaire, l'odeur de bergamote fraîche au creux de son cou, alors secrètement elle invoque tous les druides et tous les sorciers de la terre – faites que ça marche, murmure-t-elle. Faites que ça marche, vous tous.

La femme à ses côtés dit quelques mots, ça va aller, ne t'inquiète pas, tout en lui apposant une main rassurante sur le ventre. Puis elle introduit le cathéter, délicatement, et d'un geste sûr et précis injecte le contenu du petit tube – le centre du monde à cet instant.

Le rédacteur en chef était là derrière son bureau, chemise ouverte sur frisottis de poils, clope coincée entre les dents, fouillant nerveusement sa pile de documents.

— C'est un bordel ici, dit-il en déposant sa cigarette allumée sur le rebord du bureau. Il remua un moment ses papiers avant de finalement mettre la main sur ce qu'il cherchait. Ah tiens voilà : y a tout un papier sur Paul Wiazowski, c'est paru la semaine dernière aux States.

Marianne attrapa la revue et le rédacteur en chef récupéra sa cigarette. Il tira une longue bouffée en s'affalant au fond de son siège, puis se passa la main sur sa barbe de trois jours.

— C'est quand même dingue, dit-il. Ce type ne donne jamais aucune interview. Et toi, boum, tu décroches un rendez-vous comme ça. C'est où déjà ?

Marianne marmonna l'adresse tout en faisant tourner les pages à coups d'index, et quand elle tomba sur l'article en question (« Paul Wiazowski ou le renouveau de la *french literature* ») elle posa la revue sur ses genoux, lissa la tranche. C'était un ramassis de poncifs, un portrait du « Salinger des Ardennes » – il était originaire de Charleville-Mézières, date de naissance inconnue – avec ses thèmes de prédilection, sa méthode de travail, des trucs qu'on avait déjà lus mille fois.

— Merci Vincent, dit Marianne en reposant la revue sur le bureau. Mais je crois que ça va aller, je devrais m'en sortir.

Ça faisait si longtemps qu'elle voulait l'interviewer, Paul Wiazowski. Elle avait même parfois l'impression de déjà le connaître tant sa littérature la touchait, tant ce qu'il écrivait résonnait en elle. Rarement elle avait lu quelqu'un décrivant l'âme humaine avec une telle précision, une telle acuité, et son talent ne semblait connaître aucune limite. Wiazowski captait comme personne les détails les plus infimes du quotidien et savait décrire les émotions les plus intimes, s'introduisant dans les cœurs sur la pointe des pieds, comme chaussé de velours, mais il pouvait aussi bien vous essorer les tripes avec des pages d'une violence et d'une rage à peine soutenables. Quoi qu'il arrive, jamais on ne ressortait indemne de ses livres. Toujours chahuté, ému, troublé. Et puis l'on tombait toujours, à un moment ou un autre, sur une phrase livrant quelque vérité sur l'existence, tel le rideau qu'on entrouvre dans l'obscurité et qui d'un coup fait entrer la lumière pure, ardente, éblouissante.

Marianne savait bien que Wiazowski n'accordait aucune interview mais elle avait tout de même envoyé une demande à la maison d'édition. Elle n'avait pas fait de grands discours, non, seulement pris soin de détailler l'effet que provoquait sur elle sa littérature

– la fille ballottée dans un wagon déglingué dévalant les montagnes russes à toute allure – et elle avait attendu. Plusieurs mois étaient passés, elle avait même cessé d'y croire, et puis un jour, comme par miracle presque, elle avait reçu une lettre lui proposant un entretien avec Paul Wiazowski.

Marianne dut chercher un moment avant de trouver l'endroit, n'ayant reçu de la part de la maison d'édition que de vagues indications. Elle demanda plusieurs fois son chemin, revint sur ses pas, et finalement tomba sur cette impasse étroite qui ne figurait sur aucun plan. Les murs étaient couverts de tags et il y avait une forte odeur de pisse, des mégots partout, des préservatifs usagés et un chat miteux qui lui fonça droit dans les mollets – bon sang le cliché, ça commence bien, pensa-t-elle, imaginant toutefois l'accroche qu'elle pourrait en tirer pour son article.

Le reste fut à l'avenant, une arrière-cour sordide, un immeuble délabré, et des fenêtres béantes d'où s'échappaient quelques bruits de vaisselle, des éclats de voix, le son éraillé d'un poste de télé. Elle avait dû se tromper, sûrement. Marianne était sur le point de rebrousser chemin quand sur la gauche elle remarqua une petite porte qui paraissait condamnée. Elle entra sans frapper, et immédiatement fut cueillie par l'odeur de tabac, d'ail cuit, d'épices et par le joyeux brouhaha qui régnait là. C'était un bar minuscule, une dizaine de mètres carrés pas plus, avec cinq ou six tabourets accolés au comptoir, et les bouteilles d'alcool alignées sur une étagère derrière. Aux murs, il y avait de vieilles photos noir et blanc de Tanger, Rabat, Essaouira, une série de miroirs de tailles et de formes diverses, des planches de botanique chinées aux puces, des masques africains sculptés dans l'hévéa, des papillons épinglés dans des cadres, quelques coléoptères aussi, plusieurs gravures très XIXe – femmes aux postures lascives, poitrines laiteuses, hanches généreuses – et puis, au pied du comptoir, une pile de livres posée à même le sol.

Le bar, tenu par Kamel et Olive, était toujours très animé. On y trouvait rarement un tabouret de libre et ce soir-là ne fit pas exception. Au comptoir, deux garçons parlaient haut et riaient fort. Le premier portait un pantalon jaune moutarde, une chemise à carreaux, nœud papillon assorti, et il avait une très fine moustache, comme un trait posé à l'encre de Chine ; l'autre était vêtu d'une marinière ample, il avait le visage mat et anguleux, de beaux yeux gris, et sentait fort l'eau de toilette, un mélange de vétiver, de copeaux de savon et de patchouli. À côté d'eux, un barbu picolait tranquille, perdu dans ses pensées, tandis qu'un jeune homme au visage de séraphin, boucles blondes et teint diaphane, était plongé dans son bouquin. On le voyait s'interrompre de temps à autre quand un message arrivait sur son portable ; il regardait alors l'écran d'un air distrait, tapotait une réponse, et reprenait sa lecture aussitôt.

Et puis il y avait Paul Wiazowski. Crâne rasé, lunettes noires, tatouage sur le lobe de l'oreille. Une pinte de bière posée devant lui, en train de picorer des escargots à la marocaine dans un petit bol en céramique.

— Tiens, goûte-moi ça, dit-il en tendant le bol à Marianne avant même qu'elle ait eu le temps de se présenter. Écorces d'orange, anis, piment, plus un peu d'absinthe : moi je connais personne qui fait les escargots comme Kamel.

Derrière son comptoir, Kamel qui finissait d'essuyer un verre à vin en rougit jusqu'aux oreilles.

— C'est ma grand-mère, dit-il d'un air gêné. C'est elle qui m'a appris tout ça.

— Hep hep, fit Olive en stoppant net son shaker à cocktails. Prends le compliment et casse-toi, chéri !

Elle ajouta un gentil coup de fesse alors Kamel fit mine de râler, arrête ça toi, puis il rangea le verre et abandonna distraitement son torchon sur le bord de l'évier. Il murmura ensuite quelques mots sur sa grand-mère, d'un ton ému. Olive sourit. Elle versa le contenu de son shaker dans deux verres aux bords garnis de sucre coloré et les fit glisser sur le comptoir, l'un pour pantalon moutarde, l'autre pour marinière parfumée, puis elle se tourna vers Kamel et lui ébouriffa les cheveux, humecta aussi son pouce pour effacer la trace de rouge à lèvres qu'il avait sur la joue.

— J'aurais adoré la connaître, ta grand-mère, dit-elle. Je suis sûre qu'on aurait été dingues l'une de l'autre.

Olive lâcha un petit rire, oui c'est sûr, on aurait fait les fofolles ensemble, et au même instant, sans prévenir, son regard s'embua. Elle attrapa le torchon que Kamel avait laissé traîner et passa un rapide coup sur le comptoir déjà tout clean, réaligna ensuite les bouteilles d'un geste machinal. C'est vrai qu'elle aurait aimé la connaître. Elle aurait aimé lui rendre visite, prendre le thé avec elle et bavarder pendant des heures, elle aurait aimé lui peigner ses cheveux clairsemés, grignoter des petits gâteaux trop secs, écouter des anecdotes barbantes racontées en boucle – si Kamel savait à quel point. Car depuis qu'elle avait renoncé à être Luis pour devenir Olive, elle n'avait jamais revu sa propre grand-mère. Ni sa mère. Ni aucun autre membre de sa famille, d'ailleurs.

Marianne sortit son carnet et posa son dictaphone sur le comptoir.

— Tu bois quoi ? demanda Wiazowski. Moi je me reprends un truc.

Il attrapa une serviette en papier sur le comptoir, s'épongea le front nerveusement, et avala la fin de sa bière d'un trait.

— Ma place, elle est derrière mon établi. Avec mes stylos, mes rames de papier et mes post-it. À sniffer l'odeur de l'encre qui sèche. À déboulonner chaque phrase, revisser, polir. Rien d'autre.

Il remua le bol en céramique devant lui, fit s'entrechoquer les coquilles d'escargots, puis après une brève hésitation il sortit de sa poche la lettre de Marianne, la déplia soigneusement, et plaqua sa paume dessus. *Mais maintenant on est là, tous les deux,* semblait-il dire ainsi. Il se tourna vers Marianne, la fixa un instant à travers ses lunettes noires.

— Qu'est-ce que tu veux savoir, au juste ?

Elle s'était longuement demandé comment aborder cette interview, par quoi commencer, et elle avait choisi d'entrer tout de suite dans le vif du sujet, d'aller le chercher sur sa pratique de l'écriture. Elle enclencha le dictaphone, le poussa doucement vers lui, et posa sa voix.

— J'imagine qu'à chacun de ses livres un écrivain accomplit un bout du chemin, commença-t-elle. Qu'il rencontre des difficultés nouvelles, qu'il essaye, se trompe, recommence, et puis qu'il finit par dépasser les obstacles. Qu'est-ce que vous avez appris, vous, en écrivant ce onzième roman ?

Marianne vit Wiazowski froncer les sourcils sous ses lunettes noires et faire signe à Kamel de lui servir sa bière. Il but une longue gorgée, posa le verre sur le coin de la lettre. Puis se lança, tout entier dans le vide, débitant son discours sans lever les yeux du comptoir.

— Tout est parti de cette femme que j'ai vue au lavomatique en bas de chez moi, une femme très maigre et très seule, et qui regardait la machine à laver tourner pendant qu'elle donnait le sein à son bébé. Elle était sur sa chaise en plastique, avec le bébé collé à son sein rabougri, et elle fixait les vêtements se faire brasser et rebrasser mollement dans le tambour. Elle avait les épaules voûtées et le regard hébété, des cheveux filasse couleur poussière qui lui tombaient sur les épaules, et la lèvre inférieure qui pendait dans le vide. Elle tenait fermement le bébé contre elle mais lui il hurlait comme un petit goret, s'agitait dans tous les sens, on voyait sa minuscule tête remuer contre le sein maigrichon, comme s'il voulait s'en dégager, et avec ses petits poings serrés il repoussait la femme de toutes ses forces.

Paul Wiazowski reprit une gorgée de bière, s'alluma une cigarette qu'il fuma quelques secondes en silence.

— Quand j'ai vu la scène, je suis resté scotché devant un moment. Ça me dézinguait tellement de l'intérieur. J'étais sûr de tenir quelque chose. Mais la femme avait dû sentir ma présence parce qu'elle a fini par se retourner, et quand j'ai croisé son regard, j'ai compris. Tout. Alors je suis remonté chez moi, la bouche sèche et le cœur à cent vingt, et là j'ai commencé à écrire l'histoire de cette femme paumée qui avait volé un nouveau-né dans un square. C'est pas le sien c'est évident, je me disais. Moi qui n'ai pas de gosse, je sais bien que ce genre de folie peut arriver, à l'approche du soir, quand y a trop de solitude trop de vide partout. J'ai écrit plusieurs versions, d'un seul jet à chaque fois, mais il y avait toujours un truc qui me résistait. Je n'arrivais pas à attraper le personnage, à le faire vivre. Ça restait comme une ombre. Et parfois, la nuit, la femme venait me narguer jusque dans mes rêves ; elle était là, plantée devant moi, avec son bébé qui était devenu un grand gaillard effrayant et plein de muscles, prêt à me casser la gueule pour de bon. Qu'est-ce que j'en savais, après tout, que ce n'était pas son gosse. Qu'est-ce que j'y connaissais. J'ai traversé des mois et des mois de doutes, j'ai abandonné plusieurs fois, et finalement, un peu par hasard, j'ai trouvé une manière de.

Il se mordit la lèvre inférieure comme s'il venait de gaffer, remua la tête.

— Je sais pas baratiner sur mon boulot, tu vois bien. Il repoussa le dictaphone du plat de la main. C'est pour ça que je refuse toujours les interviews. Pour ça aussi que la promo, je la fais seulement dans les églises. Pour ne pas avoir à parler.

Marianne avait vu cela de ses propres yeux, c'est vrai, les gens faisant la queue dans la nef et venant ainsi jusqu'à lui, qui s'était installé une petite table juste à côté du confessionnal. Il y signait ses bouquins les uns après les autres, acquiesçait aux compliments, serrait des mains, mais jamais il ne prononçait un mot. Pourtant elles étaient nombreuses ces lectrices lui avouant à quel point ses livres leur avaient sauvé la vie – oui vraiment, sauvé la vie – parce qu'elles arrivaient enfin à voir clair en elles-mêmes, à agrandir le paysage, à s'extraire pour quelques heures de leur quotidien et à y revenir plus libres, plus fortes, plus exigeantes aussi. Elles voulaient en parler avec lui, comprendre comment il savait tout ça sur elles, comment il procédait, quel était son secret ; certaines proposaient même d'aller prendre un verre après la signature, d'autres d'entamer une correspondance. Il y avait aussi ces hommes qui bravaient leur pudeur et osaient dévoiler devant lui leur part sensible – depuis que je vous lis je vois les choses autrement, disait l'un. J'ai enfin réussi à quitter mon job qui m'assomme et ma femme qui me trompe, disait l'autre. Et tout ça grâce à vous, grâce à vos livres. Vous vous rendez compte ? Paul Wiazowski écoutait, signait ce qu'il fallait, parfois souriait vaguement, mais jamais il ne répondait quoi que ce soit. Pas un mot, rien, nada. Vraiment un drôle de gars.

Marianne tenta de l'encourager, si si c'est intéressant, continuez, mais en guise de réponse Wiazowski secoua encore la tête, devint d'un coup plus nerveux. Quelques gouttelettes de transpiration s'étaient formées au-dessus de sa lèvre supérieure. Elle enchaîna alors sur une autre question, voulut l'emmener sur un autre terrain, plus facile, moins intime. Mais ce n'était déjà plus la peine. Il était debout, enfilant sa veste, déposant un billet sur le comptoir.

Marianne relut ses notes, abasourdie. Trois phrases esseulées, comme attrapées au vol avec un filet à papillons. Évidemment pas de quoi écrire le moindre article. Elle voyait déjà le rédacteur en chef hausser les yeux au ciel en avalant son café, puis lâcher avec une pointe de mépris : ouais ça m'étonnait aussi, Paul Wiazowski, il ne parle jamais aux journalistes. Même aux Américains, il a tout refusé. Pas une radio ni une télé ni rien.

Kamel posa un verre devant Marianne, déboucha une bouteille.

— Faut pas le prendre pour vous, dit-il en lui servant un vin blanc très frais. Il est comme ça, Wiazowski. Complètement imprévisible.

Marianne fixa son verre un moment, fit tourner le pied entre son pouce et son index. La condensation faisait comme des larmes sur la paroi. Après tout elle s'était peut-être engagée dans une voie qui n'était pas la sienne, la fac de lettres, l'école de journalisme, était-elle vraiment faite pour tout ça, comment savoir, jusqu'où s'acharner, et quand renoncer ; de plus en plus souvent il lui arrivait de rêver à un métier manuel, le travail du bois, la terre dans les champs, la pâte à pain dans l'atelier du boulanger. Faire quelque chose de ses mains, être au contact avec la matière, le réel. Avoir une utilité aussi. Au lieu de ça il y avait les piges mal payées, les interviews à la con, et pas mal de solitude.

Elle but son verre d'un trait, le reposa sur le comptoir, puis tâcha de sourire à Kamel, comme pour garder une sorte de contenance, mais elle avait juste envie de pleurer alors elle commanda autre chose. Une margarita, tiens.

— *Very good idea*, la margarita ! s'exclama l'homme qui entra dans le bar à cet instant. Va pour moi aussi. Ça me rappellera l'époque où on était gamines, ajouta-t-il en se marrant.

Olive lui décocha un clin d'œil, salut mon chéri, tu vas bien, tandis que Kamel sortait deux verres à cocktail et faisait péter la bouteille de tequila.

— Dites, vous en faites une tête, lança l'homme en s'adressant à Marianne. Vous a-t-on dit que c'est interdit ici ?

— Arrête, coupa Kamel. C'est Wiazowski. Elle avait rendez-vous avec lui mais il s'est barré en plein milieu.

L'homme leva les bras en l'air, les laissa retomber lourdement.

— Oh le con, lâcha-t-il, exagérément outré. Il marqua une brève pause. Ceci dit je n'ai jamais bien compris ce qu'on lui trouve, à ce type. T'as déjà lu un de ses bouquins ? Kamel fit non de la tête. C'est loin d'être aussi dingue qu'on le dit, je t'assure.

L'homme alla saluer Benoît (le jeune homme à la marinière) et William (celui au pantalon moutarde) en leur claquant à chacun une vive bise sur la bouche. Après quoi il attrapa les deux margaritas que lui tendait Kamel et vint s'asseoir à côté de Marianne.

— Alors, on trinque à quoi ? dit-il en lui glissant le verre dans la main, et à ce moment-là leurs doigts s'effleurèrent. À la *vraie* littérature ?

Marianne fut si surprise qu'elle ne répondit rien, ne put que le regarder, ses yeux très bleus, son sourire qui laissait entrevoir une incisive légèrement de travers, et la manière dont il leva son verre pour trinquer mais s'immobilisa aussi sec lorsqu'il reconnut la chanson qui passait à la radio.

— Oh écoutez ça, dit-il, l'index dressé et les yeux écarquillés.

Il fit signe à Kamel de monter le son et commença à se dandiner sur son tabouret, se balançant en rythme de droite à gauche et répétant en écho les premières phrases, *Felicità / è tenersi per mano / andare lontano / la felicità… È il tuo sguardo innocente / in mezzo alla gente / la felicità… È restare vicini / come bambini / la felicità… Felicità…*

Marianne observait ses lèvres bouger, son regard rieur, ses ongles soignés ; il connaissait les paroles par cœur, prenait des airs de minaudeuse lorsque c'était la fille qui chantait, surjouait le macho langoureux quand c'était l'homme, et il passait de l'un à l'autre avec une jubilation enfantine. Elle se laissa aller à rire, le vin commençait à faire son effet.

Il s'interrompit avant la fin de la chanson pour attraper sa margarita, puis se tourna vers Marianne.

— Quand ils ont chanté ça au festival de Sanremo en 82, Al Bano et Romina Power étaient ensemble dans la vraie vie, « le bonheur c'est se tenir par la main, aller loin ». On ne peut pas dire mieux, non ? fit-il en approchant son verre de celui de Marianne.

Regards qui se croisent, vacillent légèrement. Ils choquèrent leurs verres, sans bruit presque, et alors il dit :

— Moi c'est Virgile. Et vous ?

Virgile Lifar parlait vite, alors très vite Marianne put empiler les détails, constituer une ébauche de portrait, se faire une idée de la personne.

— C'est mon oncle qui m'a transmis le virus, expliqua-t-il. Le jardin, les saisons, la récolte au bon moment : c'est lui qui m'a tout appris quand j'étais gamin. Un homme et un botaniste incroyable. Il cultive des roses de compétition en Normandie, juste à côté de Varengeville-sur-Mer, vous connaissez ? Marianne fit non de la tête. Peu importe, poursuivit-il en balayant l'air de la main. C'est avec lui que j'ai appris à désherber, à bêcher, planter, tailler, avec lui aussi que j'ai appris à lire dans les étoiles, à écouter le vent, à interpréter les nuages. Il m'a donné le goût. Et tout commence toujours par là, n'est-ce pas ?

Après ses études, Virgile avait un temps travaillé pour une agence de paysagistes réputés mais l'endroit ne correspondait ni à sa façon de penser ni à son trait de crayon alors il s'était rapidement mis à son compte. Et comme il avait mille idées à la seconde et savait bosser dur, ça n'avait pas mis longtemps à décoller. Il avait commencé par le jardin d'un ami de son oncle, on avait admiré son talent, sa créativité, puis on s'était passé le mot. Il avait enchaîné les projets, dans la région puis ailleurs, et petit à petit son nom s'était mis à circuler dans le milieu des paysagistes.

— Pour créer un jardin, je m'intéresse d'abord aux gens qui sont devant moi, expliqua-t-il à Marianne. Leur façon de parler, de décorer leur intérieur. Les plats qu'ils aiment manger, les odeurs qu'ils aiment sentir, les couleurs qu'ils préfèrent.

Virgile s'intéressait aux gens, c'est vrai, et de manière générale à tout ce qui était nouveau pour lui. Il pouvait parler avec la même verve de la dernière espèce d'orchidée découverte au Mexique, de la deuxième saison de sa série préférée ou encore de la recette de poulet au gingembre qu'il avait testée la veille. Alors qu'elle l'écoutait, Marianne perdit peu à peu conscience du monde qui l'entourait. Virgile aspirait tout – les molécules, les particules de lumière, les battements de son cœur à elle – et tandis qu'elle savourait le goût citronné et sec de la margarita elle sentit le brouhaha s'estomper, les murs s'éloigner, l'air devenir fluide. Et cette question se pointer : pourquoi fallait-il qu'elle soit toujours, toujours attirée par la complication ?

Lorsque Virgile termina son deuxième verre, il prononça en effet le prénom d'Andy.

— Un photographe hyper talentueux, dit-il en remuant le fond de sa margarita. Une sorte de mix entre Nan Goldin, Darcy Padilla et Antoine d'Agata. Les marges, la nuit, les putes, les oubliés de la vie, ce genre de trucs. Trash et poétique à la fois. Je suis sûr que dans quelques années on ne connaîtra que lui.

Il répéta le nom d'Andy encore une fois.

— Un mec remarquable, fit-il en aspirant la dernière gorgée. Remarquable, mais totalement invivable.

Virgile fit signe à Olive d'ajouter deux margaritas supplémentaires.

— Et vous, vous êtes écrivain c'est ça ? Ou doit-on dire *écrivaine* ?

Marianne fit la gênée, non non pas du tout, et pour faire diversion elle but une gorgée de son cocktail, lécha le sel qui s'était collé sur ses lèvres, puis reposa le verre.

— Mais c'est vrai que parfois j'écris des trucs pour moi. Comment vous savez ça ?

— J'en sais rien, répondit Virgile. C'est simplement que Wiazowski il ne parle jamais aux journalistes, juste aux amis. Et aux écrivains.

— Ah.

— Et vos *trucs*, on peut les lire quelque part peut-être ? continua-t-il.

— Non non, à part mes articles dans la presse je n'ai rien publié. Et je ne sais même pas si je vais continuer à…

— C'est marrant, coupa Virgile, je me suis toujours dit que les jardiniers avaient ça de commun avec les écrivains. Il plissa les yeux, la regarda d'un air inspiré. Planter, laisser reposer le temps que ça pousse, puis tailler ce qui dépasse pour que ça prenne forme. Et ainsi de suite. C'est pas vrai ?

Marianne hocha la tête, guère convaincue.

— Mais si, je t'assure ! dit-il, soudain exalté. Tout ça c'est rien que du boulot, de la patience, et encore du boulot.

Il posa alors sa main sur celle de Marianne, la fixa de ses yeux très bleus.

— Écris comme si tu n'avais qu'une seule chance. Je suis sûr que si tu y mets tout ton cœur et toutes tes forces, et que tu prends le temps qu'il faut, ça finira par marcher.

Il laissa sa main sur celle de Marianne. Serra légèrement.

— Tu sais, si des cons comme Wiazowski y arrivent…

À cet instant, Benoît la marinière passa derrière eux et toqua à l'épaule de Virgile.

— On va au Tango, darling. Tu viens avec nous ou bien tu nous rejoins là-bas ?

Benoît avait des cils magnifiques, comme allongés au mascara, et ce parfum de vétiver-patchouli qui piqua les narines de Marianne, puis la fit éternuer.

— Je viens avec vous maintenant, répondit Virgile. Mais je resterai pas longtemps. J'ai eu une journée de dingue, je suis rincé.

Il continua alors de dire des choses, mais Marianne n'écoutait plus, n'entendait plus ; elle voyait juste une bouche qui articulait des mots, salut tout le monde, merci pour la soirée les loulous c'était top, une bouche d'où s'échappaient à présent des fleurs de cerisier par grappes entières, des centaines de fleurs qui tourbillonnaient comme ça autour d'eux tels des confettis, et lorsque Virgile referma la porte du bar derrière lui, les pétales rose pâle continuèrent de virevolter un moment, fatigués et hésitants, avant de venir s'échouer dans leurs verres vides.

Marianne n'avait même pas son numéro. En partant il lui avait simplement déposé une bise sur chaque joue, c'était un plaisir de discuter avec toi, on se reverra j'espère, alors pendant un moment elle était restée fixée sur les vieilles photos accrochées au mur en face d'elle, complètement ahurie. Il y avait les remparts d'Essaouira, la médina de Rabat, les hauteurs de Tanger ; elle s'arrêta plus longuement sur les photos de Tanger et songea à William Burroughs qui avait posé là ses valises, elle se l'imagina en train de suer non-stop sur le manuscrit qui finirait un jour par s'appeler *Le Festin nu*, les milliers de pages qui tapissaient le sol, l'odeur aigre de la drogue et de la sueur, les crottes de singe éparpillées aux quatre coins de la pièce. Et puis la nuit sans étoiles, les cris hallucinés des mouettes au loin, et les trafics louches partout autour.

Marianne demanda un verre d'eau fraîche, se l'appliqua contre le front. Il faisait si chaud sous sa peau.

Peu après, Olive servit une tortilla fumante au jeune séraphin bouclé, ça embaumait la pomme de terre dorée et l'oignon frit. Le garçon lâcha son bouquin et se mit à manger comme un affamé, à toute vitesse, le nez dans son assiette ; il ne répondit même pas à son téléphone qui vibra plusieurs fois. Olive le regardait avec délectation, le visage empourpré et les yeux pétillants de plaisir.

— J'espère que tu m'as gardé un peu de ta tortilla, ma chérie ? dit Virgile en repassant la porte.

Olive agita son index, mais tu rêves mon coco, t'avais qu'à rester, alors Virgile lui souffla un baiser de loin, merci ma chérie tu es parfaite, puis il vint se rasseoir à côté de Marianne. Il se pencha vers elle, leurs deux épaules se touchant presque.

— Je ne pouvais pas te laisser comme ça, non ? Le quartier, la nuit noire, et puis toutes ces – il désigna Kamel et Olive du menton – toutes ces *mauvaises fréquentations*. Non vraiment, pas possible, décréta-t-il en avalant un morceau de tortilla. Avec sa fourchette il piqua un autre morceau qu'il tendit à Marianne. Elle sentit la pomme de terre lui brûler la gorge et descendre direct dans son estomac vide. Autour, les murs tanguèrent délicieusement.

Quand plus tard ils quittèrent le bar, la ville tout entière semblait s'être assoupie. On entendait juste le ronronnement lointain des voitures, le rire d'une bande d'étudiants en fin de party et la gueulante d'un soûlard solitaire. Marianne et Virgile traversèrent l'étroite impasse pleine de tags et de pisse sans prononcer un mot. Leurs pas résonnaient sur le pavé, trajectoires légèrement titubantes, épaules qui se heurtent gentiment. La nuit était douce. Virgile laissa traîner sa main plusieurs fois et plusieurs fois elle frôla celle de Marianne, juste un bref instant, chacun s'écartant presque aussitôt.

Virgile héla deux ou trois taxis mais aucun ne s'arrêta. Il râla vaguement puis donna quelques pichenettes sur le fond de son paquet de cigarettes. Il en attrapa une avec les dents, craqua deux allumettes avant d'arriver à l'allumer, et souffla la fumée vers le ciel.

— T'as déjà vu une ville où c'est aussi compliqué d'avoir un taxi, toi ?

Marianne sourit. Ça l'arrangeait bien que ce soit si compliqué. Qu'il n'y ait ni taxi ni personne pour siffler la fin de la soirée. En fait, cette nuit-là pouvait durer tant qu'elle voulait, s'étirer à l'infini, empêcher le jour suivant de se lever, elle s'en fichait bien, elle le souhaitait même, alors au lieu de répondre quoi que ce soit elle indiqua la cigarette du doigt.

— Je peux ?

— Bien sûr, dit Virgile, je ne pensais pas que tu fumais. C'est devenu tellement *has been* de fumer, ajouta-t-il en riant.

Marianne aspira une courte bouffée, la plus courte possible, car elle ne fumait pas, non – juste le désir de toucher ses lèvres par procuration.

Elle monta dans le même taxi que Virgile, sans crainte ni appréhension. Qu'aurait-elle eu à craindre, d'ailleurs ? Virgile venait de se séparer d'Andy. Virgile aimait les fleurs et la variété italienne des années 80. Virgile était un garçon pas comme les autres. Elle eut un peu honte d'être encombrée de tant de clichés, mais un peu seulement, car au fond d'elle c'était plutôt ce sentiment de grâce, de folie et d'absolu qui montait en force : il faut dire que l'activité était à son comble du côté de son cortex insulaire, aussi appelé insula, *île* en latin, cet endroit du cerveau où naissent et meurent les émotions, une île secrète, battue par les vents, qui accueille les tourments et les joies de l'âme humaine – et dans Virgile, entends-tu, il y a *île*.

Ils dormirent tels deux naufragés sous un ciel bourré d'étoiles. Tout habillés, chacun échoué d'un côté du lit. Virgile habitait le quartier des Halles, un petit trois-pièces rue Saint-Denis dont les fenêtres donnaient sur la rue piétonne, les effluves de kebab, les magasins de fripes et la foule hétéroclite. À la nuit tombée, on voyait les néons des sex-shops se refléter sur les murs de l'appart, rose vif ou mauve triste, c'était selon.

Lorsque Marianne se réveilla, Virgile dormait encore. Sur le dos, paisible, les deux mains posées l'une sur l'autre au niveau de la poitrine. Il ne ronflait pas. Elle s'approcha doucement de lui, sans respirer presque, et eut envie de toucher ses paupières, ses lèvres, ses joues lisses. Malgré l'alcool et les cigarettes de la veille sa peau avait gardé une odeur douce et fraîche d'eau de toilette, une trace de bergamote et de fleur d'oranger. Elle s'étonna de n'éprouver aucune gêne à se trouver là, dans ce lieu inconnu, avec cet homme endormi qu'elle ne connaissait que depuis quelques heures.

Elle se dirigea vers la cuisine. La pièce était minuscule mais très ordonnée. Sur les étagères se trouvaient des flacons d'épices de toutes sortes, des bocaux de riz, de pâtes, de lentilles, ainsi qu'une impressionnante collection de thés. Marianne ouvrit plusieurs boîtes, huma les différents parfums, finalement choisit celui-ci – Darjeeling Himalaya. En attendant que sa tasse refroidisse, elle feuilleta le carnet de croquis qui traînait à côté du frigo. On y voyait des esquisses de jardins au crayon ou à l'aquarelle, quelques photographies – bocages vus du ciel, paysages méditerranéens – et puis, dispersées çà et là, des dizaines de citations ; on trouvait pêle-mêle Françoise Sagan, Emmanuel Carrère, Raymond Carver, Carson McCullers, Virginie Despentes. Il y avait aussi des scènes de films décrites avec minutie, des impressions sur une expo de peinture ou sur une série télé, bref tout ce qui constituait pour lui une source d'inspiration. Marianne referma le carnet et le reposa à l'endroit exact où elle l'avait trouvé, parfaitement consciente de la valeur qu'il recelait.

Lorsque Virgile parut à son tour, Marianne était en train d'aspirer son thé brûlant par à-coups, fesses appuyées contre l'évier, ses doigts entourant la tasse comme s'il s'agissait d'un oisillon tombé du nid. Virgile la salua, bonjour, Marianne, marquant une infime pause entre les deux, et Marianne ne répondit rien, souffla juste sur son thé en souriant. Il était en caleçon et portait un tee-shirt rose pâle, avec un grand palmier courbé. Il avait également mis des lunettes de soleil, ce qui amusa Marianne.

— Tu vas à la plage, Virgile ?

— Ne te moque pas, dit-il un peu vexé. C'est que je suis hypersensible à la lumière quand je me lève.

Marianne afficha un air perplexe alors Virgile renchérit :

— C'est pas des blagues tu sais, je suis photophobe. Mais seulement le matin. Enfin quoi qu'il en soit, je *dois* mettre ça, conclut-il en tapotant le verre de ses lunettes.

Marianne ne put s'empêcher de rire alors il haussa les épaules, je ne vois vraiment pas ce qu'il y a de drôle, puis il attrapa l'une des boîtes à thé qu'il secoua doucement près de son oreille, faisant bouger les grains à l'intérieur.

— J'adore le bruit que ça fait, pas toi ?

Virgile fit griller du pain, pressa des oranges, sortit beurre et confiture du frigo, et mit le tout sur un joli plateau laqué japonais.

— Tu ne t'assieds pas ? demanda-t-il en indiquant du menton la table de la cuisine.

— Si si, répondit Marianne, et elle tira la chaise à elle, la faisant grincer sur le carrelage.

À travers ses lunettes de soleil, Virgile l'observait tandis qu'elle beurrait sa tartine ; il s'attarda sur les fines taches de rousseur qui piquetaient sa peau, en haut des joues et le long du nez surtout, la couleur groseille de ses lèvres, les petites mèches qui voletaient autour de son visage.

— Qu'est-ce qu'il y a ? dit-elle en levant soudain les yeux, son couteau en suspens.

— Y a rien, répondit Virgile, surpris qu'on le surprenne. Il attrapa un morceau de pain, étala une grosse cuillère de confiture, croqua dedans. On a toujours l'air super sérieux derrière des lunettes de soleil, bien plus qu'on ne l'est en réalité. T'as jamais remarqué ?

Il but une gorgée de thé, se brûla les dents. Il pensa alors à Andy, qui avait les dents lisses et blanches comme la porcelaine. Il pensa à Andy, avec qui il partageait sa vie encore un mois auparavant. Andy, qui lui parut si loin, d'un coup.

Marianne arriva à son rendez-vous à la rédaction avec plus d'une heure de retard. Elle croisa sa copine Lucie, lui fit un signe rapide avant de traverser fissa l'open space. Elle frappa à la porte du rédacteur en chef, deux coups brefs, et entra sans attendre la réponse.

— C'est pas trop tôt, dit-il sans décoller les yeux de son écran d'ordi, cliquant et recliquant sur sa souris (suppr. suppr. suppr. suppr.). Je termine un truc et je suis à toi, ajouta-t-il en cliquant encore. Alors raconte, qu'est-ce qui s'est passé hier soir avec Paul Wiazowski ?

Hier soir. Paul Wiazowski. C'est donc de lui qu'il était question. Et non de. Elle mit quelques secondes à raccrocher les wagons, tenta une explication mais n'eut pas grand-chose à raconter. À part le lieu – génial, vraiment, tu devrais aller voir, dit-elle.

Sans lâcher sa souris, le rédacteur en chef se détourna de son écran et la fixa un instant, stupéfait.

— Hé ho Marianne, t'es où là ? Je ne sais pas si t'es au courant mais on part à l'impression dans deux jours, et je ne suis pas sûr que t'aies quoi que ce soit à me proposer pour remplacer cette interview foireuse.

Le rédacteur en chef passa une main nerveuse sur sa barbe de trois jours et piocha une cigarette dans le paquet qui traînait devant lui. Il l'alluma, expira bruyamment la fumée.

— Si justement, j'ai quelqu'un, répondit Marianne. Je veux dire, quelqu'un pour l'interview. C'est un paysagiste super, un mec créatif et original, qui a une vraie réflexion sur la nature, le devenir de nos paysages, l'empreinte écologique de l'homme…

Elle s'arrêta car elle songea qu'elle ne connaissait même pas son nom de famille. Quand Virgile l'avait raccompagnée au bas de l'immeuble, il lui avait glissé un papier avec son numéro de téléphone, et elle, elle l'avait hâtivement fourré au fond de sa poche, rien ajouté d'autre, juste un signe de la main avant de se fondre dans le flux des piétons.

— C'est pas idiot, dit le rédacteur en chef. De toute façon on n'a pas trop le choix. Faut juste que t'angles bien le truc par rapport à notre lectorat. Pour que ça parle à nos nanas.

Nos nanas. Quel con.

— Bon mais c'est sûr cette fois ? ajouta-t-il en écrasant sa cigarette de trois petits coups secs dans le cendrier. Il est ok pour l'interview, ton paysagiste ?

— Oui oui, mentit-elle, et à ce moment-là son téléphone vibra dans son sac.

Un texto. Virgile. Ce soir. Si tu es libre.

Marianne se sentit rosir alors elle se leva, salua le rédacteur en chef, et quitta rapidos ce bureau qui sentait le tabac froid et le vieux papier journal.

— Je te tiens au courant, Vincent. À plus tard, dit-elle en claquant la porte.

Lorsque Virgile l'accueillit chez lui le soir même, il était en tablier de cuisine, mèches en bataille, un verre à la main. Il lui fit une bise, une seule, sur la joue gauche – côté cœur, pensa-t-elle – et tout en agitant les glaçons dans son verre il dit :

— Vodka-soda, ça te tente ?

Il aida Marianne à retirer sa veste, la débarrassa de son sac.

— J'ai fait des gambas, dit-il en retournant à la cuisine. Avec ça, on a des petits pois frais et des pommes grenaille.

Il saisit un grand moulin à poivre qu'il plaça juste au-dessus de sa poêle, fit quelques tours, et secoua les derniers grains. Il regarda Marianne, haussant un sourcil :

— Je crois bien qu'on va se régaler.

En guise de réponse elle lui tendit la bouteille qu'elle avait apportée et Virgile la leva en l'air, avisant l'étiquette : vosne-romanée, 2015. Il lui jeta un coup d'œil surpris.

— J'ai cru comprendre que tu préférais les bourgognes aux bordeaux, dit-elle. Et le caviste m'a conseillé celui-ci, il paraît que « ça va avec tout ».

Virgile lui fit une bise bien appuyée sur l'autre joue, sortit le tire-bouchon.

— Avec tout, oui. Tu nous gâtes surtout.

Virgile servit à Marianne une vodka-soda avec plein de glaçons dedans, et au moment où ils trinquèrent une sorte de gêne agréable se glissa entre eux.

— Ça manque un peu de musique par ici, non ? dit-il en se dirigeant vers la chaîne hi-fi du salon. Il fit défiler ses morceaux sur un vieil iPod, et claqua des doigts quand il trouva. Ah voilà, c'est pile ça. *Hung up*. Madonna. T'aimes ?

Il poussa le volume et la voix de Madonna monta dans la pièce. Virgile battait la mesure avec de petits mouvements de tête saccadés, le sample de synthé s'enroula autour de ses poignets, de ses chevilles, et quand il revint à la cuisine ce fut en se déhanchant en rythme, play-back à la bouche, *I'm hung up on you / Waiting for your call / Baby night and day / I'm fed up / I'm tired of waiting on you*. Il voulut entraîner Marianne mais elle fit d'abord non de la tête, levant son verre de vodka, j'ai les mains prises, je peux pas, alors il insista. Lui retira doucement le verre. Le posa derrière lui. Puis il l'attira vers le salon. Leurs mouvements, d'abord mal accordés, se calèrent peu à peu, portés par la musique ; ils dansèrent sans se toucher, mais sans jamais se lâcher des yeux, mus par un aimant géant, et rapidement ils furent étourdis par le groove, flottant littéralement dans la pièce, néon rose, néon mauve, cœurs suspendus, temps à l'arrêt ou tout comme – *time goes by so slowly,* disait la chanson. Ils laissèrent leurs corps devenir flous, leurs doigts s'enlacer so slowly, so slowly, et alors vint cet instant où toute la logique, toute la rationalité de la terre, bim, s'enraya d'un coup : Virgile approcha sa main du visage de Marianne, effleura ses cheveux, ses taches de rousseur, haut des joues, arête du nez, creux du cou, puis ses lèvres – un frisson les parcourt tous deux à cet instant –, il se pencha vers elle, éclair électrique, surdose de volts, puis posa une main sur sa hanche, l'autre glissant derrière sa nuque, et le baiser, lent, doux, très doux, dura un temps indéterminé. Dans la cuisine, les gambas avaient complètement cramé.

Marianne habitait un petit studio au dernier étage d'un immeuble cossu, rue Linné, à deux pas du Jardin des plantes. L'endroit n'était pas grand, il s'agissait en fait de deux anciennes chambres de bonne réunies, mais elle y était installée depuis sa deuxième année de fac et s'y plaisait bien. Elle appréciait le charme suranné du Quartier latin, les cinémas qui passaient des vieux films, la grande mosquée où parfois elle allait prendre un thé à la menthe, et surtout le calme des lieux – pas de voisins mitoyens, l'appartement du dessous habité par une vieille dame solitaire.

Quand elle rentra chez elle ce jour-là, après deux nuits passées chez Virgile, elle éprouva la même sensation qu'au retour d'un long voyage. Cette impression d'étrangeté face à l'immobilité du lieu quand soi-même on a tant bougé. Elle balaya la pièce du regard, constata que chaque objet se trouvait exactement à la place où elle l'avait laissé – le livre ouvert à la même page, la tasse dans l'évier, le pull qui traîne sur le canapé, les feuilles du ficus ternies par les grains de poussière.

Elle ouvrit la fenêtre et laissa son regard filer au loin – les toits de Paris, les cumulus posés au-dessus, le ciel bleu layette. Tout était là, et pourtant tout était différent. Pour dissiper son trouble, elle alluma son ordinateur et commença à écrire, quelques phrases jetées au hasard pour dire la rencontre, l'air qui vibre, les battements cardiaques qui saturent, les peaux vanillées. Mais dès qu'elle se relisait elle se rendait compte que chaque détail, chaque instant se trouvait tout simplement vidé de sa magie. Comment pouvait-il y avoir un tel écart entre ce qu'elle avait vécu et ce qu'elle était capable de mettre en mots. Après plusieurs essais, elle mit le texte en surbrillance, effaça tout, garda juste ces deux phrases pour plus tard – *impossibilité de décrire le cœur nucléaire du sentiment amoureux. Ne jamais écrire de roman d'amour.*

Virgile et Marianne n'avaient pas touché au repas cramé. Avec pudeur, ils s'étaient déshabillés chacun de leur côté, se tournant le dos, laissant tomber les vêtements à leurs pieds, et une fois nus ils s'étaient empressés de se réfugier dans le lit. D'un geste ample, Virgile avait tiré le drap par-dessus leurs têtes, comme un auvent, et leurs corps brûlants s'étaient retrouvés sur le matelas encore frais, face à face, nez qui se touchent, haleines qui se mélangent.

— Tu as déjà embrassé une fille ? avait-il demandé.

— Non, avait répondu Marianne, et toi ?

Virgile avait caressé le pendentif que portait Marianne, puis il avait pressé ses lèvres contre les siennes, oui bien sûr, j'en ai déjà embrassé plein des filles. Mais jamais aucune ne m'a embrassé comme toi.

Virgile avait connu Anaïs, Marion, Sarah, il avait aussi connu Francesca, avec qui il avait vécu presque deux ans.

— On voulait même avoir des enfants ensemble, on les aurait appelés Chiara et Matteo, et puis elle est tombée amoureuse d'un autre. Elle m'a annoncé ça un soir alors qu'on finissait de dîner, des carbonara beaucoup trop grasses. Elle a quitté la table, pris ses valises, et elle est partie comme ça – pffuit.

Virgile avait continué d'être séduit par les filles et de les séduire, mais il allait désormais aussi avec les garçons. C'était à la fois plus simple, et plus compliqué. Autres grammaires, autres vertiges. Avec les garçons, c'est sûr, il y avait moins de questions à se poser, il y avait cette immédiateté de la relation et de la satisfaction du désir, mais il y avait aussi, quoi qu'on en dise, le difficile regard des autres, celui que subissent tous ceux qui s'écartent un jour de la norme. Même lui, qui paraissait si affranchi du jugement d'autrui et si peu soucieux de rester dans les clous, n'en menait jamais bien large face à une réflexion déplacée ou à un geste hostile.

Avec Marianne, Virgile avait eu peur de ne plus savoir faire. D'avoir oublié comment c'était, les filles. Mais il s'était souvenu de ce que lui avait un jour dit son oncle Jean-Paul – n'oublie pas qu'en amour, l'autre a toujours aussi peur que toi – et les choses avaient été étonnamment faciles. Marianne et Virgile s'étaient tout de suite trouvés cette nuit-là, *leur première fois*, ils avaient tout de suite réussi à faire coïncider leurs peaux ; la main qui glisse de l'épaule vers le sein, descend sur les hanches, passe entre les cuisses ; des corps qui fondent l'un vers l'autre, l'un dans l'autre, perte des repères spatio-temporels, boussoles qui vrillent, des corps plongés dans des champs de blé jaune vif, dans des clairières couleur vert d'eau, des mers tropicales aux poissons qui scintillent ; des corps si aériens et si lourds à la fois, chaque organe rempli de sève, chaque organe qui pulse à bloc, une puissance animale et extraordinaire, jusqu'à l'étreinte qui convulse. Leurs corps s'étaient élevés très haut, survolant des contrées éclatantes, puis ils étaient retombés à terre, au ralenti, et alors Virgile avait picoré Marianne de baisers – elle, allongée sur le dos, les yeux fermés, avait senti les larmes perler le long de ses tempes.

Ils avaient fait l'interview au petit matin, assis en tailleur sur le lit, l'un en face de l'autre. Marianne portait le tee-shirt rose à palmier, qui était trop grand pour elle et lui arrivait à mi-cuisse. Virgile, lui, s'était entouré le drap à la taille, nu dessous. Il avait apporté deux tasses de thé et ils avaient commencé. Les questions et les réponses avaient fusé, d'une seule traite, et Marianne avait presque pu écrire son article en direct. Elle s'était relue une fois puis une autre, avait refermé l'ordi portable d'un coup sec, et avait déclaré en l'embrassant :

— Merci infiniment monsieur Lifar, c'était parfait. Je n'ai plus qu'à envoyer ça au rédac chef et c'est bon.

Marianne et Virgile connurent plusieurs semaines d'euphorie amoureuse. Seuls au monde. Sans rien d'autre que le présent – leur présent. Autant que possible, ils essayaient de ne pas se voir tous les jours. Pour garder le goût du manque, le savourer comme un bonbon qui fond trop vite. Le soir, ils se retrouvaient chez Virgile, rue Saint-Denis, et il leur cuisinait toujours quelque chose de bon, des pâtes le plus souvent – jambon asperges, tomates basilic, courgettes gorgonzola – mais aussi des salades de toutes sortes. Celle que Marianne préférait, c'était la César *à sa façon*, quelques morceaux de poulet croustillant, des tomates cerise, une poignée de croûtons beurrés, avec une vinaigrette à la coriandre qui était à tomber. Après le dîner, ils écoutaient un peu de musique, aimaient le même genre de voix, nostalgiques à fond, Joan Baez, Nico, Marianne Faithfull.

— C'est pour ça que je porte ce prénom, lui avait-elle dit un soir. Parce que ma mère est une vraie fan de Marianne Faithfull.

Ils dansaient aussi sur des tubes disco, s'enlaçaient avec Barbara, Brel, s'éclataient sur Dalida, Rihanna, Beyoncé, et quand ils n'en pouvaient plus, ils allaient à la salle de bains, se brossaient les dents bras dessus bras dessous, crachaient au même moment dans le lavabo, et puis comme des gamins ils s'amusaient à faire des grimaces devant le miroir.

Le week-end ils aimaient se promener dans Paris, main dans la main. Ils pouvaient marcher des kilomètres, passaient d'un quartier à l'autre, se perdaient, admiraient les façades, découvraient des ruelles et des passages, parfois un bistrot sympa. Un jour, ils s'arrêtèrent dans un square pour grignoter un truc – une barquette de sushis. L'endroit était rempli de gamins qui piaillaient dans tous les coins, grimpaient sur des structures en bois, glissaient sur des toboggans, se disputaient pelles et trottinettes ; il y avait aussi quelques ados qui traînaient, capuches et sacs à dos pour les garçons, jean slim et cabas de toile pour les filles. Chez les ados, ça chahutait pas mal, ça se déplaçait d'un groupe à l'autre, ça s'échangeait chewing-gums et cigarettes. L'un des garçons parlait plus fort que les autres, il avait du bagou et des filles jolies autour de lui. À un moment, l'une d'elles quitta le groupe pour aller s'installer sur un banc à l'écart. Perchée sur le dossier, les deux pieds sur l'assise, elle envoya quelques textos. Puis, après un regard en direction du groupe, elle rangea son portable et descendit du dossier pour s'asseoir normalement. Elle baissa alors la tête vers ses baskets, des Converse coquelicot toutes neuves, et de la pointe du pied elle se mit à jouer avec le cadavre de moineau qui se trouvait là.

— Tu te rends compte que les trois quarts des moineaux de Paris ont déjà disparu, dit Virgile. Et ça, en à peine quinze ans. Un vrai désastre, ajouta-t-il en avalant un sushi tout rond.

— Si ça se trouve nos enfants ne verront jamais un moineau, alors ? dit Marianne, pensive.

Virgile se tourna vers elle, plissant légèrement les yeux.

— J'ai encore faim, pas toi ? Si on se prenait un kebab ?

Marianne n'aimait pas trop les kebabs, pas du tout même, mais cela semblait faire tant plaisir à Virgile qu'elle accepta.

— Quand on était étudiants et qu'on sortait de boîte le samedi soir, raconta Virgile, on avait tellement faim qu'on allait toujours s'acheter un kebab. C'était y a quoi ? vingt ans ? À l'époque, on n'aurait jamais imaginé vieillir. Et encore moins que les moineaux disparaîtraient.

Ils traversèrent l'avenue, marchèrent un peu, et tombèrent sur une échoppe qui vendait *pizza kebab crêpes panini hamburger chicken* – et tout est de qualité, précisa le vendeur pour contrecarrer l'air perplexe de Marianne. Il prit la commande, un kebab pour Virgile et, euh, la même chose pour Marianne, puis il enfila un mince gant en latex, saisit son grand couteau. Il s'approcha du cône de viande beigeasse qui rôtissait à la verticale, découpa quelques lamelles, les déposa avec précaution dans le pain pita. Il répéta l'opération jusqu'à ce que les deux sandwichs soient suffisamment garnis, et pour finir il éparpilla quelques dés de tomates, d'un geste enlevé, comme le font les grands chefs à la télé. On aurait dit qu'il préparait là le plus délicat des mets. En tendant son kebab à Marianne, l'homme se pencha sur le comptoir et chuchota quelques mots en turc, aussitôt traduits en français.

— Je vais te le donner, moi, le secret. La vraie recette du kebab, c'est celle de Soliman le Magnifique.

Il se lança alors dans une étonnante tirade sur l'âge d'or de l'Empire ottoman, les guerres contre les Séfévides d'Iran, la conquête de Bagdad et de l'Azerbaïdjan ; il dit son goût pour les intrigues de harem, parla de l'amour fou du sultan pour Roxelane, cette ancienne esclave devenue favorite, raconta les ponts, les palais, les mosquées d'Andrinople, de

Constantinople. Et conclut de manière aussi abrupte qu'il avait commencé.

— Le secret, je te le donne maintenant : c'est de faire mariner ta viande pendant une nuit entière, dans les épices et dans le lait. Et quand c'est grillé comme il faut, tu sers avec des dés de tomates fraîches. Rien d'autre.

Le poste de télévision accroché au mur diffusait les images d'une ville du Proche-Orient, le son coupé. On voyait une foule d'hommes en âge de combattre, regards sombres et sourcils sévères, qui s'époumonaient le poing levé, leurs bouches n'articulant qu'un grand cri muet. Ils portaient le noir de la tête aux pieds – barbe, tee-shirt, casquette – et la kalache en bandoulière. Parés pour toutes les guerres du monde. Pourtant, tout autour, la vie banale suivait son cours. Il y avait des voitures déglinguées qui klaxonnaient, des marchands ambulants, des gens qui se disputaient un sac de lentilles ou de riz, et des oiseaux dans le ciel ; on voyait aussi un groupe de vieux qui jouaient aux dés, des jeunes garçons qui se tenaient par la main, et un couple qui se partageait une prune acide.

Une fois dans la rue, Virgile croqua dans son sandwich et lâcha un soupir de contentement. Un goût d'ail et de jeunesse l'envahit. Il recroqua plusieurs fois, avec appétit, si bien que la graisse chaude lui coula le long du menton. Il se tourna alors vers Marianne et, s'essuyant du revers de la main, il dit :

— Tu le savais depuis le début, toi, que nous allions avoir un enfant ?

La phrase les avait tant déconcertés qu'ils continuèrent leur chemin en silence, chacun reclus dans ses pensées. Marianne voulut rentrer chez elle, mais Virgile insista pour qu'ils aillent boire un verre au bar d'Olive et Kamel. Ils n'y étaient pas retournés ensemble depuis leur rencontre et Virgile avait envie de voir ses amis.

— Je leur ai beaucoup parlé de toi, ajouta-t-il pour la convaincre. Ils ont hâte de te connaître, tu sais.

En retournant au bar ce soir-là, Marianne éprouva une chose qu'elle n'avait encore jamais ressentie lorsqu'elle se trouvait seule avec Virgile. Ce sentiment d'être l'intrus qui a pénétré le cercle, une sorte de bête curieuse presque. Personne ne prononça de parole déplacée ou désobligeante à son encontre, non, au contraire, ils étaient tous très sympathiques avec elle. Mais ils se comportaient toutefois comme si Marianne n'était pour Virgile qu'une parenthèse dans sa vie d'homo, une excentricité.

— Alors mon beau, qu'est-ce que je te sers ce soir ? demanda Olive. Un spécial Détox, comme d'habitude ? (Traduire : rhum, triple sec, citron vert, gingembre, plus un gros glaçon non pilé, le cocktail fétiche d'Olive.)

Virgile acquiesça, I love you ma chérie, puis s'adressant à Kamel :

— Tellement parfaite, n'est-ce pas ?

Kamel sourit tout en faisant glisser vers eux un bol d'escargots à la marocaine, un autre rempli de petits dés de fromage au cumin.

— Pour toi aussi, le Détox ? demanda-t-il à Marianne. Ou bien tu préfères autre chose ?

— Je prends pareil, répondit-elle, et à ce moment-là entra dans le bar un jeune homme travesti, très beau, très maquillé.

— *Oh my*, mais qui voilà ? s'exclama Olive.

Virgile se leva d'un bond, ça alors Tom, ça fait une éternité ; il le serra un instant dans ses bras avec affection, puis lui fit une bise juste à côté de la bouche. Marianne détourna le regard, gênée, jalouse aussi. Et elle s'empressa de descendre le cocktail qu'on venait de lui servir.

Tom portait des bas résille et des talons hauts qui faisaient ressortir ses mollets anguleux. Il avait le visage poudré épais, et un grain de beauté piqué sur la pommette. Il s'assit au comptoir à côté de Virgile, retira avec dépit sa perruque et ses faux seins, les rangea dans son sac à main. Il commanda un Détox, changea d'avis aussitôt :

— Donne-moi plutôt une piña colada. Je suis en hypoglycémie totale, là.

— Qu'est-ce qui se passe ? demanda Virgile. Peine de cœur, cœur qui peine ?

Tom fit non de la tête, puis un peu oui.

— Enfin c'est compliqué, comme toujours. Tu sais bien.

Virgile lui posa une main sur l'épaule, l'attira à lui.

— Allez viens, je vais te démaquiller. Qu'on voie un peu ta belle gueule.

Tom sortit de son sac des cotons et du lait démaquillant, les tendit à Virgile, et se laissa faire, les yeux fermés, la tête relâchée en arrière. Virgile appliqua le coton sur les paupières, le fit glisser sur les pommettes, puis le menton, le front, le cou ; il insista sur les lèvres, passa plusieurs fois. Visiblement ce n'était pas la première fois qu'il faisait ça, et visiblement Tom appréciait. À mesure que le fard fondait sur les cotons, ils échangeaient private jokes et dernières nouvelles de la vie. Marianne ne comprenait pas tout. Elle ne comprenait rien, en fait. Car dans le regard de Virgile il y avait ce drôle d'éclat, cette expression qu'elle ne lui connaissait pas et qu'il n'avait jamais avec elle, quelque chose de – l'atmosphère d'un boudoir avec ses tentures de velours rouge, ses tableaux baroques et ses amphores pleines de fleurs volumineuses, hortensias, pivoines, roses géantes ; un endroit où les hommes sont nus et alanguis sur des méridiennes, le corps enduit d'huiles précieuses, un endroit où brûlent des bâtons d'encens, où passent des seaux remplis de champagne, de vodka, et des plateaux garnis de petits toasts au caviar, d'autres de macarons à la crème de citron.

Tom releva la tête, passa une main sur sa peau toute nette. Il sirota quelques gorgées de sa piña colada puis sourit, avec une grâce inouïe.

— En tout cas je suis bien content de te revoir, dit-il en pressant le genou de Virgile. Mon dieu, ce que j'ai été malheureux.

Puis, comme un enfant qui cherche à se faire consoler, il posa la tête sur l'épaule de Virgile.

Avant de rencontrer Virgile, Marianne ne prêtait guère attention aux oiseaux. Pour elle, il y avait les pigeons, les moineaux, éventuellement quelques corneilles et puis basta. À présent, lorsqu'elle ouvrait les fenêtres de son studio, elle voyait des mésanges bleues, des petits merles curieux, des pies avec leurs jolis plumages et leurs longues queues. Elle ne manquait plus jamais le moment où fleurissent les arbres, ni celui où les feuilles commencent à tomber. Désormais elle était attentive au monde qui l'entourait, à tout ce qui se trouvait sous ses yeux et qu'elle avait si longtemps ignoré. Pourquoi ne lui avait-il pas envoyé de message depuis la veille ? On se voit, on se voit pas ? Elle n'en savait toujours rien, pourtant il était déjà 18 heures. C'est lui qui avait toujours plus ou moins mené la danse depuis le début, il faut bien le reconnaître, mais d'un coup ça crispa Marianne. Il y avait trop d'oiseaux autour d'elle, maintenant. Trop de couleurs. Et les gens, quand elle les regardait, ils n'étaient ni beaux ni laids, non, c'est tout simplement comme s'ils n'existaient pas.

Au lieu de finir l'article qu'elle était en train d'écrire, incapable de se concentrer, Marianne attrapa dans sa bibliothèque un recueil de nouvelles de Raymond Carver, *Les Vitamines du bonheur* – l'un des préférés de Virgile. Elle choisit une nouvelle au hasard, commença à lire. « J'avais un emploi et Patti n'en avait pas. Je travaillais quelques heures, la nuit, à l'hôpital. Un job insignifiant. » C'est Virgile qui lui avait fait découvrir cet écrivain – la perfection, disait-il. En trois mots, le mec te pose l'atmosphère et les personnages et en une fraction de seconde tu comprends tout, leur solitude, leurs névroses, l'ennui qui les ronge ; ces nouvelles, t'as beau les lire et les relire, tu ne comprends toujours pas comment c'est foutu, comment ça peut être aussi bon.

Le soir avant de s'endormir, Marianne et Virgile lisaient souvent des textes à voix haute. Virgile articulait les mots avec soin, comme s'il s'agissait de petits objets précieux. Son débit était plus lent qu'à l'habitude, sa voix plus grave. Marianne aimait l'écouter, elle avait l'impression de toucher quelque chose de très intime en lui, qu'il ne montrait jamais aux autres. Quelque chose qu'elle était la seule à connaître.

Elle était sur le point de lui envoyer un message – pour ce soir ? – mais elle résista et à la place fit défiler son répertoire, hésita à appeler sa copine Lucie pour aller prendre un verre, finalement changea d'avis.

— Alice ? dit-elle. C'est moi. On peut dîner ensemble ?

— Quand ? Ce soir ? répondit Alice. Bah tu tombes bien, Sam vient de ramasser la ciboulette du jardin et moi j'ai acheté des œufs bio. On va se faire une omelette de dingo.

Alice et Samuel, les parents de Marianne, habitaient le quartier de la Butte-aux-Cailles, une petite maison avec un bout de jardin devant. Ils avaient quand même réussi à y faire pousser quelques trucs qui se mangent – tomates, fraises, herbes aromatiques – et aussi des œillets, des myosotis, des giroflées et un magnifique géranium rouge. C'est surtout Samuel qui s'occupait du jardin, c'était son endroit à lui. Et depuis qu'il était à la retraite, il taillait, plantait, binait du matin au soir.

Quand Marianne arriva, Alice était assise en haut des trois marches qui menaient à la maison, jambes croisées l'une sur l'autre, fumant une cigarette à l'eucalyptus ; elle regardait Samuel, accroupi dans le jardin, en train de planter les bulbes de tulipes qui fleuriraient au printemps prochain.

— Ah te voilà, dit Alice en se levant pour aller embrasser sa fille. Ça va ? t'as l'air en forme ?

Marianne passa la porte et aussitôt fut cueillie par cette odeur de bois verni et de pâte à cookies, l'odeur de la maison de ses parents, l'odeur de l'enfance – celle qui instantanément la faisait se sentir petite fille. Alice sortit assiettes et couverts et mit la table avec Marianne, la même vaisselle depuis trente ans, dépareillée et rustique à souhait. C'était son côté hippie, ou plutôt ce qu'il en restait – du genre l'embourgeoisement c'est pas pour moi.

— Ton boulot, ça va ? Tu es contente ? demanda-t-elle à Marianne, la coupant aussitôt d'un geste de la main. Attends, sinon faudra tout recommencer pour ton père.

Elle déposa un saladier sur la table, puis se tourna vers la porte d'entrée laissée ouverte.

— Sam ! lança-t-elle. Tu viens, on se met à table !

Elle sourit à Marianne et lui tendit un mélange apéritif, noix de cajou et amandes grillées.

— Il ne change pas ton père, quand il est au jardin on ne peut plus l'arrêter.

Alice non plus, elle ne changeait pas. Toujours les mêmes jambes longues et fines et le même look hippie chic, robe-pull de couleur, ceinture vintage, bottines de daim ; toujours les cheveux remontés au-dessus de la nuque en un chignon bordélique, les petites mèches volages tout autour, les taches de rousseur, les yeux vert lagon soulignés d'un trait de khôl assorti. Elles se ressemblaient pas mal, toutes les deux.

Samuel remonta du jardin et se versa un verre d'eau, le but d'un trait. Il se savonna les mains, les secoua au-dessus de l'évier. Puis il s'assit à table et servit un verre de vin aux filles, laissa le sien vide. Alice apporta l'omelette comme s'il s'agissait du plat du siècle – il faut dire que c'était à peu près son max en termes de cuisine, la plupart du temps ils mangeaient du riz complet et des steaks de tofu. En revanche, Alice réussissait à la perfection les cookies et les cakes à la banane, qu'elle passait son temps à grignoter sans jamais prendre un gramme.

Samuel détacha un morceau d'omelette avec le tranchant de sa fourchette, Alice reposa sa question.

— Alors ton boulot, tu es contente ?

Marianne opina, ça va, oui, toujours le journal, et après une gorgée de vin elle demanda à sa mère :

— Tu vois qui c'est, Paul Wiazowski ?

Alice servit la salade de tomates et découpa un peu de pain de maïs.

— Bien sûr que je vois qui c'est, j'adore cet écrivain.

Marianne fit alors le récit de sa presque interview avec Wiazowski, la star qui ne donne jamais d'interview, elle raconta le lieu surprenant, le mec qui se tire au bout de trois phrases, et puis. Elle baissa les yeux, rosit légèrement.

— Quoi, t'as rencontré quelqu'un ? fit sa mère, qui désespérait de la savoir seule.

Elle voulait tant que sa fille soit bien avec quelqu'un et qu'elle fasse sa vie, comme on dit. Elle avait tellement envie d'être grand-mère aussi, trente-trois ans, quand même, la fertilité décline vachement à partir de ces âges-là, on le sait bien.

Marianne tritura son omelette de la pointe de sa fourchette.

— Quelqu'un, oui.

— Et il est célibataire ? Il n'est pas déjà avec une fille ? questionna Alice, penchant son buste vers l'avant comme pour susciter la confidence.

Marianne laissa échapper un petit rire.

— Non non, il vient de se séparer.

Alice soupira de soulagement, sourit à Samuel.

— Il vient de se séparer de son copain, ajouta Marianne en buvant une gorgée de vin.

Pourquoi avait-elle prononcé cette phrase, pourquoi avait-elle donné ce détail, elle n'en savait rien. Mais durant un moment on n'entendit plus que le tintement des fourchettes et personne n'osa prononcer un mot. Gênée par ce silence, Alice finit par se tourner vers son mari, une pointe d'agacement dans la voix.

— Sam, tu ne dis rien ?

On aurait cru qu'elle le découvrait tout à coup, l'homme avec qui elle vivait depuis plus de trente-cinq ans. Elle le connaissait par cœur pourtant. Les sentiments, les états d'âme, les émotions – sur tous ces sujets, il ne disait *jamais* rien.

Marianne quitta ses parents peu après le dîner. Elle salua son père, bonne nuit Sam, embrassa sa mère, et sur le chemin du retour elle se mit à regretter d'avoir parlé de Virgile. Ça l'avait soulagée sur le moment – il lui manquait tellement que le simple fait de prononcer son prénom lui avait fait un bien fou – mais elle savait également le souci qu'elle causerait ainsi à ses parents. Après son départ, Alice resta en effet un moment assise à table, tournant la question dans tous les sens.

— Cette gamine, si ça se trouve, elle n'est pas faite pour le bonheur, dit-elle en époussetant du bout des doigts les miettes de pain de maïs. Parce qu'il faut voir les choses clairement : c'est quoi son histoire, là ? Autant foncer dans le mur direct, t'es pas d'accord ?

Samuel termina de débarrasser, proposa à Alice une tisane à la sauge, et passa un coup d'éponge sur la table. Il mit une pastille dans le lave-vaisselle, le fit démarrer en mode éco. Bien sûr, qu'il était d'accord. Tous deux étaient des gens très ouverts, le cœur à gauche, héritiers de 68, mariage pour tous, adoption et tout et tout. Mais quand même. Ma fille – avec un pédé ?

Avant de sortir de chez lui, Virgile croisa son regard dans le petit miroir accroché à l'entrée. Il avait les yeux cernés. Pas assez dormi ces dernières nuits, trop d'excès. Tom était venu le voir plusieurs soirs de suite, débarquant à l'improviste, avec son sweat Abercrombie trop grand pour lui, sa weed de compet' et ses canettes de Red Bull.

— Salut Virg', disait-il en lui claquant une grosse bise sur la bouche, tu m'accompagnes au Dépôt ce soir ?

Virgile déclinait la proposition, j'ai passé l'âge mon chéri, alors Tom soupirait et allait s'affaler sur le canapé, il sortait ses feuilles à rouler, se bricolait un spliff bien dosé, et l'allumait en levant les yeux au ciel.

— Ce que t'es devenu chiant, mec.

Virgile ne répondait rien et venait s'asseoir à côté de lui, il glissait une main sous son large sweat, caressait un peu son torse sec et musclé ; parfois aussi il s'amusait à le bécoter alors Tom riait, exhibant ses gencives sombres à force de trop cloper. Lorsqu'il était bien détendu, Tom vidait une canette de Red Bull puis il mettait sa chanson préférée de Lady Gaga, *Bad Romance*, à fond, et dansait torse nu dans le salon. Il n'était pas aussi beau que lorsqu'il était travesti mais quand même, Virgile le trouvait sexy, avec ses cheveux coupés ultracourt, sa cicatrice à l'arcade sourcilière et son trait de khôl au ras des cils. Un caïd aux yeux de biche. Ils rigolaient bien tous les deux. Virgile aimait se retrouver pour quelques heures dans la peau d'un gosse irresponsable, même si après ça il avait le cerveau poisseux et le corps en vrac, se dégoûtait, n'arrivait même pas à penser à Marianne, par peur de l'abîmer.

Virgile soupira en voyant sa gueule chiffonnée. Il passa une main rapide sur ses joues et sur son menton, il aurait fallu qu'il retourne se raser, mais au lieu de ça il claqua la porte et descendit les escaliers quatre à quatre. Devant l'immeuble, il croisa un couple qui sortait du Club 88. La femme portait un pantalon en skaï archi moulant et des talons si hauts et si fins qu'ils faisaient chevroter sa démarche ; elle avait une chevelure de lionne, de grands anneaux dorés aux oreilles, et un petit haut en dentelle d'où dépassaient ses bourrelets. Lui était du genre routier aguerri, bras courts et cou costaud, poches sous les yeux, bedaine certaine, avec au poignet une épaisse gourmette en argent. Tous deux se tenaient la main, mais par le petit doigt seulement. Ils avaient l'air heureux.

Virgile s'installa dans l'un des cafés de la rue Montorgueil et commanda un croissant et un jus de pêche. Le croissant sortait du four. Il détacha les couches de pâte feuilletée les unes après les autres, les laissa fondre sur sa langue, puis il sortit son carnet de croquis, dessina distraitement ce qu'il avait sous les yeux. La vieille dame qui boit son café en terrasse, avec son petit chien sur les genoux. L'ivrogne qui roupille en face. Le livreur qui décharge sa cargaison.

Il esquissa ensuite un paysage, la mer et les rochers glissants, les coquillages rosés, les morceaux de bois flotté dispersés sur la plage, et il ajouta quelques mouettes sauvages, venues là pour foutre le bordel. Sous son crayon on vit aussi apparaître un début de visage, d'abord un œil, puis une mèche, de jolies lèvres, quelques taches de rousseur, chaque détail fixant peu à peu le visage de Marianne sur le papier. Il venait de passer plus d'une semaine sans la voir. Il y avait eu Tom, c'est vrai, et cela les avait amusés de se retrouver et de baiser un peu, mais c'était de l'histoire ancienne à présent, on ne rejoue pas éternellement la même pièce. Tom s'était d'ailleurs moqué de lui quand il lui avait parlé de Marianne – tu verras ça te passera, un jour tu reviendras au bercail ; c'est quand même autre chose les bites – et Virgile l'avait juste trouvé con. Il n'arrêtait pas de penser à Marianne, en fait. Chaque fois qu'il tombait sur quelque chose d'intéressant il avait envie de le partager avec elle, il avait envie de lui offrir ce petit collier, là, en vitrine, d'essayer avec elle ce resto qui venait d'ouvrir, de porter cette eau de toilette qu'elle aimait tant, bref tout le ramenait à elle. Elle. Une fille. Qui lui fait tourner la tête comme ça. C'est bien qu'il y a quelque chose, docteur ?

Après avoir terminé son croissant, il récolta les miettes sur la pulpe de l'index, par brèves pressions, puis il mit ses écouteurs et plaqua ses mains sur ses oreilles pour amplifier le son – *À la folie je serre ta nuit / contre ma nuit / Je tente le tout pour la vie / le slow interdit.* Il écoutait ça en boucle ces derniers temps, aimait cette voix perchée et perchante, cette voix qui sait jouer des soupirs et des vibratos discrets, et puis cette façon de prononcer le mot *fête*, en faisant légèrement claquer le « t » au bout. *Drôle de fête / drôle de défaite / impossible tête-à-tête.*

Virgile parcourut le quartier des Halles avec le son à fond dans les oreilles, puis il traversa la Seine et se dirigea vers l'Institut du monde arabe. Il remonta jusqu'à la rue Linné, s'arrêta un instant devant l'immeuble de Marianne. Carl von Linné, bon sang. Le botaniste suédois qui au XVIIIe siècle élabora la classification des plantes et des espèces animales encore en usage aujourd'hui – Virgile y vit un signe, forcément, et profita qu'une vieille dame toute courbée entre dans l'immeuble pour s'y faufiler. Sûr de son coup. Il se rappela ce qu'avait un jour dit son ami Pascal Cribier, le célèbre paysagiste, « les vrais jardiniers sont des êtres fulgurants, capables de prendre des décisions instantanées en fonction des émotions accumulées lors des saisons précédentes », et jamais la phrase ne lui avait paru si appropriée.

Pascal Cribier, il l'avait rencontré des années auparavant, dans son jardin de Varengeville-sur-Mer. Virgile n'était encore qu'un ado et ce jour-là, comme souvent, Pascal était perché dans un arbre. Un orme majestueux dont il élaguait des branches avec son égoïne, cette petite scie à main qu'il trimballait partout – pour que la lumière parvienne aux branches basses, disait-il. Pascal aimait grimper aux arbres et il les taillait sans cesse afin de leur donner la forme qu'il désirait ; il aimait le contact des branches sous ses pieds, aimait éprouver le vertige, se laisser surprendre par les rafales, observer le monde depuis les sommets.

Virgile gravit les six étages à toute allure et une fois en haut il sonna un coup bref, sans insister. Derrière la porte il entendit la tasse qu'on pose, la chaise qu'on repousse. Puis les pas nus de Marianne sur le parquet. En écoutant les lattes craquer à mesure qu'elle se rapprochait de l'entrée, Virgile éprouva un délice particulier.

Quand Marianne ouvrit, il ne lui laissa pas le temps de réagir, déposa juste un rapide baiser sur ses lèvres et entra. Il fit quelques pas dans le salon, l'air de chercher quelque chose, et attrapa le bouquin de Carver qui traînait sur la table basse, l'agita en l'air.

— Ah tu l'as relu ? Ce mec est vraiment génial, hein ?

Il le feuilleta vaguement, le reposa. Et se dirigea vers la fenêtre, très à son aise.

— T'as vraiment une vue magique ici, les toits, le ciel, les oiseaux. Manque plus que la mer, pas vrai ?

Il resta un moment posté à la fenêtre, Marianne ne disait pas un mot. Elle observait Virgile de dos, son dos qui lui parut énorme d'un coup, et puis son aisance, si désinvolte, si déplacée. Comme s'ils s'étaient vus la veille et qu'il n'y avait aucun problème. Pourquoi n'avait-il pas donné de nouvelles depuis plus d'une semaine. Elle remit le livre de Carver dans la bibliothèque, d'un geste brusque, et finit par lâcher :

— En passant en bas de chez toi l'autre soir, les lumières étaient allumées et je l'ai vu.

— Qui ? répondit Virgile, se retournant aussitôt.

— Tom. Celui du bar. C'est ton petit copain, c'est ça ? dit-elle d'une voix qui vrilla.

Elle s'était pourtant juré de ne pas compliquer les choses, de se montrer aussi ouverte d'esprit que lui l'était. Après tout, en étant avec elle, avec une femme, il faisait un sacré bout de chemin lui aussi. Mais elle éprouvait ici la limite. Sa limite à elle. Virgile s'agaça aussitôt.

— Merde Marianne, Tom c'est rien. C'est un ex, c'est tout.

— Ouais enfin un ex avec qui tu couches. À part ça tout va bien.

Virgile se laissa tomber lourdement sur le canapé, sortit une cigarette, tapota le filtre contre son genou.

— Tu sais, coucher avec quelqu'un c'est comme partager un bon repas, dit-il en allumant sa cigarette. Pas la peine d'en faire un drame, mon dieu.

À cet instant Marianne mesura le fossé qui les séparait sur ce point. Indéniablement. Mais ce qu'elle mesurait aussi c'était le désir complètement fou qu'elle avait d'être dans ses bras, de le toucher, bouche contre bouche, corps contre corps, et puis. Sa vie avec lui, rien que lui. En le voyant là sur son canapé elle sut qu'il n'y aurait personne d'autre. Qu'elle ne voudrait personne d'autre que lui. Ils pourraient vivre à Paris, à Lisbonne, à Buenos Aires, n'importe où car partout il y aurait des étoiles au-dessus d'eux – quelle folie s'était emparée d'elle, personne n'aurait pu le dire, mais lentement et sûrement cette folie poussait à l'intérieur, étendant ses racines partout, dans les moindres replis de sa chair et de ses rêves.

Florence n'avait rien vu venir, rien pu faire, pourtant c'est elle qui allait devoir l'annoncer à Tatiana, sa meilleure amie – Yves-Claude a sauté par la fenêtre, il est mort.

Elle s'assit un instant sur l'accoudoir du canapé, abasourdie par ce qui venait de se passer. Autour d'elle tout était immobile, parfaitement silencieux. Seule une légère brise entrait par la fenêtre encore ouverte, quelques coups de klaxon venus de la rue, le vrombissement des voitures, les piaillements d'une bande de gamins sortant de l'école. Florence fixa la basket géante qui traînait au milieu du salon, ça devait être du 44, ou peut-être du 45, et elle n'arrivait toujours pas à établir la connexion entre cette chose et les pieds de son fils Nils. Son regard se posa sur la table basse. Il y avait là toute une collection de vernis à ongles, des rouges corail, des framboises, des parmes, des rubis, des verts anis, pistache ou menthe à l'eau, des gris en cinquante nuances, des bleutés, des pailletés. Sa fille Elena voulait être styliste, et ces derniers temps elle attachait une importance particulière à la beauté des ongles. Florence attrapa l'un des flacons, se colora le gros orteil (un rouge brique discret) puis elle reposa le pinceau, se prit la tête entre les mains – putain, murmura-t-elle. Mais comment je vais annoncer ça à Tatiana ? Comment elle va tenir le choc, elle qui tient à son chien plus qu'à ses amants.

C'est Florence elle-même qui lui avait proposé de garder Yves-Claude, le temps de sa thalasso à Quiberon. Tatiana en avait tellement besoin. Ces dernières semaines avaient été particulièrement rudes, elle avait enchaîné les gardes à l'hôpital, les brouilles avec le chef de service, stoppé net ses deux paquets de clopes quotidiens, sans compter les nouveaux internes au bloc, qu'elle trouvait prétentieux et incompétents au possible et avec qui elle avait tant de mal à bosser. Alors Florence avait insisté – je t'assure ça ne m'embête pas, en plus les enfants adorent ton chien. Après avoir hésité un peu, Tatiana avait fini par accepter et par laisser Yves-Claude, prénommé ainsi en hommage à ses deux ex préférés.

Ce chien était laid comme tout, avec son air abruti et sa grosse tumeur aux babines – une tumeur brune et flasque qui pendait tel un sac à provisions, se balançant de droite à gauche lorsqu'il se déplaçait – mais il n'était pas dérangeant, il se mettait dans un coin, roupillait la plupart du temps et n'aboyait jamais. Florence n'avait rien noté d'inhabituel dans son comportement ce jour-là, à ceci près que lorsqu'elle avait ouvert les fenêtres du salon en grand, Yves-Claude avait commencé à aboyer mollement, puis il s'était mis à trottiner dans la pièce de long en large, se montrant de plus en plus nerveux. Tout s'était alors passé en une fraction de seconde : Florence n'avait pas eu le temps de réagir que le chien s'était élancé vers la fenêtre, avait sauté, et lorsqu'elle s'était penchée par-delà la rambarde Yves-Claude n'était plus qu'une masse inerte étalée sur le trottoir, trois étages plus bas. Elle avait plaqué sa main sur sa bouche pour retenir un cri, et avait ensuite bredouillé ces mots absurdes – Yves-Claude, mais qu'est-ce que t'as fait ? Comme s'il l'avait entendue, le chien s'était redressé pour faire quelques pas chancelants – une seconde Florence croit au miracle, allez, vas-y mon bon, tu vas vivre – mais l'instant d'après il était venu s'échouer dans le caniveau dégueu. Définitivement, cette fois.

Florence avait écarté d'un geste les badauds agglutinés autour du chien, laissez-moi passer, pardon, elle lui avait tâté le pouls comme elle l'aurait fait pour un patient, et n'avait pu que constater le décès. Merde Yves-Claude, c'est pas possible, avait-elle dit, puis aux curieux qui proposaient leur aide – c'est bon, merci, je n'ai besoin de rien. Florence avait chargé la dépouille du chien sur son épaule, avait péniblement remonté les trois étages et instinctivement elle s'était dirigée vers la salle de bains. Là, elle avait déposé le corps d'Yves-Claude dans la baignoire et l'avait recouvert d'une serviette de plage rose fuchsia. Par réflexe elle s'était recueillie un instant, les deux paumes jointes comme pour la prière, puis elle avait quitté la pièce, refermant soigneusement derrière elle. Est-il possible qu'un chien se suicide, s'était-elle demandé, et au même moment elle avait eu un haut-le-cœur en apercevant la fenêtre du salon grande ouverte, béante. Dans son souvenir, les animaux ne disposaient pas des capacités cognitives suffisantes pour aller jusqu'à se donner la mort, mais elle avait tout de même fait une rapide recherche sur son portable et était tombée sur cette vidéo à propos du pont d'Overtoun, en Écosse, apparemment bien connu pour ses suicides de chiens.

Le cadre était brossé à souhait, l'Écosse dans toute sa splendeur – manoir de pierre grise, ciel torturé et chargé d'orages, ainsi que la lande humide, gradation de vert, d'or et de rouille. Le maire du coin racontait que depuis les années 60, une cinquantaine de chiens avaient sauté de ce pont sans raison apparente – et parmi ceux qui avaient survécu à leur chute, la plupart avaient sauté à nouveau, ajoutait-il. La vidéo égrenait des témoignages d'habitants, chacun y allant de son anecdote, et ça se concluait sur l'interview d'une spécialiste du comportement animalier : après plusieurs années de recherche elle avait pu écarter l'hypothèse du suicide et avancer l'explication suivante – les chiens qui ont sauté de ce pont, disait-elle, n'avaient vraisemblablement pas dans l'idée de mettre fin à leurs jours. Selon nos recherches, s'ils ont sauté, c'est plutôt parce qu'ils ont été attirés par l'odeur du troupeau de visons vivant en contrebas.

Florence avait quitté la page, éteint son portable. L'avait-elle remarquée, elle, la fourgonnette arrêtée au feu rouge lorsque Yves-Claude avait sauté ? C'était une banale fourgonnette de livraison, blanche et défraîchie par les kilomètres – mais pleine de biscuits pour chiens, bio de surcroît.

Florence attrapa un verre Duralex et se servit un gin, le but d'un trait. Faut que j'appelle Tatiana. Faut qu'elle sache, maintenant. Pour se donner du courage elle remit un peu de gin, fit tourner le fond du verre et l'avala cul sec à nouveau, balançant la tête vers l'arrière. Au passage elle pensa à celle que feraient son mari et ses deux enfants lorsqu'ils verraient la dépouille d'Yves-Claude dans la salle de bains familiale. Comment avait-elle pu se fourrer dans un tel merdier, infliger ça à sa meilleure amie. Et pourquoi fallait-il *toujours* qu'elle veuille rendre service ?

Elle fit défiler son répertoire, bref coup d'index sur « Tatiana perso », et tout bas elle murmura :

— Réponds pas… Réponds pas… Je veux juste ta messagerie.

Elle ne voulait pas assister à la déflagration en direct, cet instant précis où le malheur vous tombe dessus, le temps arrêté net par une simple phrase. C'est comme pour ses patients, elle ne s'était jamais habituée à annoncer leur décès aux proches.

Au bout de quelques sonneries, Tatiana décrocha. Parfaitement détendue après une séance d'enveloppement aux algues.

— Oui Flo, j'allais t'appeler justement. Cette thalasso me fait un bien fou, t'avais raison. Faut juste oublier que tu passes tes journées avec des gens en peignoir qui picolent des tisanes et du jus de pamplemousse, ajouta-t-elle en riant.

Florence fut prise de court. La phrase qu'elle comptait prononcer s'était tout simplement volatilisée au moment où elle avait entendu la voix de Tatiana.

— Ah oui tu es contente ? Ça te fait du bien alors ? répéta-t-elle.

— Oui je te dis, ça me détend à fond. C'est comme si on m'avait mise sous perf de kétamine, répondit Tatiana en riant de nouveau.

Il y eut un bref instant de flottement, silence des deux côtés, alors Tatiana ajouta :

— Je peux te rappeler ce soir, Flo ? Je vais être en retard pour ma séance d'hydrojet sinon.

— Non, attends. Il faut que je te dise quelque chose.

Et alors les mots s'alignèrent les uns à côté des autres, raides comme des piquets : Yves-Claude, la fenêtre, la serviette de plage rose fuchsia.

Tatiana étouffa un cri dans la manche de son peignoir tandis qu'autour d'elle les sandales des curistes continuaient de clapoter, chacun se rendant avec discipline à sa séance d'hydrothérapie de l'après-midi. Florence lui détailla la scène avec minutie – les aboiements d'Yves-Claude, ses allers-retours dans le salon, nerveux, et puis le saut dans le vide, le corps écrasé sur le macadam, les badauds autour. Elle savait que Tatiana voudrait toutes les précisions de la terre, elle la connaissait par cœur. Pourtant – était-ce le choc de l'annonce ou bien les multiples bains aux huiles essentielles – elle lui demanda de ne pas poursuivre, arrête Florence, je ne veux pas savoir. Je ne veux pas d'images mentales de tout ça. Elle ajouta aussi quelque chose comme : j'aurais pas dû le laisser, je le savais, puis elle vomit son jus de pamplemousse sur ses sandales de piscine et raccrocha.

Lorsqu'elle rappela Florence un peu plus tard, Tatiana parlait d'un ton quasi normal, abordant uniquement les questions d'organisation, l'aspect technique des choses, retardant ainsi le moment où la douleur la frapperait tout à fait.

— Donc tu restes à Quiberon, s'inquiéta Florence, tu es sûre que ça va aller ?

— Oui je t'assure, ça va aller. Je te demande juste de.

Tatiana finirait quand même sa semaine de thalasso, réglée à l'avance, et c'est Florence qui se chargerait de la crémation.

— Moi de toute façon je n'y arriverai pas, dit Tatiana. Tu comprends. Tu comprends, n'est-ce pas ?

Après avoir raccroché, Florence s'empressa d'aller fermer la fenêtre du salon. Il faisait une chaleur à crever mais tant pis. Cette fenêtre, elle ne pouvait plus la voir ouverte. Florence tournait en rond, incapable d'agir ou de penser, et par moments elle commençait même à sentir l'odeur du corps en décomposition, alors elle se tapait le front avec la paume, tsst-tsst c'est dans ta tête ça, on ne peut rien sentir encore, il est mort il y a tout juste une heure. Mais le choc avait dilué sa perception temporelle et elle avait l'impression que c'était il y a une éternité déjà.

Elle fit fondre un comprimé d'aspirine effervescente, pencha le nez au-dessus du verre et sentit les petites bulles arôme orange lui pétiller sur la peau. Tatiana ne lui parlerait peut-être plus jamais après ça. Comment pouvait-elle se racheter, se faire pardonner ? Lui offrir un autre chien, peut-être ? Elle regarda si elle avait un message de Tatiana, un signe, quelque chose, mais non, rien. Florence fut effrayée de son silence et se mordit la lèvre – jusqu'au sang.

Baptiste saurait trouver les mots, c'est sûr. Il avait toujours su y faire, lui, face à la mort. Même lorsqu'ils étaient encore étudiants en médecine, il arrivait déjà à se tenir à bonne distance, ni trop près ni trop loin – ce qu'il faut pour se protéger soi-même, ne pas se salir avec les éclaboussures de malheur, et en même temps garder la proximité nécessaire pour ne jamais considérer le patient comme un simple objet d'étude médicale. La proximité nécessaire pour ne pas perdre son humanité.

Pourtant, dès que Florence entendit la voix de son mari au bout du fil, il lui fut tout simplement impossible de lui servir la vérité. Alors à la place elle lui demanda ce qui lui ferait plaisir pour le dîner.

— T'embête pas ma Flo, on peut commander des sushis si tu veux, répondit-il.

Elle se boucha le nez, rien qu'à l'idée de. Quelle horreur. Un truc cru en plus.

— Non non, des légumes plutôt. Ça t'irait une poêlée de légumes ?

— Oui très bonne idée. Et je prendrai une bouteille chez le caviste en rentrant.

Les enfants allaient bientôt rentrer, eux aussi. Nils avait vingt et un ans et Elena vingt mais Florence les voyait toujours comme ses petits ; ils étaient encore si fragiles et incomplets, dans leurs grands corps d'adultes. Bientôt, pourtant, ils quitteraient la maison pour un ailleurs inconnu, et souvent Florence s'imaginait leurs chambres vides, aussi dépouillées que la cellule d'un moine – le bureau tout clean, la petite chaise bien rangée devant, et le lit tiré à quatre épingles, jamais défait. Leur odeur resterait quelque temps, puis disparaîtrait elle aussi. Il n'y aurait plus d'éclats de rire, plus d'engueulades ni de portes qui claquent, il n'y aurait plus de mauvaise humeur du matin, de chaussures abandonnées dans le salon, de papotages après le dîner. Et ce silence, putain – les boules absolues. Florence essayait de ne pas trop y penser mais elle se préparait tout de même. Tâchait de ne pas se laisser surprendre. De garder le contrôle. De manière générale elle agissait toujours ainsi, évitant de n'avoir aucune prise sur les choses.

Pour s'occuper l'esprit, elle feuilleta le livre de recettes de Yotam Ottolenghi qu'elle venait d'acheter. Sur les photos, les légumes luisaient comme des bijoux vernis, on avait du mal à croire que ce serait comme ça en vrai. Elle s'arrêta sur l'une des recettes et passa en revue la liste des ingrédients. Elle n'avait pas tout mais tant pis, elle adapterait le truc à sa sauce. Elle pela les carottes, découpa le chou-fleur en petits morceaux, arrosa le tout d'huile d'olive et alluma le four. De l'index, elle se tapota le menton, réfléchissant à ce qu'elle avait oublié, ah oui, bien sûr, et elle sortit du frigo la roquette et la coriandre fraîche.

Nils abandonna son sac à dos dans l'entrée, salut m'man, t'as passé une bonne journée, et vint l'embrasser. Elle lui posa une main tendre sur la joue, brève caresse. Il sentait la cigarette. Il avait les lèvres rouges et bien dessinées, les pommettes saillantes, le nez aquilin. Un petit côté Xavier Dolan à l'époque de *J'ai tué ma mère*. Elle regarda la bouche de son fils, l'imagina en train d'embrasser une bouche de fille. Où serait-il dans quelques années ? Serait-il heureux dans la voie qu'il s'était choisie ? Elle se donnait du mal pour éduquer ses enfants du mieux possible, qu'ils soient épanouis et bien dans leur peau, qu'ils fassent les bons choix, ceux qui leur correspondaient, mais il faut reconnaître que dès qu'elle se les imaginait quittant la maison, avec leur vie bien à eux et loin d'elle, elle se trouvait envahie par l'angoisse. Pourquoi ce temps-là devait-il finir ? Et pourquoi n'avait-elle pas eu d'autre enfant, un troisième au moins ? Elle le regrettait à présent.

Elena rentra à son tour, salut tout le monde, c'est moi, et elle alla se poser direct sur le canapé, retirant la basket droite avec le talon gauche puis la gauche avec le talon droit. Elle regarda quelques trucs sur son portable, soupira, puis vint discuter un peu avec sa mère.

Comme Yves-Claude passait la plupart du temps assoupi dans un coin, personne ne remarqua son absence ce soir-là. Tous les quatre, parents et enfants, dînèrent attablés au comptoir de la cuisine, perchés sur des chaises hautes ; l'ambiance était joyeuse, chacun racontant sa journée avec bonne humeur, à l'exception de Florence qui ne disait pas un mot. Baptiste la complimenta sur sa poêlée, c'est délicieux dis donc, qu'est-ce que tu as mis comme herbe dans ta sauce, et Nils demanda s'il pouvait avoir du vin. Elle sourit vaguement à son mari, servit un verre à son fils. Puis elle fixa son assiette un moment, piqua un morceau de chou-fleur, le trempa dans la sauce à la coriandre.

— Le chien de Tatiana a sauté par la fenêtre, finit-elle par dire. J'ai mis le corps dans la baignoire.

— Quoi ? s'étrangla Baptiste. Qu'est-ce que tu racontes ? et sans attendre sa réponse il se tourna vers le coussin où Yves-Claude était habituellement assoupi. Mais le chien ne s'y trouvait pas, à la place il y avait juste un creux, à peine marqué.

Florence expliqua alors avec précision ce qui s'était passé, la fenêtre, le cabot qui se met à aboyer, ses allers-retours désorientés, et puis. Plus rien. La seconde d'avant la seconde d'après. Ce qui existait n'existe plus. Elle se resservit un verre de vin et croisa le regard d'Elena, un regard désolé, la compassion d'une fille pour sa mère, alors elle sentit les larmes monter d'un coup.

— Comment j'ai pu faire ça à Tatiana, dit-elle en se cachant les yeux.

Baptiste se leva, vint l'entourer de ses bras.

— Ce n'est pas de ta faute, Flo. Dans ces cas-là on ne peut rien faire, tu es bien placée pour le savoir.

Florence regarda vers la fenêtre. Elle sentit le sol flancher. La table chavirer. Les choux-fleurs valser au plafond.

— Ça va aller, chuchota Baptiste, le nez enfoui dans la chevelure de sa femme. Ça va aller, ma Flo.

Le RER filait en direction de Saint-Quentin-en-Yvelines. Les stations défilaient les unes après les autres, Champ-de-Mars, Javel, Hôpital-Georges-Pompidou, puis des noms qui pour elle sonnaient comme des promesses de verdure, Meudon-Val-Fleury, Chaville, Viroflay ; les gens grimpaient dans la rame sans jamais laisser descendre, ils se poussaient du coude, soupiraient, et Florence se trouvait là, coincée parmi la foule de voyageurs, debout avec sa grande valise bleue. Elle se laissa porter ainsi jusqu'au terminus. Prit ensuite un bus, marcha quelques minutes, et enfin arriva à destination : une rue de Guyancourt bordée d'entrepôts et de locaux commerciaux, en plein cœur de la zone d'activité – là où se trouve le crématorium pour animaux. Elle ne savait même pas que ça existait, pour tout dire. Florence y fut accueillie par un homme à l'élégance surannée – costume trois-pièces, cheveux gominés, physique à la Cary Grant – un homme qui parlait avec une affabilité outrancière, sourire bloqué sur *on*, et qui ponctuait ses phrases de « voyez-vous », maniéré à l'excès. Il lui tendit un tas de papiers à signer, et demanda quand elle souhaitait procéder à l'incinération.

— Maintenant, répondit-elle.

L'homme parut surpris alors Florence insista, maintenant si possible, tout en désignant la grande valise de cuir bleu qui se trouvait à ses pieds. Une valise qu'elle avait achetée vingt-deux ans plus tôt pour son voyage de noces avec Baptiste et qu'à l'époque elle avait remplie de robes d'été, de jolies sandales, de livres de poche et de crème solaire. Une valise qui, ce jour-là, ne renfermait rien d'autre que la dépouille d'Yves-Claude, le chien de sa meilleure amie.

Florence patienta dans un petit salon aux murs lavande. On avait mis à disposition des clients une boîte de kleenex, quelques dépliants sur le crématorium, et des sachets Lipton avec une bouilloire en fin de course. Il y avait aussi une grande étagère qui présentait les différents modèles d'urnes funéraires – amphores en jade ou en albâtre, pyramides en granit, ou encore urnes en forme de chien ou de chat. Tatiana ne lui ayant rien précisé sur ce point, Florence avait choisi une amphore en albâtre, de taille standard.

Lorsque Cary Grant reparut pour lui remettre les cendres du chien, il en profita pour faire un brin de causette, vous savez c'est très calme en ce moment, commença-t-il. Et sans que Florence ait rien demandé, il lui raconta sa life en long et en large, expliquant comment il était entré dans le métier après plusieurs années en tant que comédien et scénographe – des formations toutes deux fort utiles pour animer les cérémonies funéraires, précisa-t-il.

Florence tenait l'urne du bout des doigts, passait d'une jambe sur l'autre. Elle n'avait qu'une envie, c'était de se tirer. Il ne capta rien du tout, trop concentré sur son monologue, alors elle finit par dire qu'elle allait être en retard à son travail.

— Oh oui bien sûr, excusez-moi, je suis toujours très bavard.

Il lui tendit une main moite toute mollassonne, et d'un ton ronflant lui souhaita une excellente journée. Quelle brèle.

Une fois dehors, Florence jeta un œil à sa montre. Il lui restait trois bonnes heures avant de prendre sa garde à l'hôpital. Elle abandonna sa valise sur le parking du crématorium, la regarda d'un air vaguement désolé, puis elle fit le trajet en sens inverse.

Elle descendit à la station Place de Clichy, marcha un peu pour prendre l'air, et s'arrêta dans une librairie près de Pigalle. Elle y venait souvent, aimait bien l'endroit. Elle regarda les nouveautés de littérature étrangère, feuilleta deux trois trucs, puis se laissa rêver devant le rayon des guides de voyage. Colombie, Scandinavie, Patagonie, Laos, Islande, Japon. Comme souvent, elle avait des envies d'ailleurs, de partir loin. Mais Baptiste ne supportait pas les long-courriers et l'idée de rester coincé des heures sur un siège sans pouvoir bouger, alors on se contentait de voyager plus proche. Elle tira du rayon le guide sur la Côte d'Opale, le feuilleta ; ça pourrait l'aider à dénicher quelques bonnes adresses pour le week-end qu'ils avaient prévu de passer avec les enfants à Hardelot. Elle s'acheta aussi deux bouquins qui viendraient compléter la pile sur sa table de nuit – le dernier roman de Louise Erdrich, qu'elle adorait, et un autre qui lui sembla bien en phase avec ses préoccupations du moment, *Ce qui reste de nos vies*, de Zeruya Shalev.

Elle remonta vers les Abbesses – l'urne d'Yves-Claude glissée dans le sac à bouquins – et alla s'installer à la terrasse du café où elle avait ses habitudes avec Tatiana. Elle commanda un jus de tomate qu'elle chargea en tabasco.

Tatiana et elle s'étaient rencontrées en première année de médecine, le tout premier jour. Florence l'avait vue arriver de loin, cette grande brune aux yeux noirs et brillants, beaucoup d'allure, et elle avait été surprise que cette fille vienne s'asseoir à côté d'elle dans l'amphi.

— Je peux ? C'est libre ?

Florence avait tiré vers elle sa trousse et son paquet de Clairefontaine, oui bien sûr, tu peux, et le cours avait commencé. Tatiana s'était aussitôt penchée sur son cahier et elle s'était mise à tout prendre en note, hyperconcentrée, ne loupant pas un mot du prof. Elle écrivait aussi vite que le type parlait, Florence n'avait jamais vu ça.

— Tu t'appelles comment ? avait-elle demandé à la fin du cours. Moi c'est Tatiana.

Tatiana voulait être médecin depuis qu'elle était gamine. Son grand-père était médecin, son père était médecin, et Tatiana viendrait tout naturellement compléter la lignée.

— J'ai toujours rêvé de ça, soigner les gens, sauver des vies. Je ne vois pas trop ce qu'on peut vouloir d'autre, en fait.

Elle avait demandé à Florence quelle spécialité elle comptait faire *après*. Mais Florence n'ayant pas vraiment réfléchi à la question jusqu'ici, sa réponse était sortie toute simple – réussir le concours, déjà. À ces mots Tatiana avait ri, un rire de gorge éclatant qui avait résonné dans tout l'amphi, t'as raison, c'est sûr, faut d'abord dégommer le premier obstacle, et elles avaient continué de discuter un moment dans le couloir. Tatiana voulait être *chir cardiaque*.

— Parce que le top de la médecine c'est la chirurgie, avait-elle dit. Et que le top de la chirurgie, c'est la cardio. T'as pas remarqué, Florence ? Y a que des mecs dans cette spécialité. Le clan des dieux. Ceux qui réparent les cœurs et sauvent des vies. C'est ça leur quotidien.

Tatiana connaissait bien les chirurgiens cardiaques, elle en avait côtoyé pas mal par son père ; ceux-là se savaient tout en haut de la hiérarchie, et souvent, c'est vrai, ils se prenaient pour des dieux vivants. Mais peu importait pour Tatiana – elle était suffisamment intelligente pour rester humble – car c'est exactement à cet endroit, tout là-haut, qu'elle souhaitait arriver.

Florence admirait cette fille qui faisait déjà partie du sérail et pour qui le concours ne semblait être qu'une simple formalité. Toutes les deux se retrouvaient pour bosser à la bibliothèque Sainte-Geneviève, et Tatiana avait proposé qu'elles partagent leurs notes de cours. Elle prenait aussi le temps, ce temps si précieux en première année, pour lui expliquer telle ou telle notion, et chaque jour elle la bombardait de questions, *quelles sont les branches collatérales de l'artère carotide externe, à quoi sert l'articulation temporo-mandibulaire, par quel nerf la glande parotide est-elle traversée ?* etc., etc., jusqu'à ce que ça rentre et que ça ne ressorte plus. Elles avaient révisé ensemble leurs partiels du premier semestre et s'étaient retrouvées dans le haut du classement, si bien qu'elles avaient continué ainsi, et pour passer à la vitesse supérieure elles avaient aussi constitué un petit groupe d'acharnés – la task force, comme ils se baptiseraient eux-mêmes par la suite. Il y avait Baptiste, François, Jean-Noël et Jean-Philippe. Que des mecs. Que des brutes en physique-chimie et en anatomie. Ils s'entraidaient et bossaient tout le temps, non-stop, soirs et week-ends compris. Sauf un samedi soir sur deux, leur unique moment de détente. C'est Tatiana qui avait instauré ça, elle disait que c'était indispensable pour réussir, alors ils se retrouvaient en début de soirée et allaient boire des coups dans les bars du Quartier latin, et le premier qui parlait boulot, même la plus petite allusion à la con, payait sa tournée.

Les derniers partiels de l'année étaient arrivés, et les résultats étaient tombés quelques semaines plus tard : tous les six avaient réussi le concours. Ils avaient gagné leur pari, leur rêve à portée de main – ils seraient médecins.

Au cours de l'année suivante, Tatiana et Baptiste avaient commencé à flirter gentiment tandis que Florence, elle, préférait la solitude de sa chambre de bonne. Elle aimait étudier ses cours, savait aussi qu'elle avait besoin de travailler beaucoup, peut-être plus que les autres, pour réussir. Et puis elle aimait rêvasser, écouter des disques de Françoise Hardy et de Marie Laforêt, bouquiner des romans russes ou américains, être embarquée loin, très loin – les grands espaces, les ailleurs, les passions interdites, l'amour majuscule, les motels pourris, les routes parcourues de vagabonds célestes, toutes ces choses qu'elle pouvait lire à défaut de les vivre. Avec les livres, surtout, elle n'était jamais seule ; ils faisaient office pour elle de famille véritable.

Si Baptiste fréquentait Tatiana, s'amusait avec elle, il n'était cependant jamais tombé amoureux d'elle. Il avait en revanche très vite éprouvé une attirance pour Florence, son sourire timide, son côté un peu décalé, un peu artiste aussi. C'était si peu fréquent parmi les étudiants en médecine, cet intérêt pour la littérature, la musique. D'autant que Florence savait partager, et lorsqu'elle parlait d'un bouquin on était obligé de courir l'acheter dans la seconde tant elle était convaincue et convaincante. Surtout, on sentait qu'elle ne répétait pas un avis entendu ailleurs, mais qu'elle s'était forgé elle-même ses propres goûts, sa culture. Ainsi, au fil des mois, le cœur de Baptiste s'était mis à battre pour Florence, et de plus en plus souvent il l'invitait à prendre un café après les cours.

Évidemment il n'avait pas fallu longtemps à Tatiana pour capter le manège, et en bonne chirurgienne elle avait tranché dans le vif, rompant avec Baptiste au sortir d'une séance de ciné. Elle avait étonnamment bien pris les choses et s'était montrée plutôt cool – il faut dire qu'à l'époque elle commençait à avoir des vues sur Xavier Tavernier, son chef de service – et c'est même elle qui avait incité Baptiste à aller déclarer sur-le-champ sa flamme à Florence, qui était peut-être la femme de sa vie, la mère de ses enfants – qui sait ?

Ce soir-là, Florence s'en souvient encore, il pleuvait des cordes et lorsque Baptiste avait frappé à sa porte il était trempé, visage ruisselant et cheveux ratatinés comme des algues, la chemise collée au torse. Elle l'avait fait entrer. Il sentait bon la pluie et le savon. Il s'était frictionné la tête comme un gamin qui revient de la plage puis il avait retiré sa chemise mouillée, l'avait soigneusement étendue sur le dossier de la chaise. Elle n'aurait jamais pensé qu'il puisse s'intéresser à une fille comme elle, si timide à l'époque. Elle n'avait pas remarqué non plus qu'il était si beau. Ses longues mains blanches, sa bouche bien dessinée, son torse imberbe, et surtout son regard : si doux et si plein de tendresse, du genre qui te fera pas de mal. Tu pourrais me passer un tee-shirt, tu crois ? avait-il demandé, et Florence s'était empressée d'aller fouiller dans son armoire. Elle avait alors eu une pensée pour sa mère, là-haut, qui dans sa dernière lettre avant de mourir lui avait enjoint de se trouver un homme qui l'aimerait *comme un père, une mère et un amant réunis*. (Démerde-toi avec ça.)

Florence et Baptiste avaient trinqué au jus de tomate. Ils avaient parlé de Tatiana, qui était vraiment une fille brillante, et une sacrée panthère aussi. Ils étaient ensuite restés de longues minutes silencieux, à regarder les gens qui dansaient dans l'immeuble d'en face. Ceux du sixième donnaient une grande fête. Ça swinguait dans tous les sens, ça riait, ça cassait des verres. Ça fumait des clopes et des plantes rigolotes.

À un moment la musique s'était arrêtée et quelqu'un avait apporté un gâteau plein de bougies, tandis que les convives chantaient pour l'hôte un *happy birthday* bourré de fausses notes. Baptiste avait alors embrassé Florence dans le cou, puis sur le bout des doigts.

De l'autre côté, un jeune homme avait soufflé les bougies et tout le monde avait applaudi, clamant des hip hip hip et des bravos ; le champagne s'était mis à pétiller dans les coupes et aussi dans l'air du soir, les petites bulles s'échappant par la fenêtre et volant lentement jusqu'à la chambre d'en face, où se trouvaient Florence et Baptiste. Le pétillement avait parcouru leur peau et les avait enivrés d'un coup – ça me monte à la tête, pas toi ? avait dit Baptiste, les joues empourprées, et du plat de la main il avait tâté le front de Florence, comme pour vérifier la fièvre.

C'était il y a plus de vingt-cinq ans, mais dans sa mémoire tout était intact.

Florence quitta le café et marcha jusqu'au jardin des Abbesses, un petit jardin à l'abri des regards qui autrefois servait à la culture des plantes médicinales. En cette saison, la vigne vierge et le chèvrefeuille grimpaient partout, la flore était luxuriante. Elle s'assit sur l'un des bancs et feuilleta le livre de Zeruya Shalev, quelques passages lus au hasard. Ça la rassura, elle n'était pas la seule à perdre les pédales quand les enfants quittaient le nid. Dina, l'héroïne du roman, avait trouvé la parade et s'était mis en tête d'adopter un enfant pour lui consacrer *le reste de sa vie*, même si elle risquait au passage de foutre en l'air son couple et sa relation avec sa fille.

Florence leva le nez de son livre. Autour d'elle la végétation remua vaguement. Était-ce l'effet du vent qui se lève, ou bien la nature qui soudain se mettait à gronder ? Difficile de dire. Elle ferma les yeux un instant, et dans sa tête elle vit la végétation croître en accéléré, à vitesse grand V, branches et racines s'insinuant partout, s'agrippant aux bancs, enserrant les grilles du jardin et débordant sur les façades des immeubles voisins jusqu'à envahir complètement les lieux. Elle regarda alors sa montre. Il était l'heure d'aller prendre sa garde à Bichat.

Ils avaient décidé de partir en week-end, mais sans idée particulière de la destination. Virgile se marra en voyant la valise de Marianne.

— Pour un week-end ? Tout ça ?

— C'est une valise cabine je te signale, se justifia-t-elle, sachant toutefois qu'elle avait pris trop de fringues trop de bouquins pour deux jours. C'est les affaires de toilette, ça prend de la place, ajouta-t-elle avec une pointe d'autodérision.

Ils se rendirent gare de Lyon et avisèrent les trains au départ, Marseille, Lausanne, Grenoble, Montpellier, mais comme ils n'arrivaient pas à se décider ils se dirigèrent vers l'une des agences de location de voiture. La dame derrière son comptoir, mal aimable au possible, leur assura qu'il ne lui restait plus rien – juste ce modèle, dit-elle en tournant vers eux son écran d'ordinateur et pointant son index sur une décapotable bleu azur. Tous deux acquiescèrent, va pour la décapotable, alors la dame, après avoir tenté de leur vendre toutes les assurances et options de la terre, leur tendit une enveloppe contenant le contrat de loc et les clés de la voiture. Sur le parking Virgile siffla d'admiration en voyant la décapotable, eh ben mon vieux, fit le tour de la bagnole en caressant la carrosserie, et s'installa sur le siège passager. Il se pencha par-dessus le levier de vitesse, mit le contact d'un geste sûr, puis lança à Marianne :

— À toi l'honneur, darling. Moi je n'ai pas le permis.

— Mais enfin Virgile, tu viens de le montrer à la dame. Ce n'était pas ton permis, peut-être ?

Virgile fit non de la tête, pas du tout tu as dû rêver, et il mit ses lunettes de soleil.

— Alors quoi, tu montes ? dit-il en regardant droit devant lui. Tu sais qu'on pollue la terre entière avec un moteur qui tourne à vide comme ça.

Marianne roulait vite, au-delà des limites autorisées, alors rapidement ils laissèrent derrière eux le périph, les cheminées d'usines, le ciel gris pollution, et à la place on vit des champs de colza, de betteraves, de pommes de terre et d'oignons blancs. Le paysage défilait à vive allure, ils en avaient froid aux dents, c'était le pied total. Virgile avait le sourire jusqu'aux oreilles, l'avant-bras appuyé sur la portière, tandis que Marianne, elle, jouait avec l'accélérateur, grisée par la conduite en décapotable.

— Ça va, Virgile ? Pas trop d'air ?

Virgile se tourna vers elle, pouce levé en l'air comme un copilote satisfait, alors Marianne enfonça l'accélérateur d'un coup net, et peu à peu les lignes devinrent incertaines, les contours flous, jusqu'à se figer complètement. Là, les arbres avaient disparu, il n'y avait plus que le ruban d'asphalte défilant devant le pare-brise et le vrombissement puissant du moteur. La vitesse avait serré les œillères au max, réduisant le champ de vision au minimum, comme si toutes les perceptions se trouvaient concentrées en un même point. Marianne en éprouva un sentiment de plénitude intense. Seule aux commandes. La route devant et le vent qui claque, le ciel immense. Et puis Virgile à ses côtés, qui pianotait sur la portière, les cheveux plaqués en arrière, souriant comme un gamin. Elle relâcha doucement l'accélérateur, desserra les mains du volant – est-on toujours capable de repérer l'instant précis où l'on commence à vivre ?

Marianne faillit manquer la sortie. Elle se rabattit au dernier moment, un peu trop brusquement, et Virgile fit un rapide signe de croix, se marra.

— Hé mollo, je tiens à rester en vie moi.

Ils roulèrent encore quelques kilomètres et s'arrêtèrent non loin de Cancale, dans une jolie pension en bord de mer où l'on servait les huîtres au kilo dans de petites cagettes en bois. La propriétaire, qui avait un fort accent sud-américain, les accueillit chaleureusement et insista sur les belles cuvées que sa cave recelait, vous serez ici *comme à la casa*, répéta-t-elle plusieurs fois, avant de les mener à la terrasse d'où la vue était splendide. Quelques rochers affleuraient çà et là, les mouettes tournicotaient en haut, et des étrilles clopinaient le long de l'estran. Marianne et Virgile s'installèrent en admirant les lieux tandis que la propriétaire passait un énergique coup de torchon, une main appuyée sur le bord de la table.

— Qu'est-ce que vous prendrez ? demanda-t-elle d'un ton guilleret. Il va être beau ce soir, le coucher de soleil. Voyez, le vent est tout rose, fit-elle avec un coup de menton vers le paysage.

Ils commencèrent par une eau gazeuse, la route les avait assoiffés, et ensuite la dame leur apporta des huîtres avec du pain au sarrasin, du beurre salé, ainsi qu'une bouteille de menetou-salon. Le soleil déclinait rapidement, plongeant vers la ligne d'horizon.

— C'est fou ce que la terre tourne vite, dit Virgile, planqué derrière ses lunettes. Heureusement qu'on ne s'en rend pas compte, t'imagines ?

Quand le soleil disparut tout à fait, le ciel se zébra de traînées colorées et les nuages s'éloignèrent lentement. Marianne fronça le nez. Elle était tombée sur une mauvaise huître. Elle dut la recracher discrètement dans sa serviette et se rincer la bouche à grandes gorgées de menetou-salon, ça fit pouffer Virgile.

— Faut toujours que ça tombe sur moi, dit-elle en avalant une autre gorgée de vin. Du coup quand je mange des huîtres, je reste sur mes gardes. Et ça gâche un peu le plaisir, je trouve.

Virgile l'avait en effet vue asperger ses huîtres de citron, pressant le quartier jusqu'à ce que le mollusque se rétracte comme il faut.

— Ah parce que toi tu trouves que ça diminue le plaisir d'être sur ses gardes ? répondit Virgile en soulevant ses lunettes de l'index, regard polisson à fond.

Marianne fit mine de ne pas avoir entendu, attrapa le dernier morceau de pain de la corbeille.

— De toute façon c'est bizarre d'avaler un truc vivant, dit-elle. Heureusement qu'on ne s'en rend pas compte. T'imagines.

À présent que la nuit était tombée, la mer était lourde et immobile, noire comme le mazout. Il faisait doux, l'air sentait l'algue humide, et il y avait dans le ciel quelques étoiles floues. Des bribes de musique s'échappaient de l'intérieur du restaurant, vraisemblablement une mélodie traditionnelle sud-américaine.

— C'est beau ce qu'on entend, dit Marianne à la propriétaire lorsqu'elle apporta la carte des desserts.

— Oui c'est *El Tornado*, ça. C'est de chez moi, folklore chilien, répondit-elle avec un sourire un peu ému.

La propriétaire était originaire de l'île de Chiloé, au sud du Chili. Elle raconta qu'elle avait épousé un Breton de passage là-bas, c'était au milieu des années 80 ; lui rêvait de se lancer dans le commerce du bois, il avait monté à Chiloé une petite entreprise qui avait vivoté un temps, avait fini par faire faillite, si bien qu'après plusieurs mois de galère il avait dû se résoudre à rentrer en France. Il avait alors proposé à Cecilia de l'accompagner. Elle était jeune et amoureuse, et comme elle n'avait pas vraiment de plan pour l'avenir, elle avait dit oui assez vite et quitté Chiloé sans regret. En arrivant en France, Cecilia et son Breton avaient transformé la maison familiale de ce dernier en pension conviviale et, trente-cinq ans plus tard, ils étaient toujours là.

Le téléphone de Virgile vibra plusieurs fois. Il l'ignora d'abord, puis y jeta un œil. Il eut l'air gêné. Ou troublé, difficile de savoir. Marianne le fixa, son cœur tambourinait sec à l'intérieur.

— C'est Tom ? demanda-t-elle cash pistache, l'alcool aidant.

— Non c'est pas Tom. C'est Andy. Il m'envoie ses dernières photos, une série sur les escort boys. Il aimerait mon avis. Tu veux voir ? dit-il en tendant l'écran de son téléphone.

— Il veut surtout se rabibocher, oui, dit Marianne.

Virgile s'embrouilla, non mais pas du tout, ça n'a rien à voir, puis il continua de parler ; ses phrases étaient gluantes comme des nouilles trop cuites. Visqueuses. Dégueulasses.

— En fait tu ne sais pas ce que tu veux, lâcha Marianne froidement.

— Pas très bien, non, répondit Virgile, sincère. En réalité, je ne sais plus très bien où j'en suis. Mais ce que je sais. Il regarda alors Marianne droit dans les yeux. Ce que je sais c'est que tu as une belle âme.

Qu'est-ce qu'elle en avait à foutre de son âme. Qu'est-ce qu'il lui baratinait, là. Il lui parlait de son âme comme on fourre un lot de consolation entre les mains de quelqu'un. Virgile héla la propriétaire.

— Armagnac, vous avez ça ?

Cecilia opina et revint l'instant d'après avec sa meilleure bouteille.

— Tenez, goûtez-moi ça. C'est un vrai nectar.

— On va prendre la bouteille dans ce cas, dit Virgile, qui attrapa la main de Marianne et l'entraîna avec lui. Allez viens, on va se dégommer ça sur la *playa*.

Le lendemain, le soleil se leva péniblement. La lumière était voilée. Leur chambre, située au premier étage de la pension, donnait sur la mer. L'endroit était petit et sentait le propre – parquet verni, draps rêches à force d'avoir été lavés, table en bois foncé, vase garni de campanules violettes. Virgile était accoudé à la fenêtre et regardait au loin, l'air sombre. Marianne remarqua que, pour une fois, il avait oublié de mettre ses lunettes de soleil au réveil.

— Gueule de bois ? demanda-t-elle pour dire quelque chose.

— Hum, fit Virgile tout en se frottant le haut du crâne.

La veille il l'avait entraînée sur la plage, la bouteille d'armagnac à la main, et ils avaient marché pieds nus dans le sable froid, s'étaient assis côte à côte. Ils avaient voulu repérer les étoiles connues. Avaient écouté le bruit des vagues. Et quand Virgile avait fumé une cigarette, on avait vu le petit bout incandescent s'agiter telle une luciole dans la nuit. Marianne aimait l'odeur que prenait son haleine avec le tabac, comme s'il venait de croquer des grains de café brûlés. Il lui avait déposé un baiser au creux du cou, et il était venu se glisser derrière elle, l'entourant de ses cuisses et de ses bras. Elle était restée un moment sans bouger, toute droite, résistant à l'étreinte de son amant, mais évidemment, très rapidement, le barrage avait cédé ; la vague chaude qui déferle, les membres qui se relâchent, son dos s'abandonnant contre le torse de Virgile, la tête basculant vers l'arrière. Avec pour seule fin : se couler en lui de tout son être.

Après, ils avaient secoué le sable de leurs cheveux et s'étaient versé l'armagnac de Cecilia dans des verres minuscules. Seuls sur la plage, ils avaient savouré en silence les arômes de miel et de prune cuite, les notes de sous-bois et de jeunes pins. Le goût de sève brillante avait coulé dans leur gorge – et ils s'étaient assoupis.

Ils quittèrent la chambre pour descendre au rez-de-chaussée. La propriétaire se trouvait assise devant la fenêtre, tricotant une paire de chaussons miniatures. Sans lâcher ses aiguilles, elle leva la tête, voulut savoir s'ils avaient bien dormi.

— Oh oui, comme des bébés, s'exclama Virgile, ce qui la fit rire.

— Je vais être grand-mère, dit-elle en soulevant les petits chaussons. Alors je tricote ça, c'est une tradition à Chiloé.

Virgile sortit son carnet de croquis et se mit à dessiner, quelques traits rapides, un peu de couleur. C'était un champ d'iris mauves, avec un grand ciel bleu au-dessus. Il détacha soigneusement la feuille de son carnet, la tendit à Cecilia.

— C'est pour le bébé, dit-il. Les Japonais se servent des iris pour se protéger des mauvais esprits. Et en général ils sont assez calés sur ce genre de choses, ajouta-t-il en rigolant bizarrement.

Ils remercièrent Cecilia pour son accueil et sa bonne humeur, et Virgile plaisanta encore un peu avec elle. Marianne remarqua qu'il ne quittait pas des yeux les petits chaussons. Il les regardait avec une tendresse un peu béate, comme s'il s'agissait du nourrisson lui-même, mais avec une certaine tristesse aussi. Derrière ses airs cabots et son rire un peu forcé, Marianne vit qu'il était ému à l'os.

Son père l'avait rêvé polytechnicien ou chirurgien. Virgile était un garçon brillant, plein d'esprit et très beau : il serait son parfait double. Pourtant les choses ne s'étaient pas tout à fait déroulées comme prévu et, l'année du bac, au cours d'un déjeuner dans un bistrot à deux pas du ministère, Virgile lui avait exposé comment il envisageait l'avenir – la terre sous les ongles, l'odeur des orages, le bruit de l'écorce qui s'effrite. Au début le père n'avait pas bien compris, pensait que son fils parlait par métaphores, alors Virgile avait précisé, paysagiste, un métier passionnant, des projets d'espace public et de jardins privés, mais malgré la verve dont il avait fait preuve le père n'avait pas été réceptif. Paysagiste ? T'es bien sûr ?

Il avait fixé sa côte de bœuf luisante de beurre à l'ail. Avait piqué une pomme de terre, essayé de répondre quelque chose. Pourquoi pas jardinier aussi ? Tu délires ou quoi, mon fils ? Mais rien n'était sorti. C'est comme si son cerveau avait décroché – comprends pas. Il s'était demandé d'où sortaient ces sornettes que son fils lui serinait avec tant de conviction puis, tranchant sa côte de bœuf en son centre, le sang suintant dans l'assiette et imbibant les pommes de terre, il avait raccroché les wagons d'un coup – ce con de Jean-Paul. Bien sûr. C'est ça. Qui d'autre que son plouc de frère chez qui l'on envoyait Virgile passer les vacances et parfois les week-ends ? Jean-Paul avait un potager fourni, une serre pleine de roses incroyables et il avait appris à Virgile tout un tas de choses ; il lui avait montré comment se servir de ses mains et de sa force, il lui avait appris à bêcher, planter, cueillir, et Virgile était doué pour tout cela, c'est vrai. Mais de là à mettre dans le crâne de ce pauvre gosse que c'était un métier. Franchement. Le père avait payé l'addition, était retourné au ministère, et avait mis tout l'après-midi à digérer sa côte de bœuf. Il avait espéré que ça passerait, que le gamin reviendrait dans le droit chemin. Ils avaient d'ailleurs eu plusieurs conversations là-dessus, réfléchis bien Virgile, c'est de ton avenir qu'il s'agit, de ta carrière, mais Virgile s'était entêté. Ma carrière, oui, exactement. Je suis certain que c'est ma voie, papa. Alors, peu à peu, le père s'était désintéressé de son éducation. Lui qui jusqu'ici l'entraînait aux joutes oratoires comme un sportif de haut niveau – brassant tous les sujets, économie, géopolitique, histoire, pour qu'il soit à même de s'en sortir dans les dîners en ville, en toutes circonstances –, il ne lui adressait désormais la parole que sur le mode impératif, débarrasse, laisse pas traîner tes affaires, sors de la salle de bains, ce genre de choses. Ce n'était plus la peine de se donner de la peine.

Plus tard, il avait compris que Virgile, en plus de ses petites copines, collectionnait aussi les petits copains. Lui qui n'avait qu'un seul fils – et deux filles si peu dégourdies. Pourquoi fallait-il que ça tombe sur lui. Qu'avait-il loupé dans son éducation ? Son propre monde se dérobait sous ses pieds, et toutes les nuits il faisait ce rêve où il se retrouvait tout nu dans les couloirs du ministère, incapable de regagner la sortie, avec ses collègues qui le montraient du doigt en ricanant comme des hyènes. C'est à cette époque qu'il se rendit compte qu'il n'avait pas d'amis véritables. Que sa femme et lui ne se parlaient plus que pour organiser le quotidien. Il avait passé de longues soirées tout seul dans son canapé à lire Judith Butler, Teresa de Lauretis, Michel Foucault, tout ce qui lui tombait sous la main pour tenter de comprendre, de chercher une réponse, un éclaircissement du moins. Mais il n'arrivait qu'à hausser les épaules en soupirant, totalement abattu – comprends pas. Pour la peine il s'était remis à fumer, après dix-sept ans d'abstinence.

Lorsque Virgile débarquait en gare de Dieppe et voyait son oncle au bout du quai, qui le saluait d'un petit signe de la main, il sentait son cœur grossir d'un coup et aspirait l'air à pleins poumons, accélérant le pas jusqu'à lui.

— Salut mon grand, tu as fait bon voyage ? disait Jean-Paul en lui fourrant dans les mains une crêpe au beurre encore tiède, emballée dans un peu d'alu.

Il prenait son neveu par l'épaule, le secouait affectueusement, et en retour Virgile le serrait très fort dans ses bras. Jean-Paul se marrait, eh doucement, tu vas me broyer les os, puis il prononçait cette même phrase, invariablement :

— Tu as encore poussé comme un haricot, toi.

Virgile montait dans sa bagnole aux sièges défoncés, toujours à l'avant, car à l'arrière et jusque dans le coffre c'était un foutoir incroyable, un empilement d'outils de jardinage, bêches, râteaux, arrosoir, sarcloir, ainsi que des vieilles sandales, des cannes à pêche, des seaux blanchis par le sel. La voiture cahotait ainsi jusqu'à la maison – les suspensions étaient mortes depuis longtemps – et Virgile restait le nez collé à la fenêtre, n'en loupant pas une miette, ébloui par la lumière soudaine du bord de mer, enivré par l'odeur de poussière, d'embruns et de liberté qui régnait dans l'habitacle.

Virgile aimait s'occuper du jardin avec Jean-Paul. Il aimait arracher les mauvaises herbes, déplacer des brouettes chargées à bloc, creuser la terre quand elle était trop dure. Il aimait éprouver sa force, prendre les choses à bras-le-corps, suer de partout. Et quand ses muscles étaient si courbaturés qu'il en avait du mal à se lever le matin, il se sentait bien comme jamais. Le cœur léger, le corps vivant. Lui dont le père ne valorisait que l'intellect et la capacité à raisonner, il éprouvait une joie franche à exécuter tous ces travaux physiques. Et ce qu'il aimait par-dessus tout, c'était l'odeur de la sueur après l'effort, cette odeur un peu âcre, de fer et de copeaux de bois.

Chez les voisins, il y avait une fille de son âge, Camille, qui était délurée et espiègle en diable et avec qui il passait beaucoup de temps. Elle se taillait les ongles au canif, avait des croûtes aux genoux et les cheveux courts comme un garçon, ébouriffés jamais coiffés. Ensemble ils grimpaient aux pommiers, restaient de longues heures perchés là-haut. Ils se construisaient aussi des cabanes, à l'abri du monde, et s'y installaient pour se raconter des tas d'histoires, plus farfelues les unes que les autres, et ce n'est que lorsqu'ils sentaient leur imagination faiblir qu'ils partaient se baigner au pied des falaises. Là, les vagues glacées claquaient leur corps, ils moulinaient l'eau et s'éclaboussaient comme des fous, s'attrapaient par les chevilles, se faisaient couler, restaient sous l'eau jusqu'à ce que l'air manque, jusqu'à ce que le froid fasse trop mal. Quand ils ressortaient ils avaient les lèvres bleues et la peau qui pique.

Sur le chemin du retour Camille lançait toujours à Virgile un ou deux défis idiots. Comme le jeu des limaces par exemple. Elle en choisissait une avec soin, la déposait délicatement sur sa langue, puis elle refermait la bouche et commençait à compter, levant le pouce, l'index, le majeur, un-deux-trois-quatre-cinq, et chaque fois qu'elle battait un nouveau record elle se frappait le torse d'un coup de poing sec, expulsant la limace en un crachat. Virgile avait bien essayé de rivaliser mais il avait toujours échoué.

— C'est comme au bras de fer, tu ne me battras jamais, disait Camille en montrant fièrement ses biceps de fille aussi musclés que ceux d'un garçon.

— Et toi, tu ne me battras jamais à la course, rétorquait Virgile en démarrant en trombe, immédiatement suivi de Camille.

Ils remontaient ainsi jusqu'à la maison de Jean-Paul, courant à toutes jambes, et arrivaient là-haut à bout de souffle, se tenant les côtes, pliés en deux.

— Ah vous voilà mes crevettes, disait Jean-Paul. La baignade fut bonne ?

Les gamins acquiesçaient, ouais c'était génial, et s'asseyaient tous deux à table. Jean-Paul leur servait alors un lait chaud avec une barre de chocolat à faire fondre dedans, et Virgile aimait la plonger dans sa tasse, attendre quelques secondes, puis suçoter le chocolat ramolli dont les arômes se trouvaient démultipliés.

Lorsque Virgile reprenait le train en sens inverse pour rentrer chez ses parents, il noircissait des pages entières de son carnet. Il dessinait Jean-Paul en train de bêcher, ses cheveux grisonnants coiffés en brosse, sa musculature nerveuse et ses veines saillantes le long de l'avant-bras ; il y avait aussi la petite Camille, genoux cagneux et biceps de chef, et puis les falaises ocre, couvertes d'herbe humide, le champ de pommiers après la pluie, la terre gorgée d'eau telle une éponge, le rosier qui vient d'éclore. Virgile s'arrêtait de temps à autre pour regarder par la fenêtre. Il mangeait un morceau du sandwich au concombre que Jean-Paul lui avait préparé, croquait une pomme du jardin. Et reprenait ensuite ses dessins. Il était bien, aurait voulu que le trajet ne finisse jamais.

Car lorsqu'il arrivait à la gare Saint-Lazare, il sentait immédiatement son estomac se nouer et sa respiration déconner. L'impression d'étouffer. Il descendait du train, sac sur l'épaule, et avançait tant bien que mal. Le dîner avec ses parents et ses deux sœurs. Les monologues du père, le silence des autres. Ce grand appartement bourgeois, les moulures au plafond, les longs couloirs et les pièces toutes identiques, miroirs aux murs, tableaux aux murs, pas d'espace pour respirer. Et ces rideaux affreux, si lourds qu'ils ne laissaient pas passer la lumière. Soudain autour de lui il y avait trop de monde. Une foule de gens pressés, les mines fermées, chacun pour soi, et puis trop de béton, trop de tristesse, trop de gris partout. Alors, juste là, au bout du quai, il vomissait tout son casse-croûte.

Quelques jours après leur week-end à Cancale, Virgile vint trouver Marianne chez elle. Pour dire que. Voilà. Il avait beaucoup réfléchi, aurait aimé que les choses soient autrement, mais il éprouvait la même angoisse que lorsqu'il arrivait sur le quai de la gare Saint-Lazare, quand il était gosse. Ce n'était pas de sa faute à elle. Qu'elle ne croie pas ça, surtout pas.

— C'est plutôt qu'il me reste des choses à régler, dit-il comme pour s'excuser.

Il mima quatre murs tout serrés autour de lui : m'enfermer, tout ça, je n'y arrive pas. À ces mots Marianne se figea.

— Attends Virgile, t'es en train de me dire que je représente ça pour toi ? L'enfermement, le manque d'air, la vie de petit-bourgeois ?

Virgile prit un air désolé et avança la main vers son visage, tenta une caresse.

— Mais putain Virgile, explosa-t-elle, quand on est ensemble c'est pas ça du tout ! Tu le dis toi-même : libres de tout et seuls au monde, des météores incandescents !

Il lui avait dit cela, c'est vrai, parlant d'eux comme d'un trait de feu qui fend le ciel noir, fulgurant, éclairant tout sur son passage. *Sans toi les gens ont des gueules de souris tristes, tout est vide et sans intérêt.*

— Tu ne m'as pas dit ça, peut-être ?

Virgile baissa les yeux, ne répondit rien, alors face à ce flagrant déni de réalité Marianne se mit à lui asséner des claques désordonnées sur les bras, le torse. Ne toucha pas au visage. Mais quand même. Jamais elle n'aurait pensé réagir comme ça, en hystérique, et ce n'est qu'une fois sa colère déchargée qu'elle ajouta froidement :

— Si c'est pour retourner baiser des mecs, tu aurais pu trouver autre chose.

Virgile ne prononça pas un mot, se dirigea juste vers la fenêtre. Regarda un instant au loin, le ciel, les toits, les oiseaux. Puis il quitta l'appartement de la rue Linné, sans se retourner.

Pendant plusieurs jours Marianne nettoya son appartement de fond en comble, placards et frigo compris. Elle rangea les livres de sa bibliothèque, d'abord par ordre alphabétique, ensuite par collections, elle changea l'ampoule de la salle de bains qui avait claqué depuis des semaines, jeta les trucs périmés qui traînaient dans sa cuisine, remplit un sac avec les vêtements qu'elle ne portait plus, tria le courrier en retard. Tout ce qu'elle pouvait faire pour ne pas penser à Virgile. Car rien qu'à l'idée qu'elle ne sentirait plus sa peau contre la sienne, son odeur douce le matin, il y avait cette vague qui montait en elle, l'envie de se laisser tomber par terre, de *tout* laisser tomber – que faire que désirer que rêver désormais ? Sans lui elle n'arrivait à rien.

Il fallait qu'elle se ressaisisse, qu'elle mène à bien ses projets, en invente d'autres, qu'elle finisse le roman qu'elle avait commencé d'écrire et qui n'avançait pas. Il y avait mille choses à faire sans Virgile. Ne surtout pas perdre ton temps à penser à lui et à ressasser, se répétait-elle comme un mantra.

Marianne se forçait à se tenir droite. Elle se forçait à être en forme, à faire du sport, à manger équilibré, c'était son deal avec elle-même. Ça tenait un temps mais il suffisait qu'un détail la ramène à Virgile pour que tout s'effondre, qu'elle pleure à en déborder d'elle-même, toute seule, comme ça, allongée sur le sol de la cuisine. *Virgile*, chuchotait-elle alors, *Virgile t'es là ? avec moi ?*

Elle mangeait du vin et buvait des plats préparés, elle perdait le sens, oubliait de dormir – le matin au petit déjeuner elle se réchauffait une boîte de raviolis qu'elle mangeait à même la conserve et le goût de la viande, c'était affreux, elle avait l'impression de mâcher un cadavre.

Ce qu'elle souhaitait dans ces moments-là c'était tomber très malade, ou avoir un accident, pour qu'on donne à Virgile des nouvelles graves et qu'il revienne, affolé dévasté, fou d'amour et de regrets. Elle tournait en rond dans son appartement, n'avait nulle part où aller, nulle part où espérer et elle se disait que là où elle se trouverait le mieux ce serait encore à l'asile, enfermée avec des folles et des infirmiers aux bras imberbes. Eux au moins ils s'occuperaient d'elle, ils lui donneraient des potions calmantes dans des gobelets transparents – et ils ne la laisseraient jamais seule.

Il lui fallut plus de deux mois pour que Virgile cesse de squatter ses pensées non-stop. Qu'elle commence à aller mieux. Qu'elle commence à sortir de chez elle, à voir des gens, à écrire des trucs corrects aussi. Son dernier article avait d'ailleurs plu au rédacteur en chef et celui-ci avait même décroché son téléphone pour la féliciter. Il lui avait fait un tas d'éloges sur un ton volontiers flagorneur, et à la fin il lui avait donné rendez-vous un après-midi dans la semaine.

— Tu sais qu'Élisabeth part bientôt à la retraite, lui dit-il en se servant un café. Il souffla sur le gobelet, aspira bruyamment la première gorgée. J'avais pensé à Lucie pour la remplacer mais comme elle va avoir ses jumeaux ça risque d'être compliqué, alors je me suis dit que toi, peut-être.

Marianne observa l'homme. Yeux globuleux, peau tannée par les séjours à Djerba et les années de tabac, bouche épaisse. Cette bouche qui était en train de lui annoncer, tu vas être responsable de la rubrique culture, ma cocotte. Elle ne sut pas déterminer avec certitude s'il s'agissait d'une bonne nouvelle ou non, mais au moins il se passait quelque chose. Une sorte de pas en avant. Alors : que Virgile aille se faire foutre, où qu'il soit. Enfin, façon de parler.

— Élisabeth est vraiment super, continua-t-il. Ça ne va pas être facile de prendre sa suite. Mais bon, j'ai fini par penser à toi parce que bla bla et bla, et il pérora ainsi de longues minutes, s'écoutant parler, si bien que Marianne décrocha rapidement.

Par la fenêtre, elle vit une feuille encore verte se détacher d'un platane. *Un poste à responsabilité, des pigistes à gérer, et les heures qu'on ne compte pas.* La feuille verte virevolta puis vint se poser sur le trottoir. Marianne y vit un signe, comprit le message – se détacher, tant qu'on est encore vivant.

— Message reçu, merci, murmura Marianne, se souriant à elle-même.

— Quoi ? fit le rédacteur en chef, sourcils froncés.

— La rubrique, se reprit-elle. Quand Élisabeth s'en ira, je m'en occuperai. Et tu vas voir, ça va déboîter, ajouta-t-elle sur un ton qui elle-même l'étonna.

Sur le chemin du retour Marianne s'arrêta à une terrasse de café, à deux pas de la fac de Jussieu. Elle inviterait bien ses parents à dîner, pour leur annoncer la nouvelle. Eux qui étaient toujours si soucieux pour son avenir, ils seraient contents d'apprendre qu'elle signait pour un vrai boulot, stable et pas trop mal payé. Elle n'aurait plus beaucoup de temps pour elle, c'est sûr, mais elle n'en aurait pas non plus pour penser à Virgile.

Elle n'avait pas fait ça depuis longtemps, s'installer en terrasse toute seule, et elle commanda un lait fraise comme lorsqu'elle était étudiante – c'était il y a une dizaine d'années, déjà. Elle pensa aux quelques garçons qu'elle avait connus depuis cette période, que des histoires sans intérêt. Pas une seule fois elle n'était tombée amoureuse. Elle avait même consulté un psy pour ça. Le problème venait peut-être d'elle, après tout.

À la table voisine, un jeune homme buvait un coca-cola en feuilletant des partitions. Marianne avait remarqué qu'il n'était pas très concentré, levait souvent le nez pour la regarder. Il était joli garçon, avait d'épais cheveux bouclés et des yeux noisette. Quand il croisa le regard de Marianne, il parut un peu gêné mais ne se dégonfla pas.

— Vous venez souvent, ici ? demanda-t-il pour engager la conversation.

— Pas trop, non, répondit Marianne. Vous êtes musicien ?

Il donnait des cours de piano, composait aussi. Il raconta qu'il avait récemment travaillé sur la musique d'un film, un film français à petit budget qui avait été sélectionné à Sundance, et qui passait au Reflet Médicis et au cinéma du Panthéon.

— Il a eu de bonnes critiques, et la semaine dernière Catherine Deneuve est même venue le voir. Il paraît qu'elle l'a trouvé super, précisa-t-il, pas peu fier. Mais bon, bosser pour le cinéma c'est compliqué. Je sais pas si je referai ça.

Ils discutèrent un moment, le garçon était intelligent, passionné par ce qu'il faisait, il était curieux et cultivé, pourtant, assez rapidement, Marianne n'eut plus envie de parler. Elle ne savait pas vraiment quoi dire. La conversation lui demandait un effort.

— Je dois y aller, finit par dire le jeune homme en rangeant les partitions dans son sac à dos. Je viens ici presque tous les jours, j'espère qu'on se reverra, ajouta-t-il avec un sourire charmant.

— Oui, à bientôt peut-être, répondit Marianne, distraitement.

Sachant que ses placards étaient vides, Marianne fit un stop au supermarché du coin. Juste devant, une fillette hurlait dans sa poussette, rouge de colère, des mèches de cheveux collées aux tempes. Elle agitait ses petites jambes dans tous les sens, se cabrait, tirait sur ses sangles trop serrées, et tendait les bras vers sa nounou, je veux sortir, je veux sortir, tandis que la nounou continuait d'écrire un texto tout en lui tapotant la tête pour la calmer. Marianne s'imagina la fillette qui chaque matin voyait sa mère partir au boulot et s'agrippait à ses bottes pour qu'elle l'emmène avec elle ; la fillette qui pleurait en silence le soir dans son lit à cause de cette nounou indifférente et peut-être même méchante et qu'elle devrait supporter de longs mois encore, prisonnière de son sort. Elle eut envie de la détacher de sa poussette, de s'enfuir avec elle, de la ramener à sa mère, mais au lieu de ça elle se pencha au-dessus d'elle et lui chuchota une parole rassurante qui la calma instantanément.

Au supermarché c'était l'heure de pointe, les caisses étaient blindées et leurs bip bip fusaient en rafales. Au rayon surgelés, Marianne attrapa deux sachets de légumes verts, quelques plats thaïs et referma la porte d'un coup sec, se prenant l'odeur de froid et de carton humide dans les narines. Elle rafla aussi un pack de yaourts, du thon en conserve, trois paquets de pâtes, du chocolat noir à 70 % et lorsqu'elle arriva à la caisse, elle aperçut la fillette au-dehors qui s'était remise à pleurer, et la nounou, toujours occupée ailleurs. Elle se fit alors la promesse de ne jamais vouloir d'enfant – trop flippant.

C'est ainsi que Marianne remontait la pente, en renonçant aux désirs qu'elle ne pouvait assouvir et en se convainquant d'être désormais dans le vrai. Une stratégie comme une autre. Elle entra dans son immeuble les bras chargés de paquets. La gardienne était en train de passer l'aspirateur dans la cage d'escalier. Marianne la salua, bonjour Beatriz vous allez bien, et elle commença à grimper, fit une courte pause au quatrième, posant ses sacs à terre, étirant ses doigts engourdis, puis elle continua jusqu'au dernier étage. Elle avait complètement oublié ce détail à la con – le double des clés. Jamais au cours de ces deux derniers mois elle n'avait songé à le lui réclamer. Si bien que lorsqu'elle ouvrit la porte, essoufflée après ses six étages sans ascenseur, elle le vit là, assis en tailleur sur son canapé, paumes posées sur les genoux tel un yogi, les yeux fermés.

Les sacs de courses lui tombèrent aussitôt des mains et, figée sur le palier, elle dit :

— On peut savoir ce que tu fous là, Virgile Lifar ?

Virgile se leva du canapé, tout sourire, pour venir aider Marianne à porter ses courses.

— C'est bon merci, je me débrouille toute seule, le rabroua-t-elle en se dirigeant vers la kitchenette.

Elle rangea nerveusement ses barquettes surgelées dans le congélateur, les empilant les unes sur les autres, et mit le reste dans les placards. Puis elle se planta devant lui, le regarda droit dans les yeux :

— Qu'est-ce que tu cherches exactement, Virgile ?

Elle avait mordu la poussière pendant des semaines, en avait morflé au point de ne plus savoir distinguer le blanc du noir, et à peine s'était-elle remise qu'il ressurgissait comme par miracle, comme si de rien n'était, et elle devait sûrement l'accueillir avec une haie d'honneur et des pétales de roses. Et puis quoi encore.

Virgile parut secoué par sa réaction, il fronça les sourcils, chercha un mot à dire, mais comme il n'avait pas grand-chose à avancer pour sa défense il baissa les yeux, se passa une main sur la nuque. Soupir soucieux.

— Écoute Marianne. Je sais que ça paraît fou, et je sais aussi que c'est moi qui suis parti, mais je crois qu'on devrait se revoir. Il fit une brève pause. Je pense à toi tout le temps. Non-stop. Sans répit.

Il se mit à arpenter le petit studio de long en large, allant et venant comme un poisson enfermé dans son bocal. Il était de plus en plus nerveux, et d'un coup haussa le ton.

— Après tout c'est pas si facile de changer de logiciel, merde ! Je te rencontre, on tombe amoureux, et puis quoi ? Il aurait fallu que je laisse tout tomber ? Les mecs, les fêtes, tout ça ?

Il essuya quelques postillons du revers de la main, et reprit :

— Parce que moi – il se frappa la poitrine de trois petits coups d'index – moi je n'avais pas été avec une fille depuis… un million d'années ! Et de toute façon, jamais avec une fille comme toi. Ça me donne quand même une excuse, non ?

Marianne ne répondit rien. Elle se contenta d'attraper deux Despe dans le frigo, en tendit une à Virgile, et ils dégoupillèrent leurs canettes pile au même instant. C'était tellement bon de le voir. My god. Il était tellement cinglé. Et tellement au-dessus du lot.

— Tu sais que les couples divorcés qui se remarient ça arrive souvent, dit Virgile, qui s'était rassis sur le canapé.

Marianne faillit s'étrangler avec sa Despe.

— Mais qu'est-ce que tu racontes, Virgile ? Déjà on n'était pas mariés ni rien du tout, et en plus ça n'arrive pas *souvent* que des couples se remarient. Tu as un message à me faire passer, peut-être ?

Virgile sourit. Secoua le fond de sa canette, presque vide.

— *Peut-être* que j'aimerais bien faire un bout de chemin avec toi, dit-il. J'ai pensé qu'on pourrait avoir des enfants aussi.

— Ah oui ? C'est ce que t'as pensé ?

— Oui, des petits gamins jolis comme toi et qui rempliraient la maison de leurs cris joyeux. Ce serait pas magique, ça ?

— Virgile…

Elle termina sa canette, se leva pour aller en chercher une autre. Pourquoi fallait-il qu'elle tombe sur un dingue absolu ?

Ce fut la dernière nuit qu'elle passa dans son studio de la rue Linné. Virgile lui avait fait de la place dans ses armoires, il lui avait installé un coin bureau près de la fenêtre et avait rempli la salle de bains de crèmes de beauté, de produits de maquillage, de shampoings pour cheveux longs. Il avait aussi acheté un beau peignoir pour chacun et une paire de draps neufs – des draps en lin, blanc crème.

Elle n'appréciait guère le quartier des Halles, n'aimait ni les rats qui cavalaient en plein jour ni les cris qu'on entendait la nuit, mais qu'importe. Virgile avait fait d'elle sa reine et elle était heureuse d'être là, avec lui.

Lui, il était sur un petit nuage. Il avait désormais admis le principe d'une identité plurielle – une identité fluctuant au gré des rencontres, masculin féminin peu importe – et il avait fait sienne cette complexité. Il ne niait pas son attirance pour les hommes, ni son passé, mais il s'octroyait aussi le droit d'être fou dingue de Marianne. Il faut dire que ces deux-là se correspondaient parfaitement – mêmes goûts mêmes désirs mêmes délires – et puis elle le comprenait comme personne ; il pouvait lui montrer n'importe quel projet de jardin, n'importe quelle esquisse, elle jugeait avec intelligence et justesse, donnait un avis qui lui ouvrait d'autres horizons, lui permettait d'explorer d'autres pistes esthétiques. Bien sûr, chaque fois qu'elle ne l'approuvait pas en bloc il s'agaçait, jouant la mauvaise foi à fond, enfin Marianne tu te trompes complètement, l'idée c'est pas ça du tout, cependant il finissait toujours par retravailler selon ses critiques, parfois aussi jetait tout pour repartir de zéro. Et chaque fois, le résultat le surprenait lui-même.

Marianne, de son côté, avait pris la suite d'Élisabeth au journal et était devenue responsable de la rubrique culture. Ses journées s'enchaînaient à un rythme infernal – réunions avec le rédac chef, coups de fil aux pigistes, sujets à caler, mails par centaines ; il y avait toujours aussi une inauguration de lieu culturel par-ci, une expo par-là, une interview avec un dramaturge en vogue ou un écrivain en lice pour le Goncourt, sans compter la chronique hebdomadaire qu'elle assurait pour une émission de radio. Bref, elle n'avait plus une minute de libre.

Elle essayait juste de se préserver un temps pour elle, le matin très tôt, avant que le réveil ne sonne. Elle aimait ce moment précieux où la nuit s'achève – le silence dans l'appartement, la respiration de Virgile encore endormi, la rue Saint-Denis tout juste nettoyée, les oiseaux qu'on entend encore au-dehors. Elle se mettait dans la cuisine avec un bouquin et se laissait porter. Elle lisait le plus lentement possible, savourant chaque ligne, chaque syllabe, et les plus belles phrases – celles qui en quelques mots déployaient tout un monde de sensations et de couleurs, une texture particulière, une atmosphère immédiate, évidente –, elle tâchait d'en garder trace dans sa mémoire, se les répétant plusieurs fois jusqu'à ce qu'elles sonnent familières.

Dans la pièce silencieuse, elle observait les minutes défiler sur l'horloge accrochée au mur. Bientôt le réveil de Virgile sonnerait et le temps s'accélérerait, la journée démarrerait pour de bon. Elle lisait quelques pages encore. Et elle songeait qu'avec Virgile les choses commençaient à prendre un tour sérieux. Qu'elles se solidifiaient peu à peu – comme ces coraux des mers du Sud qui croissent lentement mais sûrement, calcifiant leur squelette millimètre par millimètre.

— Tu es prête, Marianne ? On y va ? lança Virgile depuis le pas de la porte, la veste pliée au creux du coude. Ça fait une heure que tu te prépares, j'en peux plus.

Marianne sortit de la salle de bains vêtue d'une petite robe rouge qui mettait en valeur ses jambes, qu'elle avait longues et fines, comme sa mère. Elle portait des boucles d'oreilles dorées et avait relevé ses cheveux en un chignon désordonné. Virgile ne put s'empêcher de sourire en la voyant. Ok d'accord, ça valait le coup.

— T'imagines Marianne, un gamin joli comme toi ? dit-il tandis qu'ils descendaient les escaliers.

— Virgile, arrête avec ça…

— Ce serait tellement inattendu pour moi d'avoir un enfant. Le voir grandir et rire, s'émerveiller d'un rien, l'entendre prononcer ses premiers mots.

Marianne s'arrêta pour prendre appui contre le mur de la cage d'escalier, retira sa chaussure droite. En équilibre sur une jambe, elle la secoua, en fit tomber un minuscule caillou.

— J'ai des journées de dingue, Virgile, dit-elle en remettant sa chaussure. Je ne vois vraiment pas où je pourrais caser un enfant là-dedans. On en a déjà parlé quinze fois, pour moi c'est pas le bon moment.

— Pas le bon moment ? Mais enfin Marianne, tu vas avoir trente-quatre ans le mois prochain ! C'est la chance de notre vie ! Il enfila sa veste, réfléchit un instant. Tu n'as qu'à laisser la bête Élisabeth reprendre les rênes. Après tout c'est tôt pour la retraite, elle est encore en forme, non ?

Marianne se marra, ouais vachement, et Virgile l'attira à lui, l'embrassa goulûment. Quand il relâcha son étreinte, il prit le visage de Marianne entre ses mains, colla son front au sien.

— La chance de notre vie je te dis, répéta-t-il, solennel.

Ils marchèrent d'un pas rapide jusqu'au métro. Virgile fuma une demi-cigarette, écrasa le reste sur un coin de poubelle.

— Faut que j'arrête avec ça. Je veux pas que mes gosses respirent cette merde, dit-il en jetant son paquet à peine entamé au fond de la poubelle.

Il passa son bras sous celui de Marianne, l'embrassa juste derrière l'oreille, et tous deux s'engouffrèrent dans la bouche de métro.

— Au fait Virgile, c'est toi qui m'as piqué ma pilule ? demanda Marianne, une fois sur le quai. Parce que j'avais posé la plaquette dans la salle de bains et, bizarrement, elle a disparu.

— Ta pilule ? répondit Virgile, l'air surpris. Non je vois pas, ça ne me dit rien. Il remua la tête. Rien du tout du tout.

Ils avancèrent jusqu'au bout du quai. Six minutes d'attente pour le premier train, dix pour le deuxième. Les mains dans les poches, en équilibre sur les talons, Virgile se balançait d'avant en arrière, sifflotant entre ses dents. Marianne, elle, fixait les rails sans penser à rien. Elle vit passer un gros rat tout brun, détourna le regard. Pendant ce temps-là les gens continuaient à s'agglutiner autour d'elle, de plus en plus nombreux ; elle se sentit oppressée, en eut presque la nausée. Qu'est-ce que ce serait le jour où elle tomberait enceinte.

Lorsqu'ils arrivèrent au bar, Olive était en train de préparer un Sex on the Beach pour le sémillant Florian, un habitué qui ressemblait à s'y méprendre à l'acteur Melvil Poupaud.

— Hé mais regardez-moi cette beauté, dit Olive en apercevant Marianne. Oh là là mais t'es juste *ca-no-ni-ssime* comme ça.

Marianne sourit du compliment, vint lui faire une bise.

— Il n'est pas là ton Kamel ? demanda Virgile.

— Si si, il est juste allé m'acheter des clopes, répondit Olive. Tu crois quand même pas que je vais le laisser s'échapper comme ça, mon prince charmant ?

Marianne tira un tabouret à elle, Virgile fit de même.

— Je vous sers quoi ? Un Sex on the Beach, comme pour Florian ? demanda Olive tandis qu'elle s'ouvrait une petite bouteille de Renutryl saveur caramel. Ou bien tu veux essayer ça ?

— Sans façon, merci, répondit Virgile. Mets-moi plutôt un gin-tonic. C'est quoi cette nouvelle lubie ?

— C'est pas une lubie, très cher. C'est mon nouvel atout forme, répondit Olive tout en versant le gin dans les verres. Depuis que mon pharmacien m'a fait découvrir ce truc, je suis devenue complètement accro. Je ne me nourris plus que de ça.

Virgile attrapa la bouteille de Renutryl, jeta un œil à l'étiquette.

— Boisson hyperprotéinée pour personnes âgées dénutries, lut-il à voix haute. À utiliser *en complément* de l'alimentation. Il leva les yeux vers Olive. Tu es au courant ?

— Rabat-joie, va, fit Olive en haussant les épaules. Moi j'adore ça. Et il paraît que pour les fêtes ils vont sortir une version au foie gras, avec de vrais morceaux dedans.

Assise au comptoir, une femme très maquillée très apprêtée, soixante-dix piges facile, commanda elle aussi un gin-tonic. Elle portait un costume de velours bleu nuit et des baskets montantes à imprimé léopard. Elle avait les paupières colorées d'un vert nacré – des paupières légèrement tombantes, épaissies par les années –, un rouge vermillon sur les lèvres, et pas mal de blush aux joues. Un fort parfum musqué aussi. Marianne ne l'avait encore jamais vue par ici.

— Vous ne vous connaissez pas, je crois ? dit Olive. Je te présente notre mascotte à tous, mère des rêveurs, des travelos et des pédés du monde entier : j'ai nommé Maggy d'Anvers.

Marianne la salua d'un petit mouvement de tête et Maggy d'Anvers répondit par un sourire timide. Elle avala une gorgée de son gin-tonic, grimaça légèrement.

— Ça va pas, Maggy ? Tu veux autre chose ? demanda Olive.

— Non non, c'est très bien. C'est juste que. Elle posa ses deux mains autour du verre, s'éclaircit la voix. J'ai revu Gaston l'autre jour, et ça m'a complètement secouée. Je suis vraiment tombée amoureuse de ce type. À mon âge, merde. Je savais pas qu'on pouvait encore se faire avoir.

— Bah bien sûr que si, dit Olive. Y a pas d'âge pour ça.

— Vingt ans que je n'étais plus allée avec un homme, en plus. Et tellement pas mon genre !

Elle voulut rire de ça, mais aussitôt elle pensa à sa terreur de mourir seule, sans personne pour lui tenir la main, et les larmes montèrent d'un coup. Olive se pencha par-dessus le comptoir, l'enlaça avec affection. Les cheveux de Maggy sentaient le tabac, le musc et la vanille, c'était délicieux. Ces effluves firent vaciller Olive. Elle relâcha Maggy, brève caresse sur la joue, ça va aller ma chérie, puis elle se tourna vers la sono et, sans hésiter, poussa haut le volume, faisant flamber les notes d'une salsa cubaine hyper rythmée.

— Allez Maggy, viens danser, dit Olive en commençant à se déhancher. On ne va pas se laisser abattre. Je te rappelle que c'est interdit d'être triste, ici !

Maggy se tamponna les paupières avec un vieux kleenex, le vert pailleté du fard et le noir du mascara fondirent dessus ; elle prit une gorgée de gin et rejoignit Olive. Marianne terminait son verre en silence, le regard rivé aux photos de Tanger accrochées au mur. Elle n'osait plus bouger, bouleversée par le chagrin de cette femme.

Virgile se pencha alors doucement vers elle et, sans prévenir, lui souffla dans le cou. Ça la fit sursauter.

— C'est l'heure de rentrer, non ? dit-il en souriant, amusé de sa farce. Je ne sais pas toi, mais moi je ne tiens plus debout.

La nuit était déjà bien entamée et la rue Saint-Denis débordait de crasse. Les rats du coin avaient pillé les poubelles, le sol était jonché de restes de McDo, emballages de Maxi best of, gobelets vides et vieux bouts de frites. Il y avait des mecs en skate, des clodos, quelques prostituées désœuvrées et des passants qui zonaient là plus ou moins bruyamment. Lorsque Marianne et Virgile arrivèrent devant leur immeuble, un type était en train de pisser contre la porte. Virgile toqua à son épaule.

— Vous pouvez pas aller faire ça ailleurs, par hasard ?

Le type tourna la tête, les deux mains agrippées à sa bite, et bredouilla d'une voix pâteuse :

— Qu'est-ce que tu dis, connard ?

— Je dis que ce serait sympa de ne pas pisser là, répondit Virgile sans se démonter.

L'homme secoua les dernières gouttes, remonta sa braguette. Puis il se retourna, c'est quoi ton problème espèce de fils de, et décocha un coup de poing qui termina dans le vide tant il était ivre. Vint ensuite un pot-pourri d'insultes obscènes et décousues, à l'issue desquelles le type s'écroula par terre. Connard toi-même.

Virgile attrapa alors la main de Marianne et ils enjambèrent le bonhomme, s'empressant de rentrer dans l'immeuble.

— Ce quartier, c'est infernal pour les enfants, dit Virgile en gravissant les étages. Ça grouille de monde et y a pas un espace vert. Faudrait qu'on déménage. T'aimerais ça, déménager ?

— Mais dis-moi, toi, quand t'as une idée en tête ça devient vite une obsession, non ?

Il referma la porte derrière eux, embrassa Marianne dans le cou, lui mordilla l'oreille.

— Mais dis-moi, toi tu commences à bien me connaître, non ?

Virgile se brossa les dents en vitesse et se déshabilla dans la foulée, jetant ses vêtements au pied du lit. Il se passa une main sur la nuque, se pinça l'arête du nez.

— Je me sens pas très bien, moi. À tous les coups c'est les cocktails d'Olive.

Marianne lui fit remarquer qu'il n'avait presque rien bu ce soir. Elle lui massa les épaules, doucement, puis elle l'allongea, remonta le drap sur lui. Il s'endormit instantanément.

Marianne, elle, resta un moment à la fenêtre. Elle observa ce petit groupe d'ados qui faisaient tourner un joint, et le clodo qui passa devant eux.

— Tous des glandeurs ! Tous des bons à rien ! gueula-t-il tandis que les jeunes se marraient en lui lançant des pièces.

Elle avait tellement la flemme de se démaquiller, se brosser les dents, se désaper. Imagine combien de fois tu fais ça dans une vie, l'éternel recommencement du quotidien. Mieux vaut ne pas trop y penser.

Les néons du sex-shop voisin éclairaient l'appartement d'un rose fuchsia vif. Les murs étaient rose fuchsia. Les draps étaient rose fuchsia. Et sans doute aussi les pensées de Marianne – Virgile doit avoir raison, murmura-t-elle pour elle-même. Ce n'est *jamais* le moment d'avoir un enfant, on a toujours une bonne raison de remettre ça à plus tard.

Elle regarda son Virgile rose fuchsia, si beau, et vint se coucher à ses côtés, embrassa sa joue. Il tendit mollement le bras vers elle, marmonna quelques mots et retomba aussitôt dans les bras de Morphée. Elle glissa alors ses pieds froids entre ceux tout chauds de Virgile et, avant même d'avoir pu compter jusqu'à dix, elle s'endormit à son tour – un léger sourire aux lèvres.

À peine trois semaines plus tard, Marianne et Virgile se trouvaient au bas de l'immeuble en train de charger leurs cartons dans une camionnette de déménagement. C'est Andy, l'ex-amant photographe, qui leur avait filé le tuyau. Un bon plan, apparemment. Marianne avait d'abord été réticente, mais en visitant l'endroit elle n'avait pu qu'accepter. C'était un appartement perché en haut de la butte Montmartre, lumineux et plein de charme, et dont la vue était extraordinaire. On surplombait littéralement le nord de Paris. Le ciel était immense, le regard arrêté par aucun obstacle, pouvant filer droit jusqu'à l'horizon. On voyait les toits de zinc s'agencer tels des Lego irréguliers, nuances de bleu-gris et d'ardoise, et puis les cheminées rouge brique, les antennes de télé déglinguées, et ces grandes tours d'habitations qui marquaient la frontière avec Saint-Ouen, Saint-Denis, Aubervilliers. Plus loin, on apercevait les collines d'Île-de-France et l'on devinait les terres agricoles, là où poussent le blé et le colza, les petits pois, les betteraves rouges, les grosses laitues.

Marianne et Virgile défirent ensemble leurs cartons, ils empilèrent leurs pulls dans les armoires, suspendirent robes et manteaux, rangèrent assiettes, verres, couverts, une place pour chaque chose, chaque chose à sa place, et enfin ils alignèrent leurs livres dans la bibliothèque, ceux de Marianne, ceux de Virgile, tous mélangés les uns aux autres.

Une fois le dernier carton déballé, Virgile embrassa Marianne avec tendresse. Leur premier appartement à tous les deux. Avec une chambre en plus. Pour fêter ça Virgile prépara une César *à sa façon*, mélangeant la romaine croquante, les morceaux de poulet, les tomates mûres et les croûtons beurrés. Il ajouta la coriandre, un peu de sauce worcestershire, et à cet instant Marianne songea qu'elle n'avait jamais rien goûté d'aussi bon. Ils mangèrent debout, suspendus à la vue, et quand ils eurent terminé ils débouchèrent une bouteille de champagne. Virgile servit deux grandes coupes, ils trinquèrent, puis les versèrent l'une après l'autre sur le sol de la cuisine – en guise de porte-bonheur.

Leur nouveau quartier leur plut immédiatement. En passant des Halles à Montmartre, ils avaient eu la sensation de mieux respirer, l'air semblait plus frais là-haut. Ils avaient tout de suite sympathisé avec les commerçants du coin, pris leurs habitudes dans le café en bas de chez eux, ils avaient exploré les rues alentour, les petits parcs, les restos, et rapidement tout leur était devenu familier. Le week-end, ils flânaient dans le quartier et déjeunaient dehors. Ils aimaient monter jusqu'au Sacré-Cœur, se glisser parmi les touristes en bermuda-sac à dos et slalomer entre les perches à selfie ; ils aimaient être plongés dans ce brouhaha de langues étrangères, ça leur donnait l'impression d'être en vacances eux aussi. Ils descendaient ensuite jusqu'à la halle Saint-Pierre, empruntant pour cela les allées pentues du square Louise-Michel, posé à flanc de butte, et s'arrêtaient pour prendre un verre dans une rue calme derrière Barbès. Parfois aussi, s'ils tombaient au bon moment, ils attrapaient une séance de ciné au Louxor, s'affalaient dans les fauteuils inconfortables et se laissaient emporter – tous deux aimaient les films tristes et les beaux mélos, ceux devant lesquels ils pouvaient pleurer sans retenue, et ils étaient toujours les derniers à quitter la salle, après la fin du générique, les yeux rougis et le nez bouché.

Alice n'en revenait pas. Sa fille avait déménagé, elle s'était installée avec Virgile dans un nouvel appartement, et elle ne l'avait même pas tenue au courant. Elles s'étaient pourtant parlé plusieurs fois au téléphone depuis. Mais jamais Marianne n'avait abordé le sujet, ni même fait la moindre allusion.

— Que veux-tu, lui avait dit Samuel, ta fille est aussi barjo que toi, c'est tout.

Alice s'était énervée, arrête de dire ça, Sam, c'est faux, et dans la foulée elle avait envoyé un message à Marianne pour proposer qu'ils viennent dîner tous les deux un de ces soirs. Pour faire connaissance. Pour se rencontrer. Faire les présentations. Elle avait galéré sur l'expression à employer, voulant à tout prix éviter que ça sonne trop solennel.

— Mais arrête de te prendre la tête, avait dit Sam, si tu crois que ça change quelque chose. Qu'ils viennent et puis c'est tout.

Alice avait tout de même mis les petits plats dans les grands pour l'occasion. Elle avait pris soin de se renseigner sur les goûts de Virgile et était allée chez le bon boucher du quartier, celui où il y avait toujours la queue et où les commandes affluaient pour le week-end. Elle avait acheté des côtelettes d'agneau – qu'elle ferait griller à la poêle ou bien au barbecue s'il faisait beau – et des rillettes d'oie pour l'apéritif. Ça lui avait fait bizarre d'entrer dans la boutique. Elle n'achetait plus de viande depuis des années, depuis que Marianne avait quitté la maison en fait. Elle avait du mal avec l'odeur de sang, et Sam quant à lui surveillait son cholestérol. Il disait aussi qu'on bousillait la planète, à manger toutes ces tonnes de barbaque. Ainsi étaient-ils devenus quasi végétariens.

Alice avait choisi une robe-pull vert foncé et des bottines de daim beige clair. Elle portait un mince serre-tête tressé et, en guise de boucles d'oreilles, deux petites plumes turquoise. Elle avait mis son habituel trait de khôl vert, assorti à ses yeux, et une touche de baume à lèvres transparent.

Marianne passa le portillon du jardin peu avant 20 heures, Virgile juste derrière elle, les deux se tenant par la main.

— Ouh là je suis en retard, dit Alice en les voyant. Je pensais faire les côtelettes au barbecue mais Sam me dit qu'il est pété. Quelle poisse.

— T'inquiète pas, répondit Marianne. On n'est pas pressés. Et puis on peut te donner un coup de main aussi.

— Nan penses-tu, fit-elle avec un sourire un peu forcé, embrassant sa fille sur les deux joues.

Il y avait dans ses gestes l'agitation des grandes occasions, une nervosité un peu gauche, et quand elle se tourna vers Virgile, ses yeux s'embuèrent d'un coup. Elle sembla hésiter, lui tendit finalement la main.

— Enchantée de vous connaître, Virgile.

Il répondit en se penchant vers elle, je vous fais la bise, posant l'autre main sur son épaule ; il reconnut son eau de toilette, des notes de figue fraîche et de feuilles vertes, et fut chatouillé par les petites mèches de cheveux qui dépassaient de son chignon.

— Très heureux, moi aussi.

Entre-temps Samuel avait quitté ses plants de tomates et sa position accroupie, il s'était relevé et époussetait ses mains encore pleines de terre.

— Bonjour, dit-il simplement. Je suis Samuel, le père de Marianne.

Alice fit cuire les côtelettes dans un peu de beurre, sala poivra. Elle découpa une courge butternut en gros cubes et les jeta dans une poêle déjà chaude, ça fit crépiter l'huile, elle baissa le feu. Puis elle éparpilla une poignée de pignons par-dessus. Voilà, il suffisait de laisser cuire gentiment, le temps de prendre l'apéritif.

— Martini ? Vin blanc ? Ou bien champagne ? demanda-t-elle, la main sur la porte du réfrigérateur. Qu'est-ce que vous préférez, Virgile ?

— Je prends comme vous, répondit-il en venant aider Alice avec les verres. Je trouve que votre jardin est très réussi.

— Oh c'est Sam ça, il y passe ses journées. Du coup, on a tout sous la main : basilic, ciboulette, romarin… Et puis les fleurs, j'adore que ce soit fleuri comme ça. Surtout les œillets, regardez comme ils sont beaux. En plus, il paraît qu'il n'y a pas plus efficace contre les pucerons.

— Votre géranium aussi est magnifique.

— C'est vrai qu'il est beau. Y a que les tomates. Je sais pas pourquoi, cette année Sam n'arrive pas à les avoir en forme.

Au cours du dîner, Marianne parla de son nouveau boulot. Pour une fois elle était contente de raconter ce qu'elle faisait, où elle en était.

— C'est sûr que je n'ai plus beaucoup de temps pour moi, mais c'est vraiment intéressant. Je rencontre des tas d'artistes, des écrivains, des cinéastes. Et à la rédac j'ai toute une équipe à coordonner, ça me plaît beaucoup.

Elle avait envie de donner à ses parents une image rassurante, la fille qui a sa vie bien en main, un boulot stable, des responsabilités, un mec, tout ça.

Alice souriait en écoutant sa fille parler, c'est bien, c'est vraiment bien, hein Sam ? Mais Sam ne disait pas un mot, fidèle à lui-même. Marianne aurait pourtant voulu qu'il manifeste quelque chose pour une fois – je ne sais pas, moi, une fierté, une tendresse, un début de satisfaction. Eh bien non. Il gardait tout à l'intérieur, n'exprimait rien. Il faut dire que ce soir-là il était particulièrement occupé à surveiller Virgile. Il observait la façon dont Virgile tenait son verre, dont il croisait les jambes l'une sur l'autre, sa manière aussi de poser la main sur le genou de sa fille, de s'intéresser à la vie des autres – la leur en l'occurrence – et puis l'aisance avec laquelle il proposait de resservir le vin dès qu'un verre était vide. Oui merci Virgile, avec plaisir, répondait Alice, qui tendait son verre tout en jetant à son mari un coup d'œil contrarié – tu pourrais le faire quand même, semblait-elle lui signifier.

Le regard de Sam avait croisé celui de Virgile à plusieurs reprises, et chaque fois il avait aussitôt replongé le nez dans son assiette, pris en flag, et surtout gêné de voir que Virgile lui souriait. Il pensait sûrement que Virgile regardait *tous* les hommes comme des amants potentiels.

Les petits os des côtelettes s'étaient accumulés dans les assiettes, celles de Marianne et Virgile en particulier, car Alice et Sam avaient juste goûté, une pour chacun et puis basta, ils se rattraperaient sur la suite. Sam se leva pour apporter les fromages. Là aussi, Alice s'était renseignée et il y avait tout ce que Virgile aimait, saint-nectaire, brie au poivre, chèvre cendré.

— Merveilleux ! fit-il en voyant l'assiette arriver sur la table. On est vraiment gâtés ce soir.

— Commencez à vous servir, dit Alice, moi je vais fumer une cigarette dehors.

— Je vous accompagne, répliqua Virgile en se levant.

— Bah t'avais pas arrêté ? dit Marianne, étonnée.

Virgile dressa l'index devant sa bouche, chut chut, on ne dit rien, et à pas de loup il suivit Alice dans le jardin.

— Je ne fume plus, dit-il en tirant une cigarette du paquet d'Alice. Mais bon, ce soir c'est particulier.

Alice sourit, légèrement flottante à cause du vin.

— On peut peut-être se tutoyer ? suggéra-t-elle en allumant sa cigarette.

Elle tendit le briquet à Virgile puis coinça sa main libre sous son aisselle, il faisait un peu froid.

— Donc toi tu es paysagiste, c'est ça ? dit-elle en soufflant la fumée sur le côté.

Je suis surtout le futur père de tes petits-enfants, eut-il envie de répondre, mais il se retint.

— Oui paysagiste, exactement. En ce moment je m'occupe du jardin d'un chanteur célèbre qui vient de s'acheter une propriété sur les hauteurs de Monaco. C'est un gros projet, très prenant. Avec beaucoup de moyens.

— Ah, c'est bien.

— Oui, répondit Virgile. C'est bien.

Il y eut un bref silence. On entendit le crépitement de leurs cigarettes, la fumée qu'on expire.

— Et avec Marianne, vous vous êtes rencontrés comment ?

— Comme ça, fit-il en mimant un claquement de doigts. Chez des amis à moi, qui tiennent un bar sympa.

Alice aurait voulu poser d'autres questions, elle aurait aimé en savoir plus sur eux, sur cette relation un peu particulière. Mais avec sa fille c'était tellement compliqué d'aborder les choses intimes. Alors, pensait-elle, alors peut-être qu'en parlant avec lui je pourrais glaner quelques informations, rassembler quelques pièces du puzzle. Elle ne parvint cependant pas à formuler quoi que ce soit qui ne la fasse paraître indiscrète, ou trop intrusive, aussi se contenta-t-elle de frissonner.

— Fait pas chaud, ce soir.

Ils écrasèrent leurs cigarettes dans un vieux pot de yaourt en verre et rentrèrent. Pour le dessert Alice avait prévu une glace au lait d'amande et son fameux cake à la banane.

— Avant on va mettre un peu de musique, non ? dit-elle en allant fouiller dans sa collection de vinyles.

Marianne vint s'accroupir avec elle devant la caisse, fit défiler les disques à coups d'index et s'arrêta sur celui de Nico & The Velvet Underground, tira la pochette.

— Tiens mets ça, Virgile est fan.

— Oh j'adore, dit-elle, déposant le disque sur la platine avec précaution.

Ça grésilla, le son craqua quelques secondes, puis on entendit la voix de Nico, unique et hypnotique, qui entonnait les premières strophes de *Femme fatale*. Virgile connaissait les paroles par cœur et il les murmura tout en regardant Marianne, comme s'il les lui adressait :

Here she comes
You better watch your step
She's going to break your heart in two
It's true

La crème glacée était trop dure, Samuel n'arrivait qu'à faire des miettes de boule. Il regardait les autres, qui étaient si joyeux et si présents au monde, pris par la musique, par l'ambiance de la soirée, quand lui se sentait si seul. Il croqua discrètement un petit morceau du cake à la banane. Marianne dansait au milieu du salon. Alice et Virgile s'étaient mis à parler musique, à rire ensemble. Je n'ai plus de prise sur rien, pensa Sam, je suis devenu vieux et tout fout le camp. Y a tout qui s'effrite sous mes doigts.

Dans sa bouche, le gâteau s'était décomposé en une multitude de petites miettes toutes sèches. Il était beaucoup trop cuit.

— Ça s'est bien passé, non ? dit Alice tandis qu'elle terminait de débarrasser la table.

Marianne et Virgile venaient de partir et ils l'avaient tous deux embrassée chaleureusement, la félicitant pour cette si bonne soirée ; elle en avait encore le sourire aux lèvres. Samuel, lui, était en train de nettoyer la grande poêle pleine de graisse d'agneau, penché au-dessus de l'évier. Il s'éclaboussa avec la mousse brunâtre, pesta contre ce robinet et cette éponge de merde.

Il s'était attendu à ce que Virgile soit un garçon maniéré et un peu précieux, efféminé sur les bords ; il s'était aussi fait l'idée d'un type déjanté, qui aurait le verbe haut et se mettrait à danser dès qu'on pousserait la musique un peu fort. C'était son image à lui de la folle, du bon pédé. Mais rien de tout cela n'avait vraiment coïncidé, et quand Alice avait mis le disque de Nico, Virgile avait juste chantonné les paroles – *she's going to break your heart in two, It's true*. Il avait collé la paume de Marianne contre sa joue à lui, s'y était lové un instant, puis l'avait relâchée. Marianne s'était mise à danser au milieu du salon, seule, tandis que Virgile la regardait amoureusement. Il s'était rapproché d'Alice, on met quoi après ? et tous deux avaient étalé au sol une dizaine de disques, Janis Joplin, David Bowie, Freddie Mercury, Joni Mitchell, Joan Baez. Et puis aussi Patti Smith.

— Tu as lu son bouquin ? avait-il demandé à Alice.

— Bien sûr que je l'ai lu, avait-elle répondu en sortant le disque de sa pochette. Je les ai tous lus, *Just Kids*, *M Train*, *Glaneurs de rêves*. Et pas qu'une fois !

Virgile avait souri, je suis tombé sur aussi fan que moi alors ? et ils avaient partagé leurs émotions de lecture, s'étaient enflammés sur leurs passages favoris. Sam était resté seul à table, tous ses repères envolés, ses prévisions contredites. Il ne savait pas comment aller contre Virgile. Qui était sympa, en plus. Et qui offrait peu de prise à la critique. Même au sujet du jardin et des tomates qui poussaient si mal parce que Sam les avait plantées côté ombre, Virgile avait eu la délicatesse de rester discret. Il avait évité les conseils, l'avis du gars qui s'y connaît. Il avait compris que Samuel y consacrait tout son temps et y mettait toute son âme, que la moindre plante tirant la gueule l'affectait personnellement et de manière démesurée, aussi s'était-il résolu à ne pas aborder le sujet avec lui. Il avait compris que ce jardin, Samuel en avait fait son domaine – *private* à mort.

— Comme tu ne me réponds pas, moi je te le dis : ça s'est très bien passé, affirma Alice tandis que Samuel tamponnait son polo avec un coin de torchon.

Il a l'air très amoureux d'elle, et elle de lui. Ils forment un beau couple. Ils vont être heureux ensemble.

— Hum, marmonna-t-il. On peut pas prévoir, ce genre de choses.

— Et si ça se trouve on va être grands-parents bientôt, continua-t-elle sans lui prêter attention. Elle gloussa toute seule. Grands-parents, t'imagines ? Tu voudrais qu'on t'appelle comment au juste ? Papi ? Grand-père ? Ou pépé peut-être ? Elle éclata de rire. Quelle horreur, *pépé* !

Alice commença à éteindre les lampes du salon, ferma les rideaux.

— En tout cas moi je le trouve très bien, ce garçon. En plus on a les mêmes goûts musicaux, c'est important ça.

À ces mots, Sam se figea.

— Mais qu'est-ce que tu racontes, bredouilla-t-il, soudain tout pâle. On s'en tape de ses goûts musicaux. C'est pas *ça* qui est important.

Et au lieu de préparer leur tisane habituelle il alla choper la bouteille de chartreuse – merde Alice ! T'es vraiment con, parfois ! – la bouteille qu'il ouvrait pour les amis et qui se trouvait enfermée dans le petit meuble sous la télé, et il vint se rasseoir à table. Il but son verre d'un trait, s'en resservit un autre sur-le-champ. Alice était sur le point de lui renvoyer la balle, je suis peut-être con mais au moins moi je communique, moi je suis vivante, quand Sam lâcha tout – les tensions accumulées, les émotions jamais exprimées, ses angoisses les plus profondes – et se mit à pleurer à chaudes larmes, fourrant sa tête entre ses bras croisés.

— Mais Sam, murmura Alice. Qu'est-ce qui t'arrive, mon Sam ?

Il ne répondit rien, répéta juste, ma fille, ma petite fille, le front collé à la table poisseuse, sanglotant comme un gamin.

Virgile se tenait debout devant la fenêtre. Son regard le plus loin possible, par-delà les toits de zinc, le périph, les collines d'Île-de-France. Ses douleurs de dos étaient telles qu'il en avait la nausée – regarde loin devant, lui disait à l'époque son oncle Jean-Paul quand ils étaient en voiture et que Virgile avait mal au cœur. Regarde le plus loin possible vers l'horizon. Il lui donnait aussi un carré de sucre imbibé d'alcool de menthe, qu'il fallait suçoter jusqu'à ce que la nausée passe.

Virgile n'avait d'abord pas prêté attention à ses douleurs, des douleurs de dos banales pensait-il, celles dont tout le monde souffre, mais ces dernières semaines elles étaient devenues si intenses qu'elles l'empêchaient même de rester assis sur une chaise. Il avait pensé lumbago, sciatique, sciatalgie, ne sachant pas trop les nuances, il était allé voir un kiné, puis un ostéo, et comme ça ne passait toujours pas il avait pris rendez-vous pour une IRM qui aurait lieu le mois prochain. En attendant, il avait eu par Alice les coordonnées d'un acupuncteur qui, paraît-il, faisait des miracles. Virgile n'était pas spécialement adepte des médecines douces mais, avait-il fini par admettre, cela ne coûtait rien d'essayer.

Il attrapa la plaquette de comprimés, fit craquer l'enveloppe pelliculée, et avala son deuxième paracétamol codéiné de la journée avec une demi-canette de coca glacé. Il serait un peu vaseux mais tant pis, au moins la douleur serait atténuée.

Tout cela était lié à son projet en cours, il en était certain. Un cas de somatisation classique pour un chantier qui s'enlisait de jour en jour et dont personne ne voyait le bout. Il faut dire que depuis que ce chanteur célèbre l'avait contacté pour concevoir son *jardin d'Éden* – c'est le terme qu'il avait employé – c'était vite devenu l'enfer. Virgile, suivant à la lettre le brief de l'artiste, avait d'abord dessiné les plans d'un jardin méditerranéen, des centaines d'hectares d'oliviers et de lauriers-roses, des alignements de cyprès, figuiers, citronniers, et çà et là des buissons de lentisques, de la lavande, des agapanthes, des pins parasol. Un jardin splendide et luxuriant, surplombant la Méditerranée scintillante. Mais une fois les plans achevés et le chantier sur le point d'être lancé, le chanteur avait commencé à se demander si on ne devait pas plutôt aller vers quelque chose de plus épuré et minéral, plus japonisant peut-être – qu'en pensez-vous, Virgile ?

Virgile connaissait bien le genre diva. Il avait souvent eu affaire à des clients se croyant tout permis grâce à leurs réseaux et à leur compte en banque, cependant celui-ci était plus subtil, plus manipulateur aussi. Il avait instauré avec Virgile une relation quasi amicale, jouant sur l'affect ; il l'invitait à dîner, le présentait à ses copains artistes, lui faisait côtoyer du *beau monde* et des gens célèbres et cela donnait à Virgile l'impression d'avoir une vie plus excitante et plus exaltante qu'auparavant, une vie qui sortait de l'ordinaire, si bien qu'il se trouva vite coincé. Il continuait de répondre aux exigences du chanteur, accumulant les plans, recommençant sans cesse, proposant de nouvelles pistes, et le type semblait n'avoir aucun mal à partir dans des directions opposées, devait même penser que Virgile était là pour ça. Il lui avait d'ailleurs lancé un jour, sur le ton de la plaisanterie – avec vos tarifs, vous pouvez bien dessiner un croquis de plus !

En fait, il passait son temps à détruire le travail de Virgile tout en lui répétant qu'il l'adorait, qu'il avait un talent incroyable, et qu'ils dîneraient ensemble le soir même pour discuter de la suite. C'était à devenir maboule. Virgile savait que le chantier ne serait pas achevé dans les délais, qu'il était en train de refuser de nouveaux projets, les uns après les autres, et que financièrement ça allait commencer à devenir limite. De plus en plus souvent il pensait qu'il n'aurait pas dû accepter de se lancer là-dedans. Qu'il ferait mieux d'abandonner avant d'y laisser trop de plumes – la nuit, il rêvait du jardin tout juste achevé, mais à peine avait-il eu le temps d'admirer le travail qu'un orage énorme venait tout dévaster, anéantissant plantes et arbres, des milliers d'heures de travail ; on voyait les troncs éventrés, les cyprès à terre, les arbres fruitiers calcinés, et tous les massifs de fleurs écrabouillés par des grêlons gros comme des œufs de pigeons. Virgile pleurait au milieu des racines et des arbres morts, agenouillé dans la terre détrempée, tandis que le chanteur riait aux éclats, allez mon ami, disait-il, ça repoussera ! Ça aussi c'est compris dans le devis ! À ce moment-là, le cauchemar s'arrêtait net, comme une bulle de savon qu'on crève d'un coup d'index, et Virgile se réveillait en sueur, les draps glacés, le sang qui pulse dans les oreilles.

Sous l'effet des antalgiques, la douleur s'était légèrement atténuée. Virgile referma la fenêtre. Au loin, les nuages commençaient à s'accumuler par petits paquets et le ciel à s'assombrir ; le temps tournait à l'orage. Il regarda sa montre. Son rendez-vous avec Marianne n'était que dans deux heures, il avait largement le temps d'y aller à pied. Ça lui ferait du bien d'ailleurs, le kiné le lui avait dit – de l'exercice, au moins une demi-heure de marche par jour.

Il se changea – marinière à fines rayures, veste bleu indigo, pantalon clair –, se frotta les poignets d'eau de toilette, les pressa derrière les oreilles, et avant de sortir il attrapa les cadeaux qu'il avait choisis pour Marianne – une paire de boucles d'oreilles or et turquoise achetée dans une petite boutique aux Abbesses, et un bouquet de dahlias et lisianthus aussi large que lui. Ils prendraient d'abord un verre chez Olive et Kamel et iraient ensuite dîner dans un bistrot gastronomique du XIe arrondissement qu'on lui avait recommandé. Ils allaient fêter les trente-quatre ans de Marianne comme il se doit.

Virgile avait tellement hâte de la retrouver. Il avait hâte de passer cette soirée avec elle, de voir son visage s'illuminer lorsqu'elle découvrirait ses cadeaux.

La façon dont elle enfilerait les boucles d'oreilles, l'une après l'autre, en penchant légèrement la tête, lèvres entrouvertes, regard coulissant sur le côté ; la façon dont elle mettrait son nez dans le bouquet et s'émerveillerait, oh Virgile, elles sont tellement magnifiques ; son sourire ému, ses dents brillantes, ses fines taches de rousseur. Et puis le goût de ses baisers d'amoureuse.

Virgile claqua la porte, replaça le paillasson du bout de la chaussure. Tandis qu'il descendait les étages, son volumineux bouquet entre les bras, il sentit ses genoux mollir et l'escalier gondoler sous ses pieds ; pourtant il ne s'arrêta pas et, comme dans les rêves, ses jambes continuèrent toutes seules, dévalant les marches de plus en plus vite. Cinquième, quatrième, troisième, les étages dégringolèrent sur eux-mêmes, portes identiques, paillassons identiques, juste le numéro doré collé au mur pour indiquer l'étage, et quand il arriva au deuxième ses pieds foulaient à peine le tapis d'escalier, ce vieux tapis couleur grenat dont le centre était éliminé par les passages successifs. Ensuite ce fut le voile noir, le corps qui fond dans le vide.

Sa tête, en heurtant le sol, fit un bruit sourd. Il n'eut pas mal. Autour de lui tout flottait. C'était doux et calme, ça sentait le produit d'entretien. Il eut envie de rester comme ça, allongé sur le tapis usé. Attendre que Marianne vienne le rejoindre. C'est ça, fermer les yeux et attendre – sans doute avait-il un peu abusé de la codéine.

Dehors, la vie ordinaire suivait son cours. Il y avait des passants pressés et des gamins excités sur leurs trottinettes, l'épicier qui déchargeait les cageots de sa fourgonnette, le boucher qui dépeçait ses bêtes sanguinolentes, et le libraire qui fumait sa cigarette sur le trottoir, ses petites lunettes rondes juchées sur le haut du front. Il y avait aussi une femme qui faisait la manche, assise juste à côté du distributeur automatique, les pieds noirs de crasse et les ongles vernis d'un orange criard ; dans son bras gauche elle tenait un petit chiot et dans le droit un nourrisson, et elle leur donnait le sein comme ça, chacun à leur tour.

Virgile fit quelques mètres et comprit très vite que ça n'allait pas. Son bouquet pesait une tonne. Sa tête tournait, et de nouveau la nausée. Il s'arrêta pour prendre appui sur la selle du vélo garé là, eut envie d'appeler les secours – le 15 ou le 18, c'est lequel déjà le mieux ? – et tandis qu'il s'imaginait dans les couloirs de l'hôpital, allongé sur un brancard, les yeux rivés aux néons, l'angoisse s'emballa. La chanteuse Nico, tu te souviens ? Ce qui s'est passé pour elle sur l'île d'Ibiza ? Une chute à vélo, un choc crânien, et puis. Et puis quelques heures d'incertitude, quelques heures à ne pas savoir si oui ou non, pour que finalement, au bout du couloir, ce soit la mort toute bête toute conne qui l'attende. Hémorragie cérébrale. Voilà l'histoire. Virgile sentit son cœur tambouriner de partout, au fond de sa poitrine, au bout des doigts, sous les paupières, et tandis que la mendiante lui réclamait un euro il vit le ciel rétrécir, les oiseaux qui s'étaient tus, et le film défiler dans sa tête.

Nico est assise en tailleur sur une plage discrète de l'île, c'est le milieu de l'après-midi. Ibiza, 14 : 34, indique sa montre électronique Casio. Le soleil lui tape sur le crâne mais elle s'en tape, elle est en train d'écrire son plus beau poème. Elle s'interrompt de temps à autre pour boire une gorgée d'une boisson de sa composition, grenadine allongée de vodka, et vite reprend le stylo pour éviter que le poème ne lui échappe. Mais celui-ci est à point, elle n'a plus qu'à le cueillir. Quand enfin elle met la virgule finale – le poème se termine par une virgule, oui, comme une respiration, une invite à continuer – elle enfile un polo couleur tangerine et un minishort blanc qui laissent deviner son joli bikini, et enfourche sa bicyclette. Elle remonte la côte, pédale vite car vite elle veut rejoindre son amant d'alors, John Cooper Clarke. Elle a hâte de lui montrer son poème, il faudra qu'il le lise tout de suite, dise tout de suite ce qu'il en pense. Au sommet de la côte elle doit cependant s'arrêter un instant, reprendre son souffle. Il fait si chaud. Elle admire la Méditerranée immobile et tiède, cueille une fleur d'hibiscus pour garnir le vase de la cuisine. Elle a de grands yeux tombants un peu tristes. Sa frange trop longue vibre à chaque battement de cils. Elle continue en marchant à côté de sa bicyclette, une main sur le guidon, l'autre sur la selle. Le chemin sillonne parmi les buissons d'agaves, les amandiers, les grenadiers et les grands pins d'Alep. Elle aime le bruit que font ses sandales lorsqu'elle avance sur le sentier, le craquement léger de la semelle contre les cailloux, la poussière douce qui vient se glisser entre les orteils ; elle aime les branches des vieux palmiers-dattiers qui font un bruit sec au passage du vent, et les bougainvilliers fuchsia qui grimpent le long des façades chaulées.

Elle aime cet endroit par-dessus tout. Chaque fois, quand la nuit vient, elle accompagne les enfants du village qui ont allumé de gros lampions et descendent jusqu'à la plage pour faire griller du poisson frais et chanter des chansons traditionnelles. Elle voudrait vivre là, tout le temps. Être avec eux chaque jour de l'année. Elle qui a connu tous les excès, drogue alcool célébrité, elle trouve dans cet endroit la meilleure des cures de désintox.

Un peu plus loin, une bergeronnette vient se poser à ses pieds et pique son bec deux ou trois fois dans ce qu'elle croit être une flaque d'eau, puis lève la tête vers elle, l'œil interrogatif – ce n'est pas de l'eau, chuchote Nico, c'est juste une ombre. La bergeronnette la fixe un instant, surprise, puis donne trois coups d'ailes et s'échappe. Nico est si émue par le petit oiseau qu'elle remonte aussitôt sur sa bicyclette, ses sandales dérapent plusieurs fois avant de pouvoir démarrer, et elle s'embarque sans réfléchir sur le sentier caillouteux, pédale comme une folle pour ne pas perdre la bergeronnette de vue, c'est ma vie pense-t-elle, je peux pas la lâcher. À vélo cependant le chemin n'est pas commode, elle est cahotée dans tous les sens, ses fesses quittent la selle, ses pieds rebondissent sur les pédales, bientôt c'est le guidon qui lui échappe. Et puis la chute. Elle se relèvera coudes et genoux salement écorchés, cherchant d'un regard affolé la bergeronnette. Elle aurait bien pleuré mais elle est trop sonnée pour ça. Sa tête a heurté un gros caillou.

Ce n'est que quelques heures plus tard, à l'hôpital le plus proche, qu'on la trouvera allongée dans des draps roses et frais, ses longs cheveux raides étalés sur l'oreiller comme des filaments de méduse. Le visage lisse et intact, mais le cerveau bourré de sang.

Quand le médecin constatera le décès, une bergeronnette viendra se poser sur le rebord de la fenêtre ; ses pattes sautilleront sur le revêtement métallique, bref cliquetis de griffes minuscules, puis d'un coup de bec contre la vitre elle saluera Nico, un dernier adieu.

Chaque fois que Virgile écoutait un disque de Nico ça lui évoquait le New York underground des années 60-70, l'époque où dans les bars on croisait des musicos qui deviendraient célèbres et des poètes pauvres. Quand il l'écoutait, il pensait toujours aussi à sa chute à vélo sur l'île d'Ibiza, la végétation de bord de mer et les petits villages blancs, les vieux pêcheurs taiseux, les gamins tristes qui avaient prié pour elle la nuit durant. Et surtout le laps de temps qui avait séparé sa chute à vélo de son dernier souffle, cet espace durant lequel elle se trouvait *encore vivante* tout en étant *déjà morte*, comme un poulet à qui l'on a tranché la tête et qui continue de courir.

Virgile héla un taxi, qui par chance s'arrêta. Il passa son bouquet de fleurs en premier, s'installa à côté.

— Aux urgences les plus proches, s'il vous plaît.

Au volant c'était une femme à l'allure bourgeoise, carré blond et chemisier de soie blanc, perles aux oreilles et brushing parfait. Il croisa son regard dans le rétro intérieur.

— Bichat, c'est bien ça ? dit-il.

La femme acquiesça, un drôle de sourire aux lèvres, puis elle démarra en trombe, grillant le premier feu rouge. Tandis que Virgile tâchait de reprendre ses esprits, elle slalomait entre les voitures, évitait au max la pédale de frein et gardait les deux mains cramponnées au volant. Il retira sa veste, la replia sur ses genoux. L'air climatisé fit frissonner sa peau. C'était juste un malaise, rien de plus. Il n'y avait aucune raison de s'inquiéter. Il allait se présenter aux urgences, on contrôlerait que tout allait bien et il irait retrouver Marianne. Fêter son anniversaire. Lui dire à quel point ils étaient chanceux d'être ensemble, tous les deux.

Moins de dix minutes plus tard le taxi se gara devant l'hôpital Bichat. Virgile régla la course, en échange de quoi la femme lui tendit sa carte.

— J'ai commencé la semaine dernière, dit-elle. N'hésitez pas à m'appeler si vous avez besoin.

Virgile la remercia et mit la carte dans sa poche. *Sally Parker, taxi indépendant*, était-il inscrit. Il regarda la femme, qui n'avait l'air de s'appeler ni Sally ni Parker, et lui souhaita bonne chance pour la suite. Elle lui sourit bizarrement, une nouvelle fois.

Virgile claqua la portière, et se dirigea tant bien que mal vers l'entrée des urgences.

— Monsieur ! cria Sally Parker, la fenêtre passager grande ouverte. Vous oubliez vos fleurs !

Virgile se frappa le front, revint chercher son volumineux bouquet, et lui fit un petit signe de la main en guise de remerciement.

Lorsque Florence interpella Augustin Kermarec, l'interne de garde, elle avait encore avec elle le sac de la librairie où se trouvaient les cendres d'Yves-Claude. Elle ne s'était pas résolue à laisser l'urne au vestiaire, préférait la déposer directement dans le bureau de Tatiana. Elle essayait d'avoir l'air normal mais dans son esprit c'était la plus grande confusion. Elle avait enfilé sa blouse blanche à la va-vite et l'avait boutonnée n'importe comment.

— Dis-moi Augustin, fit-elle en remettant de l'ordre dans ses boutons, est-ce que tu peux regarder si tu as les résultats d'un patient en salle d'attente ? Il n'a pas l'air très bien.

Florence l'avait tout de suite remarqué, lui et son énorme bouquet de dahlias, ses yeux très bleus et sa chic marinière. Lorsqu'elle était passée devant lui, il s'était redressé sur sa chaise et lui avait adressé la parole sans hésiter, s'il vous plaît, j'attends des résultats d'analyse, est-ce que vous pourriez voir si on ne m'a pas oublié ? Elle avait répondu en lui posant une main sur l'épaule, je vais aller me renseigner, attendez-moi là, et il avait soupiré un merci beaucoup un peu fébrile, le nez plongé dans ses dahlias.

Augustin Kermarec avait assez vite mis la main sur les résultats du patient Lifar, Virgile, et tout en les tendant à Florence il commenta :

— Pas de suspicion d'hémorragie cérébrale, il me semble. Mais au vu des différentes constantes, lymphocyte et hémoglobine en particulier, et compte tenu de la présence de plusieurs ganglions, il me paraît opportun de soumettre le patient à des examens complémentaires.

Il parla ponction, scanner, et demanda son avis à Florence, qui après avoir parcouru les résultats répondit qu'il valait mieux, en effet, hospitaliser le patient. Augustin Kermarec afficha alors sa mine de premier de la classe, satisfait de lui. Florence avait toujours détesté ce genre d'internes, ceux pour qui le patient s'apparente davantage à un empilement de constantes et de chiffres qu'à un corps qui souffre, ceux qui savent si bien se mettre à distance, et qui à longueur de garde se répètent comme un mantra – si tu te blindes pas tu tiens pas.

Augustin essuya ses lunettes avec le pan de sa blouse, souriant à Florence. Il lui demanda si elle avait passé un bon week-end, lui demanda également si elle avait des projets pour les vacances. Elle répondit machinalement, aussi vague que possible, étant parfaitement consciente qu'il n'irait pas jusqu'à écouter les réponses.

— Et dans votre sac c'est le shopping du jour, c'est ça ?

— Non c'est mon chien, répondit-elle en écartant les anses du sac pour lui montrer. Elle leva les yeux vers l'interne, rectifia : les cendres de mon chien, plutôt.

Augustin Kermarec bloqua un instant puis remit ses lunettes, mal à l'aise.

— Le pire c'est que ce n'est même pas mon chien, ajouta Florence. C'est celui de ma meilleure amie. Tatiana, la chir cardiaque. Tu vois qui c'est ?

Elle tira de sa poche un petit sachet d'oursons à la guimauve, son truc pour calmer le stress, et en avala deux d'un coup. Putain, mais dans quoi je me suis fourrée. Elle tendit les oursons à Augustin Kermarec, qui fit non de la main, aimable à l'excès :

— Merci bien docteur Marchand, je ne voudrais surtout pas vous priver.

Avec les années, Florence avait appris à ne plus subir de plein fouet la souffrance des autres. À faire comme Baptiste, sortir le parapluie au bon moment pour se protéger des éclaboussures de malheur. Elle avait aussi appris à penser davantage à elle, à faire passer sa propre existence avant celle des patients et à ne plus se rendre malade lorsque la médecine échouait à guérir ou à soulager. Malgré tout, il lui arrivait encore de se faire avoir, de s'impliquer au-delà du raisonnable, d'être atteinte par la souffrance d'un patient – un geste un peu tremblé, une intonation qui vrille, un regard qui dit au secours ; oui, il lui arrivait encore d'aller s'enfermer dans les toilettes de l'hosto pour dégueuler un coup lorsque la douleur d'une femme ou d'un homme lui était insupportable. Cependant, elle avait choisi la voie de l'anesthésie – s'occuper de la douleur, précisément –, une voie qui selon elle réclamait une empathie supérieure à celle des autres spécialités, alors elle avait certes dû composer avec ce caractère hypersensible, mais elle en avait aussi fait un atout dans sa pratique de la médecine.

Après avoir déposé l'urne d'Yves-Claude dans le bureau de Tatiana, Florence se dirigea vers la salle d'attente d'un pas rapide et assuré, blouse bien boutonnée et stétho autour du cou, les deux mains libres.

— J'ai vos résultats monsieur Lifar, annonça-t-elle. Vous voulez bien me suivre ?

Elle le rassura sur l'hémorragie cérébrale, tout est ok de ce côté-là, soyez tranquille, mais elle ajouta qu'il fallait procéder à des examens complémentaires parce que les analyses révélaient un taux de lymphocytes élevé.

— Vous souffrez de douleurs particulières en ce moment ?

— Le dos, oui, répondit-il. Ça fait plusieurs semaines déjà, et je suis obligé de prendre de la codéine tous les jours.

— Ah oui ? Et vous avez passé un scanner ou une IRM ?

— J'ai une IRM prévue le mois prochain, répondit Virgile en jetant un œil à ses dahlias, qui avaient pris un coup de chaud. Vous pensez qu'elles sont dues à quoi, ces douleurs ? Parce que personne ne sait et moi je souffre le martyre.

Le docteur Marchand pressa le bouton de l'ascenseur et se tourna vers Virgile.

— Il peut y avoir de multiples causes, et la plupart sont bénignes, dit-elle. Mais à ce stade on ne peut pas savoir, c'est pour ça qu'on va vous faire passer d'autres examens.

L'ascenseur monta quelques étages et la porte s'ouvrit lentement, grinçant légèrement. Ensuite ce fut un long couloir, l'odeur des détergents d'hôpitaux, les néons qui se reflètent sur le lino lustré, les murs couleur pipi, les chariots qui passent (plateaux-repas ou instruments médicaux) et puis les soignants en blouses et sabots de plastique, leurs mines fatiguées et tendues, et malgré cela toujours un sourire sympa en croisant Florence. Virgile découvrit alors sa chambre – lit médicalisé, draps jaune pâle, vieux poste de télé accroché au mur, et dans le coin une chaise destinée aux visiteurs éventuels.

— Mais comment ? s'inquiéta Virgile, comme s'il réalisait d'un coup. Je peux pas rester, je dois aller retrouver Marianne. Il montra les dahlias. C'est pour elle. Pour son anniversaire.

Le docteur Marchand tenta d'employer un ton rassurant. Elle détestait ce genre de situation.

— Je vous l'ai dit monsieur Lifar, nous devons vous garder afin de procéder à des examens complémentaires. Pour connaître la cause exacte de votre malaise.

Elle comprit qu'il se sentait pris au piège, comme si on l'enfermait là contre son gré.

— Ne vous inquiétez pas, un autre médecin va passer vous voir, ajouta-t-elle en retirant son stéthoscope du cou et le pliant pour qu'il rentre dans la poche de sa blouse. En attendant je vais aller chercher de l'eau pour vos fleurs. Elles sont belles, ce serait dommage.

Elle lui avait posé une main sur l'avant-bras, je reviens tout de suite, et avait filé droit vers les toilettes. Là, loquet fermé et dos plaqué à la porte, elle avait levé les yeux vers le détecteur de fumée au plafond et tâché de se raisonner – qu'est-ce qui la touchait comme ça ? Les fleurs qui allaient mourir avant d'avoir été admirées ? Le regard affolé de celui qui va passer sa première nuit à l'hôpital ? L'amoureuse qui allait attendre son amant en vain ? Florence avait gardé les yeux rivés au détecteur de fumée pour s'empêcher de pleurer mais les larmes étaient venues sans prévenir, coulant sur ses joues comme des rivières.

Virgile s'était assis sur le bord du lit, ses fesses enfoncées dans le matelas trop mou. Il sortit son téléphone pour appeler Marianne. Sa main tremblait légèrement. C'est moi, allait-il dire. Ne t'inquiète pas. Il faudrait tout de suite prononcer ces mots, *ne t'inquiète pas*, ces mots rassurants mais aussi terriblement flippants, car dès qu'on les entend c'est que la suite de la phrase contient forcément un sujet de préoccupation. Je suis à l'hôpital, dirait-il. Un malaise, rien de grave. Juste gardé en observation. Pour faire d'autres examens.

Virgile se colla le téléphone à l'oreille. La tonalité traînait, on aurait dit que le temps qui séparait les différents bips avait été allongé. Marianne finit par décrocher, entourée d'un brouhaha joyeux.

— Allô Virgile, t'es où ? J'ai déjà bu deux Détox avec Kamel et Olive. Je te préviens, je vais être pétée si ça continue.

Il se mordit la lèvre. Marianne buvait de l'alcool. Merde. Test de grossesse négatif, c'est ça que ça voulait dire. Il eut envie de pleurer. Répondit juste que tout allait bien, mais que.

D'un geste de la main, Marianne fit signe à Olive de baisser la musique.

— À Bichat tu dis ? Mais c'est arrivé comment ?

Virgile raconta le malaise, sa chute dans l'escalier et la peur qu'il avait eue. Sa peur de l'hémorragie cérébrale.

— Je me suis vu mourir, je te jure. Quand tu sais qu'il suffit d'un choc mal placé, la tête qui tape au mauvais endroit pour qu'en moins de deux un caillot vienne te boucher l'artère cérébrale… C'est ce qui est arrivé à la chanteuse Nico, tu te souviens ?

Marianne l'avait laissé parler, sans l'interrompre, sachant qu'il avait toujours besoin d'imaginer le pire pour se rassurer sur son propre sort. Elle savait aussi qu'il avait besoin de ressasser le drame évité – comme on mâche un chewing-gum jusqu'à ce qu'il n'ait plus de goût – avant de pouvoir l'évacuer, de s'en débarrasser une fois pour toutes.

— Bon, mais tu n'as pas d'hémorragie cérébrale, c'est une bonne nouvelle. Ce qui m'inquiète plus, c'est qu'ils te gardent cette nuit. Ils ne t'ont rien dit d'autre, t'es sûr ?

— Non, rien d'autre.

Virgile eut un regard triste vers les fleurs.

— Je vais t'envoyer une photo du bouquet, dit-il. Demain il aura fané, c'est tellement fragile les dahlias.

Il avait refusé que Marianne vienne le rejoindre. Elle avait insisté mais Virgile était resté ferme, il ne voulait pas qu'elle passe sa soirée d'anniversaire à l'hôpital.

— Ne t'inquiète pas, je suis juste en observation. On se voit demain. Et puis je suis épuisé, je crois que je vais dormir tout de suite.

Ils raccrochèrent en s'échangeant un je t'aime un peu ému, et Virgile prit une photo du bouquet, l'envoya à Marianne – heureux anniversaire, mon amour ♥.

Ça le peina de voir les fleurs faner doucement, alors il repensa à ce que lui avait un jour dit son ami Pascal Cribier – « dans le jardin il n'y a pas de deuil, c'est la chance des jardiniers : ils se préoccupent de l'instant présent et pensent aux saisons futures ». Pas de deuil. La chance des jardiniers. Virgile avait passé tant de temps avec lui à Varengeville-sur-Mer, et ce jardin il l'avait connu à toutes les saisons, par tous les climats. C'est vrai qu'il n'y avait jamais de deuil. C'était un endroit magique, une valleuse arborée descendant en douceur vers la mer et entourée par les falaises crayeuses du pays de Caux, on y croisait des jonquilles, des coquelicots, des anémones roses, blanches ou mauves, des nigelles de Damas bleutées ; un paysage champêtre et vallonné qui par endroits semblait tout droit échappé d'un rêve, avec les guêpes bourdonnant dans un rayon de soleil. Les ormes, les hêtres, les châtaigniers, tout était taillé en permanence pour que l'on puisse toujours voir le ciel et la mer au bout, le regard jamais obstrué, si bien que Virgile avait souvent eu la sensation de se trouver à bord d'un vaisseau végétal suspendu au-dessus des flots.

C'est grâce à son oncle Jean-Paul qu'il avait fait la connaissance de Pascal Cribier. Il devait avoir quinze ou seize ans, pas plus, lorsque Jean-Paul lui avait pour la première fois parlé de son voisin, un type atypique et un peu excentrique.

— Mais surtout génial jardinier, avait-il précisé. Tu devrais aller le voir. Il passe autant de temps que toi dans les arbres, je suis sûr que vous allez vous entendre. Et au moins comme ça tu arrêteras de bousiller mes pommiers !

Virgile y était allé et, en effet, il avait trouvé Cribier perché au sommet d'un orme, en train d'élaguer les branches hautes. Virgile l'avait vu agiter sa petite scie à main pour l'inviter à le rejoindre alors il avait grimpé avec agilité, et là-haut, au milieu des branchages feuillus et des chants d'oiseaux – mésanges et martins-pêcheurs –, le jeune homme et le paysagiste avaient échangé leur première poignée de main.

Pascal Cribier avait tout de suite perçu le talent de Virgile, sa compréhension fine des plantes, des insectes, des nuages – tout ce que Jean-Paul lui avait enseigné – et très vite il l'avait pris sous son aile. Tu feras un bon paysagiste et un excellent jardinier, lui avait-il dit, et dans la tête de Virgile ça avait commencé à germer, il s'était renseigné sur les formations, avait acheté chez Gibert des tas de livres dans lesquels il apprenait le nom des arbres, des fleurs, la façon de les cultiver, les soigner, les tailler, de traiter les parasites.

Avec Cribier il avait passé un nombre incalculable de week-ends à élaguer la cime des arbres, à bêcher la terre, à pousser des brouettes remplies à ras bord. Pour Virgile c'était comme une deuxième naissance. Il développait ses muscles, aiguisait son regard, rendait ses mains calleuses et se laissait submerger par toutes ces sensations, l'odeur d'herbe coupée, la sève collante au bout des doigts, la peau qu'on s'écorche avec les ronces. Jamais il ne se lassait de toute cette beauté autour de lui. Il aimait les néfliers, avec leurs fruits ronds qui de loin ressemblaient à des noisettes géantes, les salicaires, avec leurs grandes tiges fleuries dressées en l'air, mauves ou rose foncé, et puis les camélias d'automne, qui diffusaient dans l'air des effluves de thé au jasmin. Il aimait regarder Pascal s'atteler à la taille des rhododendrons, pinçant entre deux ongles l'extrémité du rameau afin qu'il donne de nouvelles pousses, et il aimait aussi quand, parfois, à la nuit tombée, on faisait brûler du bois mort – là, sous les étoiles, Virgile avait l'impression de découvrir l'odeur intime du frêne, de l'aulne ou du bouleau, chaque essence d'arbre dégageant en se consumant un parfum particulier.

Quand Virgile avait intégré l'École de paysage de Versailles quelques années après, il avait continué à venir à Varengeville-sur-Mer, poursuivant avec Pascal Cribier sa formation sur le terrain. Un jour qu'il travaillait au jardin – il s'en souvint, à présent assis sur ce lit d'hôpital – il avait éprouvé une fatigue soudaine, vaguement nauséeuse. Seul au milieu des grands arbres, le menton appuyé sur le manche de sa bêche, il avait senti sa tête bourdonner et ses doigts s'engourdir, l'air autour devenir sourd, pesant. Le soleil était éclatant. Les oiseaux volaient au ralenti – leurs battements d'ailes aussi secs qu'une voile claquant au vent. De peur que ses jambes ne le lâchent il avait déposé ses outils au sol et était allé s'asseoir à l'ombre d'un magnolia, les deux paumes plaquées au sol, comme pour recharger son énergie, capter celle de la terre. Durant plusieurs minutes il avait observé la brise agiter le feuillage lourd et lustré du magnolia, et le bourdonnement dans sa tête avait commencé à s'estomper, le voile douloureux à se dissiper. Le paysage, peu à peu, avait retrouvé sa brillance, les sons leur intensité, l'air sa fluidité. Virgile était resté un moment ainsi sous le magnolia, au calme dans ses pensées.

Lorsque Pascal l'avait aperçu un peu plus tard, Virgile était en train de fumer une cigarette, les bras entourant ses genoux, ses yeux plantés dans les nuages. Pascal s'était approché de lui sans bruit, avait choisi le bon angle, pris plusieurs clichés. Et une fois l'instant fixé sur la pellicule – Virgile n'avait rien remarqué, il n'aurait connaissance de cette photographie que bien des années plus tard – Pascal avait remis le cache sur l'objectif, satisfait. Il avait alors regardé les longs nuages effilés qui dessinaient des volutes avant de se fondre dans le ciel, exactement comme le trait de lait se dilue dans la tasse de thé, et il avait pensé que, pour rien au monde, il n'échangerait une minute passée dans cet endroit.

Marianne termina son verre, il lui laissa un mauvais goût dans la bouche. Pourquoi se trouvait-elle assise au comptoir à rigoler et à s'enivrer quand Virgile, lui, était enfermé dans une chambre d'hosto sordide.

— T'inquiète, la rassura Olive. Ça arrive souvent, les malaises. Et puis à Bichat ils sont super : c'est là que Kamel s'est fait opérer de sa hernie. Il a adoré, ajouta-t-elle pour détendre l'atmosphère.

Mais Marianne eut du mal à apprécier la plaisanterie. Elle voulait juste retrouver Virgile. Que la nuit passe en un instant et que le lendemain soit déjà là. Elle regarda la photo que Virgile venait de lui envoyer – gros plan sur une profusion de dahlias rouges, de lisianthus et quelques branches d'eucalyptus – et huma l'écran de son téléphone comme pour respirer le bouquet. Son cœur s'emballa, l'air lui manqua aussitôt. Alors elle fit une bise rapide à Olive et Kamel, je vous tiens au courant, à plus tard, et quitta le bar sans même refermer derrière elle.

Dehors il pleuvait à verse, l'orage avait éclaté. Marianne se couvrit la tête avec sa veste et marcha à pas rapides jusqu'au métro le plus proche. Elle avait la bouche sèche et pleine de petits graviers coupants, les idées qui se cognaient les unes contre les autres. Elle descendit quelques marches pour accéder à la station, mais eut la gerbe rien qu'à l'idée d'être sous terre. Un couple la bouscula et s'excusa en riant, 'scuse on t'avait pas vue ; elle remua la tête, ça va, c'est rien, finalement remonta. Elle rentrerait chez elle à pied.

En moins de deux elle se retrouva trempée, les cheveux dégoulinants et les baskets qui font floc floc. Son visage se reflétait partout, dans les vitrines des boutiques et dans les flaques d'eau crasseuses, comme éclaté en mille morceaux. Ce n'est pas possible qu'il arrive quelque chose à Virgile, se dit-elle en passant devant une bande de clodos assoupis dans leur pisse. Pas quelque chose de grave en tout cas. Non, évidemment. Rien de grave. Rien de trop méchant. Dans sa famille on avait toujours été en bonne santé, les années avaient passé sans qu'on s'en inquiète, on avait toujours été épargné par la maladie, les deuils, les accidents, aussi trouva-t-elle rassurant d'avoir cette pensée – les vrais malheurs, ça n'arrive qu'aux autres.

Les sirènes de pompiers retentirent sur la ville tout au long de la nuit. Une demi-douzaine de stations de métro furent inondées, l'électricité sauta à plusieurs endroits et il fallut attendre le petit matin pour que la pluie cesse et que le calme revienne. Après l'orage, le ciel était frais et les oiseaux gazouillaient, sautillant aux terrasses des cafés encore désertes, grappillant ici et là quelques miettes et vieux mégots détrempés.

À l'hôpital Bichat, la chambre de Virgile sentait la fleur fanée. Il regarda sans y toucher le plateau qu'on lui avait apporté pour le petit déjeuner, une tasse de café tiède, un yaourt, un petit pain industriel, de la confiture en portion individuelle. Il était incapable d'avaler quoi que ce soit. Il n'avait pas dormi, avait passé la nuit à échanger des textos avec Marianne. Elle lui avait confirmé, pour le test de grossesse, et Virgile avait juste répondu par un smiley triste – une façon d'exprimer son état d'esprit sans y mettre trop de lui, de garder le trop-plein d'émotion à distance ; dommage mon amour ce sera pour la prochaine fois, semblait dire le petit émoticône. Pourtant, lorsque le message était parti et que Virgile s'était retrouvé face au mur jauni et au bouquet flétri, tout seul sur son lit d'hôpital, il s'était mis à sangloter en silence.

Le médecin qui se trouvait devant Virgile parcourut le compte rendu en suçotant sa branche de lunettes, sans dire un mot, soupirant de temps à autre. Il avait une haleine de tabac froid dégueulasse et sous les yeux des poches si gonflées qu'on aurait dit deux mini-knackis. Il replia ses lunettes, les glissa dans la poche de sa blouse, et après s'être passé une main sur son visage fatigué il annonça à Virgile, sans précaution aucune, que les résultats n'étaient pas bons, qu'il allait falloir procéder à une ponction lombaire afin d'établir le diagnostic définitif.

Virgile encaissa la nouvelle sans broncher, comme si ce n'était pas tout à fait monté au cerveau, et la première chose qu'il pensa – la première, vraiment – c'est qu'il n'allait pas pouvoir être hospitalisé trop longtemps car Marianne n'était pas encore enceinte.

Virgile avait demandé à Marianne d'attendre dans le couloir et elle n'avait pas opposé de résistance. Elle avait pris le petit paquet qu'il lui avait tendu – je veux juste que tu m'attendes pour l'ouvrir, avait-il dit – et elle était sortie de la chambre.

Tandis que le médecin s'entretenait avec Virgile, Marianne patientait dans le couloir, adossée au mur, triturant nerveusement son pendentif. Elle essayait de ne pas céder à l'angoisse. Suivait les allées et venues du personnel médical, observait tous ces gens qui s'affairaient pour que soit respecté le protocole, les patients à descendre au bloc opératoire, les médicaments à donner, les repas à servir. Toute cette mécanique si bien réglée et si bien huilée qui permettait de soigner, de sauver des vies. Mais plus l'attente durait, plus ça devenait compliqué pour Marianne. Elle se sentait glisser du mauvais côté. Deux infirmières passèrent alors devant elle, dossier sous le bras, bavardant et riant. Leurs sabots traînaient légèrement, elles avaient terminé leur journée. Marianne aurait donné n'importe quoi pour être à leur place.

Une femme en blouse blanche traversa le couloir à pas rapides et s'arrêta devant la chambre de Virgile. Elle toqua deux coups brefs, une main déjà sur la poignée, et adressa à Marianne un sourire courtois. Instinctivement Marianne jeta un œil à son badge – *médecin anesthésiste* était-il précisé – puis elle lui rendit son sourire. Par réflexe elle avait eu besoin de la situer dans la hiérarchie médicale et, c'est vrai, elle avait été rassurée que ce soit un médecin qui entre dans la chambre plutôt qu'un interne, un infirmier, un aide-soignant ou qui que ce soit d'autre, déduisant que sa venue serait probablement synonyme de nouvelles pour Virgile.

Florence Marchand referma la porte avec précaution et salua son collègue encore présent dans la chambre.

— Je pensais que tu avais fini, dit-elle. Tu veux que je repasse plus tard ?

Le docteur Daniel Goldstein se cala le dossier sous le bras, c'est bon j'ai terminé, puis il répéta à Virgile qu'il ne fallait pas s'inquiéter, qu'il allait être pris en charge par le service adéquat, et qu'il était au bon endroit. La porte claqua. Bref silence. Virgile et

Florence se retrouvèrent face à face, dans une sorte de capsule à l'abri du monde, avec entre eux quelque chose d'étrangement familier.

— Ils n'ont pas tenu, dit Virgile en montrant les dahlias tout affaissés.

— Avec cette chaleur, on ne peut pas faire de miracles…

Florence le regarda, fronça légèrement les sourcils.

— Vous êtes bien paysagiste, n'est-ce pas ? Parce que après vous avoir vu hier, je me suis souvenue d'une interview de vous dans un magazine, il y a quelque temps déjà.

— Ben voilà, faut que je me retrouve à l'hosto pour signer des autographes, plaisanta-t-il, c'est bien la première fois qu'on me reconnaît.

Il se souvint de l'interview avec Marianne, au lendemain de leur rencontre, et cela lui parut à des années-lumière de cette chambre d'hôpital, une autre réalité presque. Florence, elle, remarqua les deux rides toutes fines qui faisaient comme des parenthèses autour de ses lèvres, et puis ce détail : un cheveu blanc, le tout premier, avait poussé au cours de la nuit – telle une mauvaise herbe.

Florence savait que ses examens n'étaient pas terribles alors, au lieu de parler de ça avec lui, elle lui demanda conseil pour la clématite et le rosier qu'elle venait de planter sur son bout de balcon. Elle raconta aussi qu'après ses gardes elle prenait souvent le métro jusqu'à Pigalle et passait un moment chez Debeaulieu, son fleuriste préféré ; elle s'imprégnait des couleurs, des parfums, demandait le nom de cette fleur qu'elle n'avait encore jamais vue, et chaque fois elle repartait avec un bouquet assorti à son humeur du jour. Tout était toujours joliment fleuri chez elle, la table du salon, le comptoir de la cuisine, la chambre à coucher, la salle de bains même ; elle s'occupait de ses fleurs comme de ses patients, entièrement investie dans son geste, le choix du vase, le coup de ciseau qui vient biseauter la tige, l'eau claire qu'on change tous les deux jours. Après les longues journées passées à l'hôpital, et parfois les nuits, c'était sa manière à elle de redescendre, de se rattacher au réel, aux choses concrètes du quotidien.

Au fur et à mesure de la conversation Virgile s'était senti mieux, il avait repris des couleurs. Il avait aussi eu une subite envie de respirer l'air au-dehors, sentir le soleil sur sa peau claire, boire des spritz en terrasse.

— Si vous voulez, je passerai voir pour votre balcon, proposa-t-il.

— Avec plaisir, oui, répondit Florence, et elle griffonna son numéro de portable sur un bout de papier, le bouchon du stylo-bille coincé entre les dents.

Avant de partir, elle s'approcha du bouquet de dahlias.

— Il était superbe, c'est vraiment dommage. D'un geste de la main, elle le redressa vaguement, comme pour l'encourager à repartir. Vous me faites signe quand vous sortez ?

Marianne était assise en tailleur dans le couloir, son petit paquet posé à côté d'elle.

— Vous voulez entrer ? demanda Florence, la porte entrouverte.

Marianne se leva et fixa un instant Florence. Elle n'osa pas lui poser de question au sujet de Virgile, mais chercha sans doute dans son regard quelque indice. Un effluve de fleur fanée s'échappa alors de la chambre, la fit vaciller.

— Marianne, t'es là ? appela Virgile. Tu viendrais pas ouvrir ton cadeau, par hasard ?

Elle s'assit sur le lit à côté de Virgile et ouvrit délicatement l'emballage, sans le déchirer. À l'intérieur, une petite pochette de velours contenait les boucles d'oreilles or et turquoise. Marianne les fit glisser dans sa paume, les admira un instant. Elles avaient un éclat particulier – il les avait choisies spécialement pour elle – et aussitôt elles devinrent le bijou le plus précieux qu'elle ait jamais reçu. Elle embrassa Virgile, un baiser *full of life*, puis elle enfila les deux boucles qui oscillèrent brièvement à ses oreilles, l'or scintillant tel un brin de lumière. Marianne se lova ensuite contre Virgile et l'embrassa de nouveau, plusieurs fois, cou, lèvres, paupière, merci mon amour, merci pour tout, et elle glissa une main sous sa chemise, inspira fort, le nez collé à sa peau ; il avait une odeur de transpiration un peu âcre, une odeur qu'elle ne lui connaissait pas, mais elle ne fit aucun commentaire, retira simplement ses boucles d'oreilles, les déposa sur la table de nuit, et tous deux s'allongèrent en chien de fusil, emboîtés l'un dans l'autre, sans rien dire, juste respirer, respirer ensemble, mêler les souffles, les battements du cœur, les bribes de rêves naissants, et s'abandonner au sommeil – leurs deux corps enfoncés dans le lit trop mou.

Virgile dut attendre quelques jours pour avoir les résultats définitifs. C'est le docteur Goldstein lui-même qui vint lui annoncer le diagnostic. Et qui dans la foulée expliqua qu'on allait le transférer au service d'hématologie de l'hôpital Saint-Louis, pour une prise en charge plus adaptée à sa pathologie.

Service d'hématologie. Hôpital Saint-Louis. Prise en charge adaptée. Le cœur de Virgile s'était arrêté net en entendant les mots du docteur Goldstein – nuit noire, aucune étoile à l'horizon – car tout de suite il avait compris ce que cela signifiait, les conséquences directes, le risque, le risque que tout s'arrête, que tout soit fini pour lui, les jours, les nuits, la vie. Il avait regardé Marianne assise à ses côtés – son joli profil qui se détachait sur le mur blanc derrière, ses sourcils froncés d'inquiétude, ses lèvres entrouvertes comme pour chercher l'air – et à cet instant, *exactement* à cet instant, le sang s'était remis à affluer, le cœur avait recommencé de battre. Une fois. Deux fois. Trois fois. Puisque c'est de ça qu'il s'agissait. De battre. De *se* battre, tout de suite et sans répit, pour mater cet ennemi invisible qui s'était logé en lui et voulait maintenant coloniser chaque cellule de son corps.

— Monsieur Lifar, avait dit le docteur Goldstein d'une voix neutre et quasi dénuée d'affect, les derniers résultats nous indiquent que vous êtes atteint d'un lymphome non hodgkinien.

Pause. Virgile attrape la main de Marianne, une main douce et chaude qu'il palpe comme pour s'assurer de sa présence, et tandis que le médecin continue de lui parler il se recroqueville peu à peu sur sa chaise. Autour de lui des crabes géants agitent leurs pinces et veulent lui entailler la peau, lui faire très mal. Virgile devient soudain nerveux, s'agace, mais qu'est-ce qui se passe, qu'est-ce que c'est que *ça*, alors on entend Goldstein répondre sans détour :

— Un cancer du système lymphatique, pour être tout à fait précis.

Virgile y avait tout de suite vu un signe. Un signe positif. Saint-Louis est l'un des rares hôpitaux parisiens à disposer d'un jardin. Avant même de gagner sa chambre, il avait tenu à y faire un tour pour respirer un coup et marcher dans l'herbe, admirer les arbres centenaires, les gosses qui pique-niquent, les jeunes gens qui bronzent tranquilles. De forme carrée, le jardin était entouré des bâtiments historiques de l'hôpital Saint-Louis, vieux de quatre siècles, et il avait été conçu par le même architecte que celui de la place des Vosges. Virgile aima immédiatement l'endroit et, pour se porter chance, il arracha quelques brins de pelouse qu'il glissa dans sa poche.

— Voici comment les choses vont se dérouler, dit le médecin qui le prenait désormais en charge. Il y aura tout d'abord ce qu'on appelle un traitement d'induction, à peu près cinq semaines durant lesquelles vous recevrez un cocktail de médicaments anticancéreux ; viendra ensuite une période d'aplasie, c'est-à-dire une chute de vos globules blancs et donc de vos défenses immunitaires, ce qui nous contraindra à une hospitalisation en chambre stérile ; et puis, suivant votre réaction au traitement, nous pourrons poursuivre avec une chimio de consolidation et peut-être également avec un…

La bouche du médecin, une bouche charnue avec des lèvres gercées, antipathique au possible, enfilait les mots comme des perles autour du cou de Virgile, serrant au max, sans se soucier de savoir s'il pouvait encore respirer ou s'il y comprenait quelque chose. En réalité, Virgile ne percevait que des bribes de phrases ; il entendait myélogramme, cathéter, effets secondaires, PET scan, et tout ça faisait comme des petites bulles de boue dans son cerveau.

Marianne était assise à côté de lui. Elle lui tenait la main, elle ne comprenait rien – comment comprendre ? Sur les feuilles d'examen quelqu'un avait collé une petite étiquette, la même partout, et l'on pouvait y lire ces informations : LIFAR Virgile, sexe M, né le (avec sa date de naissance à lui). C'est vrai ça, comment comprendre. Comment comprendre que c'était de sa vie à lui – de leur vie à eux – qu'il était question.

Le médecin gardait un petit cure-dent coincé entre ses incisives, même en parlant, et de temps à autre il le pinçait entre le pouce et l'index pour le mâchonner plus vigoureusement. Le bout de ses doigts se terminait par des petits replis roses tout boursouflés *because* des ongles archi rongés. Un anxieux, indéniablement. Virgile essaya de ne pas se laisser déstabiliser, pensa au jardin qui se trouvait en bas, et au fait que le moral avait – cela était prouvé – un rôle fondamental dans la guérison des cancers et des maladies en général. Le médecin demanda si à ce stade il avait des questions, et sans vraiment lui laisser le temps de répondre il poursuivit sa logorrhée d'où se détacha un mot curieux, un mot qui tout de suite évoqua à Virgile un souvenir – *vincristine*. Virgile l'avait déjà entendu quelque part, de cela il était certain, pourtant son esprit flotta un moment avant de savoir où, et puis ça lui revint : son oncle Jean-Paul.

Il se rappelait la scène. Jean-Paul était en train de tailler les rosiers sous sa serre à Varengeville quand il avait parlé de son ami Bernard. Bernard qui avait un cancer du poumon et qui était suivi au Havre pour ça. Il avait prononcé les mots *chimio* et *effets secondaires* et avait dit que si Bernard était sur le point de s'en sortir c'était grâce au pouvoir des plantes. À ce moment-là Jean-Paul avait posé le sécateur, retiré ses gants, et il avait eu ce geste délicat indiquant la fin de la taille – la paume en creux vient soupeser la fleur, puis d'un mouvement enlevé caresse la boule de pétales. C'était un rosier de Damas, splendide, dont il était très fier.

— Parce qu'on lui donne de la vincristine, à Bernard, avait-il dit. Ça ne te dit rien, j'imagine ?

Jean-Paul avait repris son sécateur, était passé à un autre rosier, et avait ajouté :

— La vincristine on l'extrait de la pervenche de Madagascar. Et cette fleur, tu la vois partout en Polynésie.

Jean-Paul avait vécu à Tahiti durant son enfance et une partie de son adolescence, et sur cette époque il était intarissable. Il pouvait parler pendant des heures du vent au parfum de monoï, de la terre mouillée après la pluie, des vagues turquoise, des poissons violets ; ça avait été parmi les moments les plus heureux de son existence. Sur le chemin de l'école il croisait des poules, des chèvres, des chevaux sauvages, et au retour il s'attardait pour observer les oiseaux, les frégates en particulier, ainsi que la végétation démesurée qui faisait comme des bouquets géants plantés à flanc de coteau. Lui, le gamin rêveur, il s'imaginait les dieux locaux en fleuristes hors pair, et c'est ainsi qu'était né son amour inconditionnel pour le jardin.

De nouveau, Virgile jeta un œil aux feuilles d'examen qui portaient son nom et sa date de naissance.

1978.

L'année de la mort de Jacques Brel et de Claude François.

Celle du succès de *Stayin' Alive*.

Et de *Because the Night*.

Mais pourquoi il pense à tout ça, putain. Il serre la main de Marianne, un peu plus fort, et alors il a cette pensée – la pervenche de Madagascar, il allait se la prendre en intraveineuse et tout irait bien.

Ni Marianne ni Virgile n'avaient jusqu'ici entendu parler du CECOS.

— Il s'agit du centre d'étude et de conservation des œufs et du sperme humains, précisa le médecin qui changea son cure-dent de côté. Parce que avec la chimiothérapie, comme vous le savez, il existe un risque d'altération des cellules produisant les spermatozoïdes. Ce qui signifie pour vous un risque de stérilité, temporaire ou définitive.

Marianne pensa tout de suite à la plaquette de pilules que Virgile avait fait disparaître quelques semaines auparavant. Pour ne pas tomber enceinte elle l'avait rachetée, avait continué de prendre son comprimé quotidiennement, et puis finalement, avant de terminer tout à fait la plaquette, elle l'avait jetée à la poubelle. Maintenant elle se disait qu'elle avait trop traîné. Qu'elle aurait dû s'en débarrasser avant. Ou ne pas la racheter, tout simplement. Pourquoi n'avait-elle pas écouté Virgile, la chance de notre vie, un bébé tous les deux, lui rabâchait-il depuis des semaines, pourquoi ne l'avait-elle pas écouté, hein, à cause de ça on se retrouvait au CECOS de l'hôpital Cochin pour congeler en urgence les spermatozoïdes de Virgile au cas où la chimio le rendrait stérile – c'était à être fou.

Marianne et Virgile furent accueillis au CECOS par une dame sympathique et ultra énergique, talons qui font clac clac, bracelets qui font gling gling, le genre qu'on entend arriver de loin. Elle avait les cheveux teints en orange et coiffés en épis, et sur les lèvres un rouge pétard qui débordait un peu sur le côté. Il y avait eu un bref entretien pour faire le point sur la situation, puis la dame avait dit bon allez on y va, à vous de jouer monsieur Lifar, et d'un geste vif elle avait refermé le dossier du patient.

Marianne avait alors posé sa main sur l'épaule de Virgile, je t'attends au café en face, et elle lui avait glissé un petit baiser dans le cou. Virgile l'avait regardée d'un air triste et désemparé. Il n'avait aucune envie d'aller se branler, encore moins dans un labo médical.

Il s'exécuta malgré tout et son sperme fut conditionné dans des tubes très fins qu'on plaça dans une bonbonne d'azote liquide à – 196 °C. C'était surréaliste. Un cancer. La chimio. Une possible stérilité. Lui qui n'avait jamais été malade de sa vie, aucun rendez-vous chez le médecin, rien, juste un passage chez le dentiste une fois l'an, un contrôle chez l'ophtalmo par-ci par-là et basta.

Virgile signa les papiers nécessaires, geste empressé presque agacé, sans rien lire sauf cette dernière phrase qui l'étourdit comme un coup de poing pris en plein nez : « En cas de décès il est mis fin à la conservation des gamètes, selon l'arrêté du 11 avril 2008 relatif aux règles de bonnes pratiques cliniques et biologiques d'assistance médicale à la procréation. »

Mais qu'est-ce que c'est que ce bordel ? eut-il envie de gueuler à la dame aux cheveux orange. Tu ne sais pas que Marianne et moi on aura cet enfant quoi qu'il arrive, et même si je ne guéris pas ?

Si ses gestes avaient suivi sa pensée, Virgile se serait approché du visage de la dame et lui aurait pointé l'index dessus, je te dis qu'on aura cet enfant parce qu'on est trop dingues l'un de l'autre, compris ? Il l'aurait aussi soulevée par le col, on aurait vu ses talons s'agiter dans le vide, et Virgile hausser le ton :

— Alors ces petits gamètes, tu vois, tu vas me les garder autant de temps qu'il faudra. C'est ok pour toi ?

Dans un cliquetis de bracelets, la dame lui remit une grande enveloppe contenant tous ses papiers et elle lui souhaita bon courage.

— Ça va aller monsieur Lifar, lui dit-elle avec un gentil sourire. C'est une super équipe à Saint-Louis. Et puis aujourd'hui, le lymphome est l'un des cancers qu'on guérit le mieux.

Il la remercia. Plia l'enveloppe en deux. Puis il quitta le CECOS en évitant de croiser le regard de qui que ce soit.

Virgile traversa le boulevard de Port-Royal sans attendre que le petit bonhomme soit vert et rejoignit Marianne au café. Elle buvait un lait fraise, ce truc incompréhensible qu'elle trimballait depuis son enfance et qu'elle ressortait de temps à autre, le plus souvent quand elle était nostalgique ou désorientée. Virgile s'assit en face d'elle, lui arracha le verre des mains et aspira une grande gorgée de lait, mais au lieu de l'avaler il la garda en bouche puis gonfla les joues comme s'il allait tout recracher. Lèvres serrées, joues à bloc, il expulsa un mince filet de lait qui lui coula le long du menton.

— Qu'est-ce que je vous sers ? demanda le serveur, son plateau rond coincé sous le bras. Un autre lait fraise ?

Marianne pouffa et Virgile manqua de s'étrangler, dut avaler le reste d'un coup.

— C'est vraiment infect ce machin, je sais pas comment tu peux boire ça. Puis au serveur : un gin-tonic, please darling.

Marianne et Virgile regagnèrent l'hôpital Saint-Louis dans la soirée, après avoir dîné dans un bistrot rempli de jeunes gens joyeux, sur les bords du canal Saint-Martin. Ils marchèrent main dans la main, en silence, aussi tendus que pour une fin de permission. Virgile voulut faire un tour dans le jardin de l'hôpital mais on le fermait pour la nuit alors il se contenta d'une cigarette devant l'entrée. Il en fuma la moitié, ça le fit vomir aussitôt. Il n'avait plus trop l'habitude, il faut dire. Et puis c'était la dernière clope avant le début de la chimio. Quel flip. Marianne sortit de son sac une petite bouteille d'eau, imbiba un kleenex et lui tamponna le front, les lèvres. Elle lui tendit aussi sa boîte de pastilles à la menthe que Virgile secoua juste au-dessus de sa bouche, tête renversée vers l'arrière, pour en avaler plusieurs d'un coup.

Ce soir-là, la lune était grosse comme une orange. On entendait presque les loups hurler au loin.

— Tu sais qu'à Rambouillet des promeneurs sont tombés sur des cadavres de chevreuils qui ont sans doute été dévorés par des loups ? dit Marianne. On a aussi relevé des empreintes près de Montfort-l'Amaury et d'Arpajon. T'imagines ? Des loups en région parisienne ?

Marianne se représentait des loups stylisés, comme ceux des contes pour enfants, et elle les voyait rôder en proche banlieue, s'apprêtant à piller les supérettes de quartier et les rayons bidoche des hypers. Elle regarda la lune. Envoya une sorte de prière – à quelqu'un, quelque part. Elle savait que les loups, si le vent leur est favorable, peuvent repérer leur proie à plus de trois kilomètres – ces loups, dites, sauraient-ils renifler les tumeurs cancéreuses ?

Florence aime les plages du Nord, depuis toujours. Elle aime le rythme des marées, les grandes étendues aux couleurs diluées, le soleil pâle, et tous ces bouts de dunes parsemées de touffes d'oyat qui font comme des cheveux flous dans le paysage. La végétation y est perpétuellement courbée, même lorsque le vent est absent. Pour ce week-end en famille, Florence et Baptiste avaient choisi un appartement dans un immeuble moderne avec vue sur mer. Le carrelage blanc brillant avait été astiqué à fond – on voyait s'y refléter les meubles, quelques bouts de ciel bleu aussi – et la cuisine haut de gamme était équipée de machine à jus, blender, robot de cuisine et autres appareils à expresso flambant neufs. L'appartement avait été décoré pour la location, juste le minimum, sans la moindre trace d'âme humaine. Aux murs on trouvait deux ou trois photos noir et blanc sur le thème de la mer – un voilier, un phare, une mouette esseulée sur son ponton – et dans le salon une grande étagère blanche quasiment vide – un livre sur la Côte d'Opale, un sur les nœuds marins, et les trois premiers tomes de la saga *Millénium* avec en guise de serre-livres une aigrette en bois posée sur un petit socle carré. Il y avait aussi une lampe-tempête et un baromètre en laiton, tous deux faussement vieillis, et pour compléter l'ambiance maritime les chambres portaient toutes le nom d'une station balnéaire – Le Touquet, Berck-sur-Mer, Le Tréport – écrit sur une petite pancarte en bois accrochée à la porte.

Florence se dirigea vers la baie vitrée du salon, ouvrit en grand. L'air marin envahit aussitôt la pièce et fit voleter les quelques magazines posés sur la table basse. Elle sortit sur le balconnet et il lui fallut un temps pour dessiller, tant la réverbération était forte. Le ciel était bleu délavé, l'air chargé d'embruns. Elle inspira à pleins poumons et laissa échapper un petit rire de joie.

— Je pourrais mourir pour ces paysages.

Baptiste l'avait rejointe, il avait les deux mains posées sur la rambarde, les yeux plissés vers l'horizon.

— C'est vrai que c'est magnifique. Tu te rappelles notre premier week-end ici ?

Florence se tourna vers lui, sourire complice, évidemment que je m'en souviens, puis elle rassembla ses cheveux en un chignon rapide, les fixa avec une pince.

— On va manger des huîtres chez L'Écailler ce soir ? Ça te tente ?

Baptiste répondit par un baiser rapide sur la joue, mèche de cheveux replacée tendrement.

— Bien sûr, c'est déjà réservé ma Flo.

Les enfants avaient déposé leurs sacs dans les chambres, et sans attendre Nils avait enfilé son maillot de bain – un bermuda à fleurs lui tombant sous le genou. Il était descendu sur la plage, avait trottiné jusqu'à la mer et plongé sans hésiter. Il pouvait nager des heures sans se lasser ni faiblir, depuis toujours, et ce jour-là il enchaînait crawls et brasses coulées à un rythme effréné. Florence l'observait avec fascination, son corps vif et tout en muscles, effort physique au max, ses mouvements cadencés, et ce qu'elle admirait par-dessus tout c'était cette manière de s'isoler du monde – plonger sous la surface et se retrouver seul, avec les vagues et les algues, entendre son propre souffle sortir par les narines, l'expiration se matérialisant par ces milliers de petites bulles aussitôt évanouies, les bras et les jambes qui claquent les flots, et enfin l'air qu'il faut retourner chercher à la surface, la bouche arrondie comme un poisson, les yeux grands ouverts.

Nils sortit de l'eau à petites foulées. Il pencha la tête sur le côté et la secoua vigoureusement, sautant sur un pied, jusqu'à ce que son oreille se débouche. Il avait le torse hâlé, un torse juvénile encore, imberbe et lisse. L'eau salée glissa dessus et sa peau devint brillante comme un miroir.

— Tu viens te baigner vieille branche ? dit-il à Elena, et sans attendre la réponse il lui colla ses cheveux glacés dans le cou, turbulent comme un jeune chiot.

— Arrête Nils, tu fais chier !

Il se marra, ça rafraîchit hein, puis déchira l'emballage de la barre de céréales que lui tendait sa mère. Il avait les doigts fripés, les cheveux collants de sel. En trois bouchées ce fut avalé. Il enfila un tee-shirt jaune poussin, et du bout de l'ongle se décolla quelques miettes de céréales coincées au creux d'une molaire. Il avait une haleine sucrée, de maïs soufflé. Le cerveau lavé. Le corps fatigué, mais remonté à bloc.

— J'ai réservé ce soir chez L'Écailler, ça vous plaît ? dit Baptiste.

— Yes papa, t'es le meilleur ! fit Nils, avant de se tourner vers Elena. Faut que t'en profites, sister. Parce que là où tu vas, t'auras plus tout ça.

Il passa son bras autour du cou d'Elena, c'est bon je te charrie vieille branche, puis il lui fit un bisou exprès tout baveux sur la joue. Elle le repoussa vaguement, allez merde Nils va jouer ailleurs, et finit par rire avec lui.

— Je sais, je sais, je vais trop te manquer, dit-elle en lui ébouriffant les cheveux. Gros bébé, va.

Nils prit son air de chiot battu, posa sa tête sur l'épaule de sa sœur, et lui entoura la taille, la serra fort contre lui.

Il était tellement dègue qu'elle se barre, quitte le nid en premier. Un sale coup, ça on peut le dire. Eux qui s'entendaient si bien. Sans compter qu'Elena n'était que la cadette. Pourtant dans quelques semaines c'est elle qui partirait pour Londres et lui qui allait se retrouver seul-tout avec les parents – qu'il adorait, mais quand même. Il avait bien essayé de la dissuader, de lui balancer des arguments béton – les logements hors de prix, la bouffe dégueu, la pluie non-stop – mais Elena était du genre déterminée et quand elle avait décidé quelque chose c'était mission impossible de lui faire changer d'avis. Son rêve, c'était d'intégrer la Central Saint Martins, la grande école de mode. Elle pouvait préparer son admission depuis la France, lui avait-on objecté, mais elle avait été catégorique. Non, ça fait partie du projet, l'exil, l'ailleurs, enchaîner les petits boulots, manger des nouilles déshydratées, squatter des colocs à droite à gauche. Créer quelles que soient les conditions, continuer à confectionner des robes sexy et des pantalons chics même le ventre vide.

— C'est uniquement comme ça qu'on peut savoir si on a la vocation ou pas, avait-elle expliqué à ses parents, si inquiets de voir s'envoler leur petite.

Baptiste passa son bras sous celui de Florence et tous les quatre marchèrent le long de la digue, discutant gaiement. Nils parla du stage qu'il faisait actuellement en gastro à l'hôpital Georges-Pompidou, et expliqua à quel point cela lui plaisait. Il songeait sérieusement à s'orienter vers cette spécialité.

— Tu déconnes ? rétorqua Elena.

Et aussitôt Baptiste fronça les sourcils. Avec la médecine on ne déconne pas, non. Elle devrait le savoir.

Florence, elle, écoutait mais ne disait rien. Elle était ailleurs. Son fils allait gravir les échelons de la hiérarchie hospitalière, la gastro-entérologie comme spécialité, et plus tard il ouvrirait un cabinet en ville, aimerait son métier, pesterait contre ses patients mais se mettrait quand même en quatre pour eux. Il serait un bon médecin. Elena, elle, réussirait dans la voie plus irrégulière qu'elle s'était choisie. Florence le savait. Sa fille était douée, elle avait du talent. Et surtout elle était entêtée et obstinée, ne lâcherait pas l'affaire sans avoir obtenu ce qu'elle voulait.

Mes enfants sont devenus grands et ils n'ont plus besoin de moi, pensa Florence juste au moment où un grain de sable vint se loger dans le coin de son œil. Elle s'arrêta, frotta sa paupière, pleura un peu.

— Ça va maman ?

— Ça va Flo ?

— Oui oui, c'est rien. Juste un grain de sable.

Aura-t-elle été une bonne mère, comment le savoir. Comment savoir si on a eu la bonne réaction au bon moment, pris les bonnes décisions. Florence sortit de son sac une petite pipette de sérum physiologique, renversa la tête en arrière et se mit quelques gouttes dans l'œil. Juste les aimer, les aider à grandir, à devenir eux-mêmes. Puis à partir. Elle songea alors à sa propre mère, Suzanne, qui avait si tôt baissé les armes et admis ne pas être faite *pour tout ça*.

Il faut dire que Suzanne Marchand, dans les années suivant la naissance de Florence, avait connu une succession d'épisodes dépressifs qui l'avaient sérieusement déboussolée. Au point de ne plus savoir comment elle s'appelait. Mais vraiment. C'est-à-dire que Suzanne Marchand, déjà nerveusement affaiblie, avait peu à peu commencé à se présenter sous un nom tout autre – bonjour, je suis Guilia Antonelli, répétait-elle partout où elle se rendait, et si l'interlocuteur manifestait un signe de surprise ou de perplexité elle s'empressait d'ajouter : qu'elle était actrice, qu'elle était née à Rome mais qu'elle avait choisi de s'installer ici dans l'Essonne, à Milly-la-Forêt, pour se rapprocher de son ami Jean Cocteau. Elle racontait aussi qu'elle avait tourné avec Truffaut, Antonioni, sans oublier quelques réalisateurs talentueux mais encore peu connus du grand public – Wolfgansen par exemple, vous connaissez ? Non ? Un artiste hors norme pourtant.

Et parfois, lorsqu'elle était particulièrement en verve, elle ajoutait que ce n'était pas un hasard si elle avait choisi d'appeler sa fille Florence.

— Comme la plus chic des villes italiennes, disait-elle avec un sourire de star destiné à désarmer l'interlocuteur.

Dans ces conditions le père de Florence avait rapidement quitté le navire. Voir sa femme délirer ainsi. C'était trop. Sans compter les moqueries des uns et des autres, au bistrot comme au boulot.

— Faut me comprendre Florence, je peux pas rester. Avec ta mère, je peux pas. Mais on se donnera des nouvelles, tu sais bien.

Le bonhomme, qui n'avait même jamais pris sa fille dans ses bras et qui depuis plusieurs mois déjà fréquentait une certaine Nathalie, une grande rousse idiote qui avait la réputation de faire des pipes incroyables, n'avait pas attendu l'arrivée du week-end suivant pour quitter le foyer familial, et Florence n'avait alors eu d'autre choix que de s'occuper de sa mère et de tout le reste. À tout juste quatorze ans, c'est elle qui désormais tenait la maison. Elle qui changeait les draps, lavait les vêtements, elle qui achetait des pâtes, des légumes, et des petits pains à la cannelle parce que sa mère en raffolait, elle enfin qui une fois par semaine allait voler de la viande au supermarché. Pour le reste il y avait les deux poules du jardin qui donnaient des œufs ; Florence et sa mère aimaient les manger coque, avec des mouillettes au beurre salé. Le soir, toutes les deux s'asseyaient devant la grande table en bois et elles dînaient en silence, dans la quasi-obscurité. On n'y voyait que dalle. Mais lorsque Florence voulait allumer, même une simple bougie, sa mère s'opposait, catégorique.

— Après une journée de tournage, je te jure ma minette que la lumière, tu peux plus la supporter.

Suzanne Marchand passait en réalité ses journées dans les rues de Milly-la-Forêt, à vaguer comme un chien triste, traînant le plus souvent devant le bâtiment Darégal, le leader des plantes aromatiques surgelées. Elle se postait sur le trottoir d'en face et attendait sans rien faire. C'est là qu'elle avait travaillé durant douze années. Et puis un jour on lui avait organisé un pot de départ avec des chips et du cidre, car son poste n'était plus en adéquation avec le marché, lui avait-on expliqué dans une lettre signée de la direction générale, même si tout le monde savait bien que la raison était tout autre. Pauvre Suzanne, soupiraient les collègues qui appréciaient cette femme certes un peu détraquée, mais drôlement fantasque et toujours élégante. Il faut dire que – hors épisodes dépressifs – Suzanne trimballait avec elle une onde de joie communicative, faisant indéniablement partie de ces gens à côté de qui l'on a envie de s'asseoir à table. Alors, quand l'une ou l'autre de ses collègues l'apercevait de l'autre côté de la rue, à attendre on ne sait quoi, elle lui adressait de loin un gentil salut de la main – lui signifiant qu'elle n'avait pas le temps pour la discussion mais que tout de même elle l'appréciait. Suzanne répondait d'un geste entendu, oh je comprends, tu es très occupée, puis elle mimait un combiné téléphonique, pouce tendu vers l'oreille et auriculaire vers la lèvre, pour dire qu'on s'appellerait bientôt. Après, elle restait un moment comme ça, à sourire dans le vide.

D'autres fois, elle empruntait le boulevard Sadi-Carnot et marchait jusqu'à la maison de Jean Cocteau. Là, elle priait un peu, se racontait des trucs, faisait des listes de courses – elle notait sur un bout de papier tout ce qui lui passait par la tête, poulet rôti, champignons, magret de canard, canard wc, huile d'olive, etc. etc., simplement pour le plaisir puisque jamais elle n'achetait quoi que ce soit, et quand elle rentrait à la maison la nuit était tombée depuis longtemps déjà. Florence était revenue du collège, elle avait fait ses devoirs, préparé le dîner, mis la table. Mais le plus souvent Suzanne laissait sa fille seule face à son assiette.

— J'ai pas faim ma minette, merci, disait-elle en lui déposant un baiser sur le front, puis elle allait s'allonger dans le jardin avec un verre de vin.

L'herbe humide lui grattait les os. Elle gardait les bras le long du corps, paumes posées à plat, ongles enfoncés dans la terre froide, et elle restait ainsi des heures durant. Vidait la bouteille. Chantonnait. S'endormait sans doute par moments.

Seule dans son jardin, elle tenait de longues conversations avec elle-même – parfois on l'entendait rire, amusée par ses propres dialogues, parfois aussi on l'entendait sangloter, de discrets sanglots venus du fond du jardin, comme ceux d'un enfant qui veut garder son chagrin secret. Et quand d'aventure il se mettait à pleuvoir, on la voyait se lever, retirer ses chaussures et improviser une chorégraphie à la Isadora Duncan, dansant pieds nus, aérienne et primesautière, les bras ondoyant en l'air. Il arrivait aussi que, tard dans la nuit, elle vomisse sur un coin d'herbe. Heureusement les étoiles veillaient sur elle, indulgentes. Ce n'est que lorsque l'aube était sur le point de chasser la nuit que Suzanne Marchand arrachait quelques feuilles de millepertuis, les mâchonnait en fermant les yeux. Elle disait que c'était bon pour sa mélancolie. Alors elle mâchait longuement. En silence. Après quoi elle rejoignait son lit – quelques minutes seulement avant que le réveil de Florence ne sonne et qu'elle parte pour l'école.

Florence se remit quelques gouttes de sérum physiologique dans l'œil puis reprit le bras de Baptiste. Elle aimait marcher à ses côtés, être près de lui. Après toutes ces années ensemble Baptiste était toujours aussi attentionné, toujours aussi amoureux. Elle savait leur chance – et médita un instant sur la vertigineuse chaîne de hasards qui fait qu'une rencontre a lieu ou pas.

La devanture de L'Écailler venait d'être repeinte, d'un beau bleu céruléen, mais à l'intérieur on avait tout gardé intact, dans son jus, les tables sans nappes, collées les unes aux autres, le carrelage vieillot et fendillé de partout, les photos de famille au mur – trois générations s'étaient succédé pour faire tourner la boutique et visiblement ça tournait bien. Ce soir-là comme tous les autres c'était complet. Nils et Elena s'installèrent côte à côte, les parents en face, à l'une des tables près de la fenêtre.

— Merde, fit Florence en voyant le message qui s'affichait sur son portable.

— Qu'est-ce qu'il y a, demanda Baptiste, un problème ?

Florence fixa un instant le texto que venait de lui envoyer Virgile Lifar, comme si elle n'avait pas bien compris, puis d'un geste nerveux elle fourra son portable au fond de son sac, frotta son œil tout rouge.

— Un patient, dit-elle. On vient de le transférer en hémato à Saint-Louis.

Marianne attrapa l'un des couteaux de cuisine aimantés au mur, juste à côté des plaques de cuisson, et piocha une tomate dans le sachet kraft – variétés anciennes, les préférées de Virgile. Après ses trois semaines d'hosto il n'en pouvait plus de la bouffe là-bas, et il avait dit à Marianne que lorsqu'on lui apportait son plateau-repas tout l'écœurait, jusqu'à l'odeur de métal de sa fourchette. Alors Marianne se débrouillait pour chaque jour lui apporter quelque chose de bon. Quelque chose qui lui faisait plaisir. Elle était convaincue que c'était essentiel dans le processus, qu'ainsi il guérirait plus vite. Peu importe si c'était vrai ou non, cela lui donnait l'impression d'avoir un rôle à jouer dans l'histoire, une manière d'influer sur le cours des choses, de ne pas être totalement soumise au malheur.

Elle regarda par la fenêtre, la fit coulisser pour laisser entrer un peu d'air. Du haut de la butte Montmartre, le bruit de la ville lui parvenait comme atténué, juste le bourdonnement du trafic, quelques motos qui pétaradent, un pigeon qui roucoule bêtement. Marianne rêvassa un moment devant les toits de zinc enchevêtrés les uns aux autres, la lumière saumonée du couchant qui nappait la ville d'une douceur irréelle, les collines d'Île-de-France en arrière-plan, et elle repensa au jour où ils avaient emménagé ici. À cette soirée qu'ils avaient passée, tous les deux, suspendus à la vue, époustouflés de regarder la ville de tout en haut. Et à cet instant où Virgile, un peu ivre, l'avait entraînée jusqu'à la chambre ; ils s'étaient tous deux laissés tomber sur le lit, côte à côte, lui sur le dos, elle sur le ventre, et durant de longues minutes personne n'avait bougé ni prononcé un mot. Virgile avait ensuite roulé sur le côté et, tel un magnétiseur, il avait survolé de la main le corps de Marianne, sans la toucher, s'attardant ici ou là, épaule, nuque, haut des fesses, courbe du mollet, si bien que les températures corporelles avaient vite grimpé, les attirant tels deux aimants, ces amants météores qui ce jour-là avaient fait durer les choses comme si c'était leur dernière fois, comme si après ça le monde s'éteindrait sur lui-même, comme s'il n'y avait plus d'autres matins, d'autres oiseaux pour piailler, d'autres fleurs pour éclore – alors ils avaient ralenti leurs gestes au maximum, prêtant attention à chaque souffle, chaque frémissement de peau, chaque cil qui vibre, et cela jusqu'à ce que le plaisir tombe sur eux en une pluie de paillettes dorées.

Marianne se mordit la lèvre pour retenir l'émotion qu'elle sentit monter d'un coup. Elle renifla, reprit son couteau, puis tailla plusieurs tomates en petits dés, une verte, une jaune, une rouge pâle toute cabossée, et elle mit le tout dans un tupperware, ajouta un peu de sel. Elle s'arrêta un instant, songeuse. Faillit pleurer. Finalement laissa échapper un petit rire – quel numéro quand même, celui-là. Je te jure. Elle se souvint que cette fois-là ils n'avaient même pas eu le temps de reprendre leur souffle que Virgile était déjà debout sur le matelas à maintenir les jambes de Marianne en l'air, persuadé qu'ainsi les spermatozoïdes arriveraient plus vite à destination.

— Mais arrête de te marrer Marianne, tu vas tout faire foirer ! s'était-il exclamé, furieux qu'elle ne prenne pas sa technique au sérieux.

Elle avait donc attendu comme ça, jambes tendues en l'air, les deux mains croisées sur le ventre, tentant de réprimer le fou rire qui la guettait.

Marianne n'eut pas envie de préparer à manger pour elle. Ce silence lui donnait la gerbe. À travers les cloisons, on entendait la télé des voisins. Un bébé qui pleure. Un verre qui se casse et quelqu'un qui crie merde. Sans réfléchir Marianne sortit la balayette du placard, vous en faites pas je vais ramasser, et se penchant vers le sol elle rassembla les éclats de verre en un petit tas, le poussa dans la pelle.

C'est juste un verre cassé. C'est rien du tout. Pas la peine de – elle vida la pelle dans la poubelle et ça ne fit aucun bruit, rien, pas même celui d'un grain de poussière – crier pour ça.

Elle se mit au lit, ce lit trop froid trop immense, et se recroquevilla sur le côté qu'elle avait l'habitude d'occuper, essayant de prendre le moins de place possible. Virgile pouvait bien rentrer d'une minute à l'autre, après tout. Elle regarda l'heure sur son réveil.

On entendit le bruit d'une chasse d'eau. L'eau qui passe dans les canalisations. Une porte qui claque. Marianne fourra le nez dans les draps qu'elle n'avait pas changés depuis trois semaines, depuis le jour où Virgile était entré à l'hôpital, et elle se tourna et se retourna dans le lit, incapable de trouver le sommeil. Elle s'agaça, je suis épuisée bordel, laissez-moi dormir, laissez-moi, mais son cerveau clignotait comme une machine de foire et ses pensées hurlaient, se castagnaient, prenaient toute la place, alors de rage elle enfonça la tête dans l'oreiller de Virgile, et mordit, mordit, mordit jusqu'à ce que le tissu grince si fort entre ses dents qu'elle dut lâcher prise – écroulée en travers du lit, totalement K-O.

Lorsque le réveil sonna à 6 h 59, Marianne se dressa d'un coup sur ses avant-bras et se tourna instinctivement vers Virgile. Retomba presque aussitôt à plat ventre. La tête dans l'oreiller, la gueule chavirée. Envie de se réveiller du cauchemar, de se réveiller tout court, reprendre la vie d'avant. Elle prit une douche brûlante, resta au moins vingt minutes sous le jet, et quand elle sortit, la peau rougie et tendue, elle enfila un short en jean et mit l'une des chemises de Virgile, trop grande pour elle – il adorait quand elle s'habillait comme ça. Elle attrapa aussi le flacon d'eau de Cologne de son amoureux, s'en fit tomber quelques gouttes au creux du cou, et quitta l'appartement sans fermer à clé. Les notes de bergamote et de fleur d'oranger qui s'étaient éparpillées dans la pièce flottèrent un moment, puis disparurent.

Le pied de Virgile dépassait du drap. Marianne était assise sur le rebord du lit, à côté de lui, et regardait un nuage passer ; c'était un nuage en forme de crocodile, sa grande gueule ouverte dans un ciel tout bleu. Virgile dormait encore. Il n'avait pas quitté le bonnet de laine rouge qu'elle lui avait apporté la veille – le même que le commandant Cousteau – pour couvrir son crâne nouvellement rasé. Elle feuilleta l'un des bouquins de Raymond Carver qui se trouvaient sur la table de nuit, puis le reposa, trouvant soudain ces pages d'une infinie tristesse.

Elle portait les boucles d'oreilles or et turquoise que Virgile lui avait offertes – ça lui paraissait si loin déjà, pourtant c'était il y a moins d'un mois. Comme la vie bascule, et vite. On voyait son profil se détacher sur le bleu du ciel ; elle avait quelques mèches de cheveux floues autour du visage, et un rayon de soleil qui faisait scintiller la poudre de maquillage sur ses pommettes.

— T'es déjà là, ma plus belle ? murmura Virgile, l'haleine chargée de médocs.

Tout ensuqué il se redressa péniblement, putain j'ai cent ans ou quoi, alors Marianne lui glissa deux oreillers dans le dos, s'empressa aussi de lui tendre ses lunettes de soleil car depuis qu'il était à l'hosto il était plus photophobe que jamais, ses yeux ne supportant pas le moindre trait de lumière. Elle l'embrassa doucement sur le front.

— Ça va ? Tu as pu dormir un peu cette nuit ? demanda-t-elle.

— Pas trop, et toi ?

— Non plus.

Et ils glissèrent dans les bras l'un de l'autre, eux qui désormais se trouvaient unis jusque dans l'insomnie.

La porte de la chambre s'entrouvrit timidement, on vit Olive et Kamel passer une tête.

— Ding dong. On dérange ou quoi ?

Virgile se redressa d'un coup, ça alors, quelle surprise, et il leur adressa un signe de la main.

— Entrez au lieu de dire des conneries.

— Waouh, lunettes noires et bonnet rouge, la star ! s'exclama Olive en l'embrassant. Tu sais que tu nous as manqué, mon chéri. Heureusement que tu sors bientôt.

— T'inquiète. Je comptais pas m'éterniser ici.

Kamel vint lui faire une bise à son tour, et sortit de son sac à dos un tupperware d'escargots à la marocaine.

— Tiens je t'ai apporté ça. C'est pour ton apéro.

Virgile, qui était pourtant si friand de ces escargots, eut aussitôt le cœur soulevé par les effluves d'ail cuit, pâle comme s'il allait tout dégobiller. D'instinct, Olive éloigna la boîte et enchaîna :

— Dis-moi, c'est qui le petit mignon qu'on vient de croiser dans le couloir ? Il a une vraie gueule d'ange, celui-là. Tu le connais ?

— Oh. Diego. L'infirmier.

Main sur le cœur, Virgile répéta le prénom, oh Diego, mon Diego, et aussitôt se tourna vers Marianne, la regardant par-dessus ses lunettes noires, menton baissé.

— *I'm joking of course*, dit-il. Tu sais bien. Puis à Olive : je vais te décevoir mais il est maqué le Diego, avec un médecin d'ici en plus.

Olive soupira, pfff c'est toujours comme ça, et dans la foulée elle sortit le présent qu'elle avait apporté, un petit *maneki-neko* accroché à une ficelle, ces chats en plastique qu'on voit agiter mécaniquement la patte dans les vitrines des restos, et dont les Japonais usent pour porter chance. Pinçant la ficelle entre le pouce et l'index, Olive fit balancer le petit chat tel un pendule et Virgile l'attrapa au vol.

— Génial, avec ça je vais gagner au Loto !

Sa bouche était sèche et pleine d'aphtes, il n'ajouta rien d'autre. Il attrapa juste la petite bouteille d'eau qui se trouvait sur sa table de nuit, en vida la moitié.

— Fait chaud, non ? dit-il en allant ouvrir la fenêtre. C'est toujours surchauffé, ici.

L'air frais du dehors vint lui caresser la peau. Il laissa son regard filer jusqu'aux nuages et resta un moment songeur.

— Ça va, Virgile ? finit par dire Marianne.

— Ça va, répondit-il, les yeux perdus au loin.

Il souleva son bonnet de laine rouge, gratta son crâne tout lisse.

— Ouais. J'ai vraiment de la chance de vous avoir, tous.

— Oh là mais je vais chialer, fit Olive.

— C'est surtout nous qui sommes chanceux de t'avoir, renchérit Kamel.

Marianne, elle aussi, fut émue de ces mots. Elle eut envie de tous les embrasser, ses amis, son amant, cette constellation si précieuse.

Virgile répéta qu'il avait de la chance et au même instant on le vit armer son bras tel un joueur de baseball – coude levé, poignet qui s'élance – et jeter le petit chat porte-bonheur le plus loin possible, d'un geste aussi déterminé qu'inattendu.

— Hé mais t'es con ou quoi ? cria Olive. Tu vas t'attirer la merde, ma parole !

Virgile fut alors pris d'un irrépressible fou rire, épaules qui soubresautent et main plaquée devant la bouche, pouffant, se tassant sur lui-même ; il riait sans pouvoir s'arrêter, essayait de se calmer, de reprendre son souffle, mais dès que son regard croisait la mine déconfite d'Olive ça repartait de plus belle, je peux plus respirer, merde, arrête, et bientôt il pleurait à chaudes larmes, dut retirer ses lunettes de soleil. Il se passa le dos de la main sur un œil, puis sur l'autre.

— J'avais vu ça dans le film *Harold et Maude* et j'avais trouvé ça fabuleux, finit-il par dire une fois calmé. Tu te souviens de la scène ? Maude reçoit un cadeau d'Harold (elle a quatre-vingts ans, lui vingt), elle est super touchée, ils échangent des mots d'amoureux, et à ce moment-là, sans prévenir, elle balance le cadeau au loin et déclare : au moins je saurai toujours où il est. Quel geste, mais quel geste ! T'es pas d'accord ?

Olive cligna des yeux plusieurs fois de suite, lèvres légèrement pincées, apparemment sceptique face à l'explication, sans doute un peu vexée aussi.

— Ok Virgile, c'est pas grave. Pas grave du tout.

On frappa doucement à la porte, c'étaient Alice et Samuel. Virgile avait tenu à ce qu'ils viennent, ça me ferait plaisir de les voir, avait-il dit, et bien sûr Marianne avait tout de suite appelé sa mère, donné le numéro de la chambre, les heures de visite, mais lorsqu'elle avait raccroché elle s'était frotté le nez, un peu mal à l'aise.

— Et tes parents ? Tu ne les préviens pas ?

— Toujours pas, non, avait répondu Virgile froidement. On ne va pas en reparler, Marianne. Je n'ai plus rien à voir avec ces gens. Rien. Mon père a décidé que je n'existais plus quand il a découvert que j'aimais les mecs, et personne ne s'est opposé à ça. Personne. Pas même ma propre mère. Tu comprends ?

Marianne n'avait rien dit, juste détourné le regard. Elle savait que Virgile n'était pas très honnête sur ce point. Il ne voyait plus son père, c'est vrai, mais il lui arrivait quand même de déjeuner avec sa mère ou ses deux sœurs, au café, discrètement. Pour ne pas tout à fait disparaître à leurs yeux. Même s'ils n'avaient pas grand-chose à se dire. Marianne savait que c'était compliqué pour Virgile, qu'il préférait garder ses distances. En fait, elle pouvait bien envisager tous les désaccords de la terre, les incompatibilités, les haines même, mais qu'il ne prévienne pas sa famille dans ces circonstances, non, elle n'arrivait pas à le comprendre. Si bien qu'elle avait fini par faire un truc qui ne lui ressemblait guère et qui l'avait elle-même surprise. Elle avait attendu que Virgile s'assoupisse et elle avait chopé son téléphone, cherché le numéro de la mère. Elle ne l'avait pas trouvé – l'avait-il enregistrée sous son nom de jeune fille ? – alors elle s'était rabattue sur celui d'Henri Lifar, le père, et l'avait recopié en vitesse sans que personne ait eu le temps de constater quoi que ce soit.

Alice et Samuel entrèrent dans la chambre, sur la pointe des pieds presque, tandis qu'Olive saluait tout le monde, entraînant Kamel vers la sortie.

— Allez, on se voit vite mon chéri, lança-t-elle à Virgile. Et se tournant vers Marianne : tu viens ce soir ?

Celle-ci hocha la tête, un peu gênée sans doute par la présence de ses parents, ses parents qui soudain entrevoyaient son monde, celui qu'elle partageait avec Virgile et qui aujourd'hui comptait plus que tout autre.

— Peut-être, oui. Je vais voir, dit-elle, préférant rester évasive.

Après le départ de Kamel et Olive il y eut un moment de flottement, quelques secondes durant lesquelles on ne savait plus trop comment s'ordonner, se placer, sur quel ton parler, un moment où l'on vit Marianne embrasser sa mère sur une seule joue et adresser un sourire pudique à Sam – c'est sympa d'être venus. Elle s'adossa ensuite à la fenêtre, les deux mains croisées derrière le dos.

Samuel tira à lui la chaise destinée aux visiteurs tandis qu'Alice s'assit sur le rebord du lit, là où Marianne se trouvait précédemment. Elle posa sa main sur celle de Virgile, le regarda quelques instants.

— Ça va ? murmura-t-elle.

Des mots qu'elle prononça d'une voix douce et attentionnée, mais sans condescendance aucune. Virgile éprouvait une sincère sympathie pour cette femme. Ça avait tout de suite collé entre eux. Une familiarité immédiate, qui avait même un peu gêné Marianne au début.

— En pleine forme, répondit Virgile.

Il avait le sourire faiblard et les lunettes de soleil un peu affaissées, il était tellement sonné par les médocs, les calmants, par toute cette chimie qu'on lui perfusait non-stop. Sans compter l'effort qu'il venait de faire devant ses amis pour être normal, du moins pour éviter de paraître trop malade. Marianne savait que ça l'avait épuisé.

Alice sortit de son sac le livre qu'elle avait apporté pour Virgile, tapota la couverture.

— *Glaneurs de rêves*, dit-elle en souriant. J'ai pensé que ça te ferait du bien qu'on lise un peu de Patti Smith, pas vrai ?

Virgile se laissa choir sur l'oreiller, tête renversée en arrière, mains croisées sur la poitrine. Il soupira d'aise.

— Vas-y Alice. Y a pas plus parfait.

Alice fit défiler les pages et s'arrêta sur celle qu'elle avait cornée exprès, chaussa ses lunettes de vue. Elle commença la lecture. Au début, le débit fut un peu trop rapide, la voix un peu trop raide, accrochant ici un mot, reprenant sa respiration légèrement à contretemps ; quand elle accentuait les syllabes ce n'était pas tout à fait au bon endroit, comme si elle n'était pas encore vraiment dedans, comme si les mots restaient à côté de sa voix au lieu de s'y fondre. Et puis peu à peu ça s'était installé, elle avait trouvé le rythme, l'intonation, le souffle, et l'on s'était glissé dans les phrases comme on entre dans une maison familière ; c'est ça, avec la voix d'Alice c'était tout un monde de sensations, d'odeurs, de souvenirs, d'émotions qui se déployait devant eux et qui, le temps que durerait la lecture, ferait office de monde réel.

Virgile se laissa étourdir par la voix d'Alice et, les médicaments aidant, bientôt lâcha prise totalement, chemina ailleurs. Il reconnut les parois d'un rêve – au-dessus de lui, la lune est pleine et cabossée. Il est quelque part à la campagne. Distingue des effluves d'eucalyptus, de lavande, de pierre sèche. Il entre dans une auberge pleine à craquer. C'est soir de bal. Dans le patio, on a suspendu des guirlandes d'ampoules multicolores et dressé un buffet garni de saucisses grillées, de brochettes, de petits sandwichs. On boit du vin et des sodas dans des gobelets en plastique, on s'amuse, on discute, on danse en couple ou en solo. Les filles portent des robes légères et des sandales plates, elles ont la peau bronzée, les cheveux blondis par le sel et le soleil. Il y a des vieux en tongs et débardeurs, des ados au look surfeur, d'autres encore qui vont torse nu. Et au milieu de tous ces convives : Patti Smith, qui joue un air de guitare. Parfois aussi elle s'arrête pour dire un poème. C'est là, à l'issue de l'un d'eux, qu'elle adresse un clin d'œil à Virgile et lui souffle quelques mots – *don't worry my friend, you'll be ok.*

Mais comme dans les rêves, l'instant d'après elle a disparu, volatilisée. Il cherche Marianne du regard, ne la trouve pas tout de suite, alors, affolé, il l'appelle plusieurs fois, t'es où Marianne, t'es où bordel, me laisse pas, et quand enfin il l'aperçoit elle se trouve devant le buffet, en train de s'avaler une pile de brochettes de poulet qu'elle trempe dans une mayonnaise luisante. Elle ingurgite toute cette viande à une vitesse phénoménale, les piques à brochettes s'amoncellent à ses pieds et son tee-shirt est tout taché de gras. Virgile n'en revient pas, c'est si peu elle. Il ne la reconnaît pas.

Et puis soudain : plus rien.

La voix d'Alice s'est tue. L'été a disparu. Autour de Virgile il n'y a que le vent froid et les arbres nus, une vieille chouette qui ulule, des grillons malades. On a éteint les lumières, éteint la musique, le buffet est déserté. Au sol ce n'est plus qu'un ramassis de gobelets écrasés et de canettes vides qui roulent poussées par le vent. Et tous les joyeux convives : disparus, eux aussi.

Ils se trouvaient tous les trois réunis sur le parvis de l'hôpital. Marianne, Alice et Samuel. Ne sachant trop comment se quitter, comment choisir les bons mots, ils restèrent un moment silencieux. Alice fouilla dans son sac, remuant vigoureusement le barda, et en sortit un paquet de cigarettes tout aplati. Elle en alluma une, fronçant légèrement les sourcils, et agita la main pour chasser la fumée.

— Qu'est-ce qu'ils disent, les médecins ?

— Qu'on ne peut pas savoir pour le moment. Que le traitement suit son cours, répondit Marianne sans s'étendre.

Nouveau silence. Nouveau flottement. Samuel toussota dans son poing fermé, passa d'une jambe sur l'autre. Alice garda la cigarette entre les dents, sans tirer dessus ; la fumée lui fit plisser les yeux.

— Et toi ? Tu vas comment ?

Marianne haussa les épaules.

— Comme ça, répondit-elle. Je voudrais juste qu'il sorte d'ici. Qu'on reprenne la vie d'avant, là où on l'a laissée.

— Je sais, dit Alice qui écrasa sa cigarette de la pointe du pied. Elle posa la main sur la joue de sa fille, la touchant à peine. Il va sortir ma chérie, ajouta-t-elle. Faut juste que tu sois patiente.

Marianne regarda ses parents s'éloigner main dans la main, et fut émue de cette image. D'un couple qui, malgré toutes ces années, se tient encore par la main ; d'une femme et d'un homme qui ont su conserver ce geste de tendresse, presque enfantin. Un jour, ces deux-là seront devenus vieillards et ils marcheront encore ensemble dans la rue, très lentement. Alice avec son chignon de cheveux blancs et son regard vert voilé par la cataracte, Sam avec son corps fragile et tout courbé. Et ce jour-là, tu verras, leurs mains maigres et sèches seront encore agrippées l'une à l'autre – pour faire le chemin ensemble. Marianne les vit disparaître au coin de la rue. Elle se sentit si seule, d'un coup.

Elle laissa derrière elle Virgile et l'hôpital, traversa le canal Saint-Martin, et remonta le boulevard de Magenta. On l'aborda plusieurs fois pour lui vendre un tas de trucs dont elle n'avait pas besoin alors elle accéléra, fourra les mains dans ses poches, rentra la tête dans ses épaules, et la ville glissa sur elle, étrangère ; elle vit défiler les boutiques de téléphonie, celles d'achat d'or en cash, de dépannage informatique, les gens qui discutent aux terrasses des cafés, ceux qui losent sur les bancs publics, ceux qui bouffent des burgers dégoulinant d'oignons gras, et puis là, cet homme qui a élu domicile sous un abribus, cet autre qui s'est endormi à même le macadam, la main dans le froc, et partout cette odeur de pot d'échappement, de crasse et de rat ; elle entend parler des langues du monde entier, des dialectes, ça klaxonne, ça s'invective, ça sourit aussi parfois – la vieille dame qui dit merci à ce jeune Black qui l'aide à traverser – et Marianne a la tête lourde, le souffle court, les yeux humides : devant elle se tient le cinéma Le Louxor, son incroyable façade art déco, style néo-égyptien, les mosaïques bleu et or, les colonnes, et elle voit tous ces gens qui font la queue pour la prochaine séance, pour partir ailleurs, rêver, rire, pleurer – et nous ? quand pourrons-nous y retourner ensemble ? eut-elle envie de leur crier à la gueule, soudain furieuse que la vie continue malgré tout, et sans eux.

Marianne s'arrêta à sa librairie habituelle pour récupérer les livres que Virgile lui avait demandés et au passage elle feuilleta les nouveautés, lut plusieurs quatrièmes de couv, mais chaque fois reposa le bouquin presque aussitôt – aucun mot ne parvenait à son cerveau. Elle était incapable de lire. Pour ça ils avaient été sympas à la rédac, ils lui avaient accordé des jours de repos, et Lucie faisait le boulot à sa place malgré ses jumeaux qui n'avaient que quelques semaines et lui grillaient toutes ses nuits.

— Bonjour, dit une voix derrière son épaule tandis qu'elle reposait le dernier roman de Louise Erdrich.

Marianne se retourna et flotta un instant. Elle cherchait à situer la personne mais ne voyait manifestement pas à qui elle avait affaire.

— Nous nous sommes croisées à Bichat, précisa la femme, je suis médecin. Docteur Florence Marchand.

Marianne hocha la tête, ah oui, indiquant que ça lui revenait, alors Florence poursuivit :

— Votre compagnon m'a envoyé un message il y a quelques semaines pour me dire qu'on le transférait à Saint-Louis. Comment il va ? Il supporte bien le traitement ?

Marianne voulut répondre que oui, ça allait – malgré les nausées, malgré les douleurs, malgré les cheveux et les ongles qui tombent, malgré les nuits sans rêves – et que oui, on tenait le bon bout, mais en voyant Florence comme ça devant elle, sans sa blouse blanche, avec son regard bienveillant posé sur elle, juste quelqu'un qui se soucie sincèrement de Virgile, Marianne lâcha tous les livres qu'elle tenait dans les mains, vlan, et fondit en larmes, floc.

Marianne avala le comprimé de Valium avec la mousse de son cappuccino. Florence lui avait donné la boîte, pour dépanner. Elles s'étaient installées au café Francœur le temps que Marianne reprenne ses esprits. Florence la regarda souffler sur sa boisson trop chaude, les cils agglutinés de larmes. Elle tenta quelques phrases réconfortantes sur le service dans lequel Virgile était hospitalisé, sur les médecins par qui il était suivi, mais Marianne ne parvenait pas à répondre quoi que ce soit, juste à se mordiller l'intérieur des joues.

— Il a vachement maigri je trouve, finit-elle par dire. Et puis il a toujours mal, malgré tous les morphiniques qu'on lui donne.

— Vous en avez parlé avec les médecins ?

Marianne remua la tête.

— Non non, Virgile ne veut surtout pas. Il dit que ça va aller, qu'il va bientôt sortir. Et que dans quelques mois tout sera oublié et qu'on sera bien occupés avec notre bébé, ajouta-t-elle en portant la tasse à ses lèvres.

— Votre bébé ?

Marianne épousseta la poudre de cacao qui s'était collée sur le bout de son nez.

— On aimerait avoir un bébé. Et ça fait quelque temps qu'on essaye. Mais depuis que Virgile est malade, c'est devenu une vraie obsession pour lui. Encore pire qu'avant. Il ne parle plus que de ça.

Elle marqua un temps, reprit une gorgée de cappuccino.

— J'ai l'impression que quelque part il se raccroche à ça pour tenir, vous voyez ?

— Je vois, oui.

Et de fait elle savait très bien de quoi il s'agissait, elle qui avait eu deux enfants pour ne pas sombrer, elle qui avait été sauvée, littéralement, par la maternité.

— Vous devriez rentrer vous reposer un peu, dit Florence en terminant son verre de Perrier. C'est très éprouvant tout ce que vous vivez, et vous avez besoin d'énergie pour soutenir votre compagnon.

Elle griffonna alors son numéro de portable au dos de l'addition, mit un billet dans la coupelle et se leva.

— Je dois y aller, mais donnez-moi des nouvelles, dit-elle, posant une main sur l'épaule de Marianne. Et surtout si vous avez besoin de quoi que ce soit, n'hésitez pas à m'appeler.

Florence habitait au troisième étage d'un immeuble bourgeois de la rue Caulaincourt, et ce jour-là, tandis qu'elle se trouvait encore au café avec Marianne, se préparait chez elle, dans son appartement, quelque chose dont elle n'avait pas idée.

En quittant le Francœur, elle jeta un œil à son portable – un texto de son fils, deux de son mari et un message vocal de sa fille – mais au lieu de remonter chez elle où certainement on l'attendait, elle traîna encore un peu dans le quartier. Descendit jusqu'à Jules-Joffrin. Se mêla au flot des passants. Là, elle se laissa porter par l'effervescence de la fin de journée, le pas rapide de ceux qui se hâtent pour regagner leur chez-soi, les poussettes qu'on ramène au bercail avec les bébés qui pleurent de fatigue, les amis qui se retrouvent pour l'apéro, les commerçants qui s'affairent, et ces amoureux qui s'embrassent à pleine bouche au coin de la rue, elle sur la pointe des pieds, lui passant une main autour de sa taille, de l'autre tenant son attaché-case.

Florence s'arrêta à la poissonnerie – filets de dorade bio et tarama d'oursin – puis chez un caviste charmant à qui elle indiqua du doigt une bouteille de champagne rosé, au frais si vous avez ? et enfin à la boulangerie où elle choisit un assortiment de petits gâteaux – tartelette aux framboises, éclair au spéculoos, opéra et flan coco.

Lorsque Florence arriva au troisième étage, les bras chargés de paquets et tout essoufflée, elle dut remuer plusieurs fois son sac avant de mettre la main sur ses clés, y a tellement de bordel là-dedans, et quand enfin elle approcha le trousseau de la serrure, la porte s'ouvrit toute seule, comme par magie, tandis qu'une trentaine de zozos criaient « surprise ! » en même temps. La tuile. Florence vit d'un coup tous ces gens rassemblés dans son salon et sa cuisine, coupe de champagne et verrine à la main, les uns fumant des clopes, les autres picorant des tomates cerise ou des morceaux de cake salé, et ça lui coupa littéralement le sifflet.

Baptiste se fraya un passage parmi les invités pour venir l'embrasser.

— Joyeux anniversaire ma Flo ! Tu ne t'es doutée de rien, n'est-ce pas ? Ça te fait plaisir ?

Florence resta un instant abasourdie, comme sonnée par le brouhaha qui d'un coup monta dans la pièce – bouchon qui pète, tintements de verre, éclats de rire –, et finalement elle remua la tête.

— Non, non. Je ne me suis doutée de rien.

Elle regarda autour d'elle, les meubles repoussés dans les coins, la table du salon transformée en buffet de mezze, tout ce bordel qu'il faudrait ranger après.

— Fallait pas... Pourquoi tu t'es donné tout ce mal, mon amour ?

— Mais pour toi ma Flo, pour toi, dit-il avec enthousiasme. Et il l'embrassa à nouveau, cette fois juste au coin des lèvres. Un baiser déposé à peine, avec délicatesse.

Elena et Nils vinrent à leur tour jusqu'à elle, sourires radieux et regards brillants, excités par la fête.

— Bon anniversaire, maman !

— T'es tellement belle !

Il lui fallut alors inspirer un grand coup, merci mes amours, vous êtes adorables, et retenir l'émotion qui l'envahit devant ses tout-petits devenus de si jolis jeunes gens. Elle les serra fort contre elle, les deux en même temps, un dans chaque bras, et fit durer l'instant autant qu'elle put.

Le frigo était blindé. Florence essaya de faire de la place mais tout était empilé serré, pas un espace de libre, alors elle fourra ses dorades et son tarama d'oursin tout en haut, coincés entre deux bouteilles. Elle déposa les petits gâteaux qu'elle avait achetés sur le buffet dressé dans le salon, puis elle déambula parmi les invités, allant de bises en bises et de bouts de conversation en bouts de conversation, et elle ne put s'empêcher de penser à la soirée tranquille qu'ils auraient pu passer, rien que tous les quatre.

Elena était en train de discuter avec un couple d'architectes, des amis de Baptiste. Florence l'observa un moment et vit une jeune fille à l'aise, bien dans son corps et dans sa tête, le regard pétillant d'intelligence. Fierté de mère. Elle vint trinquer avec elle.

— À ton installation à Londres, ma puce (tchin). Et à tes succès futurs (re-tchin).

Elena vit l'émotion rougir les paupières de sa mère, le bout de son nez aussi.

— Oh maman t'es trop mignonne, dit-elle en l'entourant de ses bras tendres. Puis chuchoté à l'oreille : je sais maman… Je sais que c'est pas facile pour toi.

Nils se joignit à elles, coupe à la main, et au passage pinça la hanche de sa sœur. Elle sursauta, répliqua aussitôt avec une claque sur le biceps.

— Merde Nils ! Tu grandis bientôt ou quoi ?

Il se marra, dévoilant des dents parfaitement alignées.

— Quand je pense que tu vas être médecin, ça fait peur, ajouta-t-elle en riant.

Florence s'était assise sur le canapé. Sa bouteille de champagne rosé coincée entre les genoux. La coupe pleine de bulles fines et ondoyantes. Une vague copine vint s'installer à côté d'elle, verre à la main.

— Alors Flo, qu'est-ce que tu racontes de beau ? Ça te fait quoi d'avoir une année de plus ?

Mais avant que Florence ait pu répondre quoi que ce soit, la copine s'était mise à parler de sa vie à elle, ses soucis au boulot, ses déboires conjugaux, ses enfants ingrats, si bien que Florence n'avait pas pu en placer une et n'avait eu d'autre choix que de descendre sa coupe en moins de deux, levant le coude pour aspirer les dernières gouttes. Tatiana n'était pas là. Depuis l'histoire de son chien, elle ne lui avait pas reparlé. Sa seule véritable amie, putain. Baptiste disait que ça allait passer, que Tatiana finirait par revenir. Qu'il fallait juste lui laisser le temps.

La copine poursuivit son monologue pendant un moment, le regard rivé au mur d'en face. Jamais elle ne croisait celui de Florence, parlait en faisant de grands moulinets avec sa coupe.

— Le fond du problème, tu vois, c'est que je déteste mon boulot. Évidemment toi tu ne peux pas savoir ce que c'est, tu adores ton métier.

Elle trempa les lèvres dans sa coupe tiède, fronça le nez.

— Comment ça t'est venu, d'ailleurs, la médecine ? demanda-t-elle en déposant discrètement sa coupe éventée sur la table basse.

— Comment ça m'est venu ? répéta Florence. Disons que… Et comme elle n'avait aucune envie de parler de tout ça – sa vocation, son enfance, sa mère – elle répondit n'importe quoi à la place. Une histoire d'oncle médecin qui l'avait fascinée. L'envie de sauver des vies. D'être utile. Ce genre de trucs.

— Ah mais c'est vachement intéressant, dit la copine, apparemment satisfaite. Vachement intéressant tout ça.

Elle sembla chercher quelque chose à ajouter, finalement se ravisa.

— Je vais prendre un peu de gâteau, tu en veux ?

— Ça va, pas pour le moment, répondit Florence.

Alors la copine se leva sans demander son reste et traversa le salon pour rejoindre les autres devant le buffet, tirant sur sa jupe trop courte et clopinant à cause de talons trop hauts.

Florence fit tourner la coupe vide entre ses doigts. Elle se rappelait chaque détail de ce jour-là. Ce jour où elle avait annoncé à sa mère qu'elle allait s'inscrire en médecine.

C'était un matin après une nuit d'orage. Le ciel était comme lavé, bleu frais et rempli de moineaux, et dans la salle à manger il y avait ce rayon de soleil qui éclairait les grains de poussière en suspension. Il n'y avait pas le moindre bruit dans la maison, juste le goutte à goutte du robinet de la cuisine. Florence avait avalé son petit déjeuner à la hâte, en silence, tandis que Suzanne Marchand, elle, gardait le nez dans sa tasse de café – chemise de nuit avachie, cheveux embroussaillés par l'insomnie, bras maigres –, aspirant à intervalles réguliers quelque bruyante gorgée, et claquant la langue après avoir dégluti. Florence avait rassemblé ce qu'elle avait en elle de courage pour lui annoncer la nouvelle.

— Maman, je vais m'inscrire à la faculté de médecine, avait-elle dit. À Paris.

Suzanne Marchand n'avait pas levé le nez de sa tasse, seulement aspiré une gorgée de plus, alors Florence avait insisté, maman ? tu m'as entendue ? et devant le silence de Suzanne elle avait été contrainte d'enchaîner, mais je viendrai te voir les week-ends, tu sais. Le visage de Suzanne s'était soudain illuminé, révélant son grand sourire de folle.

— Ça tombe parfait, ma minette ! Les week-ends y a pas de tournage, tous les acteurs sont off !

Florence avait baissé les yeux, grattant le rebord de la table du bout de l'ongle. Elle se faisait tellement de soucis pour sa mère. L'information lui était-elle seulement arrivée au cerveau ? Florence n'en savait rien, mais elle en doutait franchement.

Pourtant, lorsqu'elle s'était levée pour enfiler son sac à dos et partir au lycée, Suzanne avait ajouté, avec solennité cette fois :

— Tu feras un bon médecin, ma minette. Parce que grâce à moi, au moins, tu sais ce que c'est que d'être malade.

Suzanne Marchand était allée vider sa tasse dans l'évier, elle s'était allumé une cigarette – Gitane, *forever* – et avait décoché à sa fille un clin d'œil complice.

— Ce soir ma minette, on va fêter la nouvelle, avait-elle dit en formant deux beaux ronds de fumée. La nouvelle de ta nouvelle vie.

Florence avait acquiescé gaiement, oui bien sûr, fêtons ça maman, et comme soulagée d'un poids elle l'avait attirée à elle un peu brusquement, une bise appuyée sur chaque joue, avant de s'éclipser.

— Je suis en retard, j'y vais. À ce soir, maman.

Depuis la fenêtre, Suzanne avait regardé sa fille s'éloigner dans l'allée tout en mordillant le bout de sa Gitane. Au revoir ma minette. À plus tard. Elle avait abandonné son mégot sur le sol de la cuisine et, du revers de la main, avait écrasé une larme fugace.

Toute la matinée, Suzanne Marchand avait enfilé ses plus belles robes, les unes après les autres, et elle s'était maquillée comme pour le gala, fard qui scintille, poudre de riz, eye-liner et rouge aux lèvres. Elle avait aussi verni ses ongles avec soin. Après quoi, elle était partie arpenter les rues de Milly-la-Forêt, s'arrêtant à tous les endroits qui lui étaient chers – l'entreprise d'herbes aromatiques surgelées Darégal, la pharmacie, la maison de Jean Cocteau. Elle avait également fait un stop au supermarché, où elle avait chapardé un rouleau de sparadrap et une paire de jolies chaussettes bleu lavande.

Lorsque Florence était rentrée du lycée, elle était passée acheter une bouteille de chablis, des paupiettes de veau et deux parts de tarte au citron. Elle savait que sa mère se réjouirait, c'était tout ce dont elle raffolait.

— Maman, t'es là ? avait dit Florence en passant le seuil de la porte. Viens voir ce que j'ai rapporté !

La maison était restée silencieuse. Florence était montée à l'étage et avait répété, maman ? maman, t'es là ? mais il n'y avait pas eu de réponse non plus. Et la porte de la chambre : close. Florence avait alors frappé deux petits coups discrets, puis tourné la poignée. Les chaussettes bleu lavande, ornées d'un fin liseré de dentelle blanche, pendaient dans le vide. Avec au bout : le corps de Suzanne Marchand. Elle oscillait très légèrement, les bras ballants, face au miroir. Le cou pris dans une corde en chanvre volée chez Bricomarché. Ses paupières avaient été scotchées – pour que ce soit moins effrayant, sans doute – et à ses pieds se trouvaient une bible ainsi qu'une tasse de café remplie à ras bord. Comme si elle n'avait pas eu le temps de la boire. Comme si soudain il avait été urgent d'en finir. Florence avait aussi trouvé une lettre, écrite à l'encre violette, disant qu'elle devait lui pardonner, qu'elle avait essayé mais que – elle s'excusait de ne pas avoir été la meilleure des mères. Elle avait également écrit qu'elle était très fière, pour la médecine. Et qu'elle comptait sur elle pour se trouver un mari qui l'aimerait *comme un père, une mère et un amant réunis*. C'était tout. Quelques lignes dérisoires pour dire l'adieu, le trou béant, le cœur qu'on arrache à mains nues. Quelques lignes qu'elle avait signées *Guilia Antonelli, ta maman qui t'aime.*

Quand Florence avait tenté de la réanimer, son cœur à elle pulsait si fort qu'elle avait un moment cru qu'il s'agissait des battements de sa mère, mais c'était trop tard déjà, le pouls s'était envolé. Et Florence s'était évanouie.

Plus tard dans la nuit elle s'était retrouvée au milieu du jardin, allongée parmi les herbes hautes. Elle s'était retrouvée là, seule sous la voûte étoilée, entourée par les fougères envahissantes, le lierre fané, les ronces enchevêtrées. Le rosier abandonné lui souriait. Et le mimosa de Suzanne – déjà tout flétri. Aucune main ne viendrait plus tailler ce jardin, avait-elle pensé. Aucune main ne viendrait plus semer, arroser, prendre soin, ôter les mauvaises herbes. Pourtant, la vie allait continuer. Il le fallait. Elle le savait.

Florence se leva du canapé, la tête engourdie comme après une mauvaise nuit. Elle passa ses doigts le long de son cou, sentit les plaques rouges palpiter. Ça lui faisait souvent ça, avec le champagne. Elle fila à la salle de bains et prit un comprimé de Zyrtec, son antihistaminique habituel, qu'elle avala avec un peu d'eau du robinet, penchée au-dessus du lavabo. Quand elle se releva, elle croisa son reflet dans le miroir. S'arrêta un instant. Puis avec deux doigts, elle étira sa peau au niveau des joues, des paupières, du front. Oh là là. Qu'est-ce que je vieillis, moi, en ce moment.

Elle soupira – rapide trait d'anticerne sous chaque œil, ni vu ni connu – et rejoignit Baptiste au salon, en grande conversation avec son vieux pote urologue, Jacques de Valois. Ils avaient l'air de bien se marrer tous les deux.

— Tu connais pas la dernière de mon Jacquot ? dit Baptiste, posant une main sur l'épaule de Florence, l'œil un peu vitreux.

Florence fit non de la tête, attrapa un morceau de gâteau sur le buffet. Il était minuit passé. Le sol collait aux semelles. Autour d'elle il y avait des dizaines de bouteilles vides, des cendriers pleins à ras bord, et des invités qui enfilaient leur veste les uns après les autres, merci pour tout, c'était super, jetant au passage un rapide coup d'œil au salon en bordel. Et encore bon anniversaire, Flo. On entendait ensuite quelques rires dans la cage d'escalier, les marches qu'on descend d'un pas lourd un peu désordonné, et puis la porte de l'immeuble qui se referme d'un coup sec.

Quand tout le monde fut parti, Florence ouvrit les fenêtres en grand. Elle s'appuya à la rambarde, respira l'air frais. La nuit était claire. Les feuilles des marronniers s'agitaient doucement, ses enfants et son mari discutaient dans la cuisine. L'appartement avait retrouvé son calme – enfin.

Le ciel était couleur métal – une grisaille à forte luminosité. Marianne remonta l'avenue de Choisy et vit s'élever devant elle un ensemble de tours gris perle. Elle se trouvait au cœur du quartier chinois, dans le XIIIe arrondissement de Paris, là où s'alignent les restaurants et les supermarchés asiatiques, les étals garnis de fruits venus d'ailleurs – mangoustans, kakis, jacquiers, fruits du dragon – et de tous ces légumes que l'on retrouve dans les cuisines des gargotes alentour – choux Shanghaï, radis blancs, champignons shiitakés, ciboule asiatique.

Marianne vérifia l'adresse sur la carte de visite.

— Tu verras ce mec fait des miracles, va le voir de ma part, lui avait dit Olive, et elle lui avait donné l'adresse d'un chamane chinois quasi centenaire apparemment très doué.

Marianne avait d'abord hésité, était-ce bien sérieux cette histoire, mais comme les médocs étaient toujours aussi inefficaces pour soulager les douleurs de Virgile, elle avait sauté le pas. Le chamane en question habitait au vingt et unième étage de l'une des tours, et pour arriver chez lui il fallait emprunter un étroit couloir qui schlinguait le tabac froid et l'insecticide anticafard, et s'enfoncer jusqu'au bout, là où le plafonnier s'était décroché et ne pendillait plus qu'à un fil. Marianne hésita encore un peu devant la porte mais finit par sonner. Une fois (rien). Puis une deuxième (vague bruit de vaisselle, suivi de quelques pas lents frottant le sol, en mode traîne-savates).

L'homme qui lui ouvrit ne devait pas dépasser le mètre soixante. Il avait le visage buriné, quelques rares cheveux blancs coiffés en arrière, et il portait une veste à col Mao en lin bleu, pantalon assorti, ainsi que des sabots de bois. Il avait sur la joue un grain de beauté d'où s'échappait un plumeau de poils blanc filasse. Il tendit une main frêle à Marianne, planta ses yeux dans les siens.

— Je viens de la part d'Olive, s'empressa-t-elle de dire, troublée par le regard du vieux chamane, comme s'il visitait là ses pensées.

— Je suis au courant, répondit-il d'une voix nasillarde qui surprit Marianne, et de l'index il indiqua la petite pièce sur la gauche. Asseyez-vous. Là. Je reviens.

Des mots comme balancés à la catapulte. Elle se sentit mal à l'aise, d'un coup. Pas du tout à sa place dans cette officine globalement louche. Elle s'installa cependant dans la petite pièce où régnait une entêtante odeur de baume du tigre et de cuisine chinoise, et elle patienta sagement. Le plafond était constellé de mouches mortes et de moustiques écrasés. Elle bloquait là-dessus quand le vieux chamane revint lui apporter une tasse, toute tremblotante sur sa coupelle, remplie d'un liquide verdâtre.

— Tenez. Ça. En attendant.

Marianne saisit la tasse, main placée sous la coupelle, et la déposa sur ses genoux, manifestement méfiante. Elle était bien emmerdée avec ce truc.

— C'est du thé, précisa le chamane, alors Marianne ricana bizarrement.

— Mais je sais. Je sais bien.

Et pour ne pas perdre la face devant le vieux chamane elle but plusieurs gorgées d'un coup, se demandant tout de même si elle n'était pas là en train de se faire empoisonner.

Marianne ressortit de là avec un flacon rempli d'une poudre jaune à diluer *dans la boisson de son choix*, ainsi qu'un sachet d'herbes pour des décoctions. Bon. Qu'est-ce qu'on risquait après tout. Au moins ça aura été une expérience, se dit-elle, et avant de faire le trajet en sens inverse elle s'arrêta dans l'une des innombrables gargotes qui se trouvaient sur son chemin. On lui servit une soupe brûlante de raviolis aux crevettes, du bœuf sauté aux légumes, un bol de riz parfumé, tout ça avec un jus de litchi hyper sucré. Elle avait rarement eu aussi faim. Comme si son corps tout entier s'était creusé d'un grand vide. Elle avala les petits plats les uns après les autres, avec avidité, les doigts collants de sauce aigre-douce et de soja. Tout était délicieux. Les grains de poivre craquaient sous la dent, et sur ses papilles se mélangeaient le goût du gingembre, de l'ail, du piment pilé et celui de la viande caramélisée. Elle eut envie d'envoyer un message à Virgile – on viendra là ensemble quand tu sortiras, tu vas adorer – mais elle se retint, trop superstitieuse pour ça. À la place, elle attrapa le petit flacon qui se trouvait dans son sac et lâcha une pincée de poudre jaune dans son jus de litchi – juste pour voir.

Florence goûta le vin et hocha la tête en signe d'approbation.

— Il est très bon, merci.

Le serveur remplit le verre de Tatiana d'un geste rapide et assuré, relevant le goulot d'un coup sec, puis il passa à celui de Florence.

— Bonne dégustation, mesdames.

Chacune leva son verre, regardant l'autre dans les yeux.

— À toi, à nous.

Florence savait que Tatiana trouvait ça vulgaire de choquer les verres, alors en sa présence elle évitait de le faire, même si elle pensait que ça enlevait un peu de gaieté à la chose. Mais bon, Tatiana avait des idées très arrêtées. C'était son caractère. Et l'important était qu'elles soient réunies.

— Le vin est délicieux, il va te plaire, dit Florence, qui avait choisi ce café aux Abbesses pour tous les bons souvenirs qu'elles y avaient.

C'était la première fois qu'elles se revoyaient depuis la mort d'Yves-Claude. Ces derniers temps elles s'étaient à peine croisées à l'hôpital, Florence avait bien essayé de parler à Tatiana mais c'était toujours la même rengaine, Tatiana qui était débordée, Tatiana qui avait une urgence au bloc, Tatiana qui faisait tout pour l'éviter. Et même lorsqu'elle avait récupéré les cendres d'Yves-Claude dans son bureau, Tatiana n'avait rien dit à Florence, pas un mot, rien, elle avait simplement mis la petite urne dans son sac et on avait entendu ses escarpins claquer prestement dans les couloirs de l'hôpital – oui, Tatiana opère ses patients perchée sur des escarpins, la folie – on avait aussi entendu appeler, Tatiana ? Tatiana, tu vas où ? mais déjà elle était en train de dévaler l'escalier de secours, larmes aux yeux et souffle court, filant vers le parking pour aller s'enfermer dans sa vieille Jeep d'occase. Là, tête appuyée contre le volant, elle avait lâché un long sanglot, un truc rauque et animal qui avait duré plusieurs minutes. Et puis qui s'était arrêté d'un coup.

D'une main nerveuse elle avait alors remué les pochettes de CD dispersées sur le siège passager, comme ça jusqu'à ce qu'elle tombe sur des lieder de Schubert, et quand elle avait glissé le CD dans le lecteur elle avait poussé le volume au max, retiré ses escarpins, et foncé vers le périph. *Auf dem Wasser zu singen*, disait le lied, *à chanter sur l'eau*, c'est exactement là où elle aurait voulu être, sur l'eau, sa Jeep fendant les flots sans tanguer, propulsée à pleine vitesse contre l'horizon tout là-bas.

L'autoroute était déserte, la voix de baryton de Dietrich Fischer-Dieskau faisait vibrer l'habitacle, trembler les vitres, et plusieurs fois Tatiana avait fermé les yeux. Une seconde, ou deux. Jamais elle ne s'était sentie aussi seule.

Elle avait roulé pied au plancher, si bien qu'à peine quatre heures plus tard elle s'était retrouvée devant la maison familiale, à quelques encablures de Perros-Guirec. Elle avait regardé le ciel, éclatant, d'un bleu à s'en cramer la rétine. Laissant ses escarpins dans la Jeep, elle avait marché pieds nus dans le jardin mal entretenu, déambulant les yeux rivés au sol, comme si elle cherchait quelque objet perdu. On l'avait vue faire plusieurs fois le tour du jardin. Et finalement, elle s'était arrêtée devant le vieux prunier aux branches tordues comme des doigts de sorcière : c'est là, juste au pied de cet arbre planté par son grand-père plusieurs décennies auparavant, qu'elle avait dispersé les cendres d'Yves-Claude. *Rest in peace*, mon ami, avait-elle dit en faisant un solennel signe de croix. Elle avait ensuite déposé un galet ovale pour marquer l'endroit et elle avait embrassé le sol, qui lui avait laissé un goût de terre humide sur les lèvres. Puis elle avait repris la route dans l'autre sens, sans craindre la fatigue ni les limites autorisées.

— Tu sais que Nils s'est fait tatouer ? dit Florence. Quand j'ai vu ça, putain… un tatouage, juste là (elle indiqua le haut du biceps). Une grosse tête de dragon japonais.

Tatiana haussa les épaules, avala sa première gorgée de vin.

— C'est quoi ? Nuits-saint-georges ?

Florence acquiesça, sourire complice. Son amie se trompait rarement sur les vins.

— Je ne sais pas si tu te rends compte, continua Florence, pour moi c'est comme s'ils avaient sali mon fils avec leurs aiguilles. Quand j'ai vu ça, j'ai juste eu envie de le foutre dans un bain d'eau de Javel et de le récupérer tout neuf le lendemain : le côté indélébile, c'est ça qui me rend malade. J'imagine toujours ces vieux qu'on retrouvera dans leur maison de retraite avec leur peau tombante, leurs ongles trop longs et leurs tatouages tout fripés, et vraiment ça me…

Tatiana n'avait pas d'enfant, elle écoutait son amie mais au fond elle s'en foutait.

— C'est ça le truc important que tu devais me dire ?

Florence se troubla, but une gorgée de vin.

— Non non. C'est pas ça.

Elle avait essayé d'être le plus naturelle possible, d'avoir une conversation qui filerait telle une rivière, chacune se donnant des nouvelles, bla bla et bla, mais compte tenu des circonstances elle avait juste donné l'impression de tourner autour du pot, de noyer le malaise sous un flot de paroles. Tatiana la regardait plutôt froidement, sans un mot, alors Florence avait fini par lâcher la phrase qu'elle avait soigneusement préparée.

— J'aimerais t'offrir un chat, si tu veux bien.

Devant le silence de son amie, elle étaya :

— Je sais bien qu'aucun chien ne remplacera jamais Yves-Claude. Mais tu aimes tellement les animaux, c'est pour ça. Et puis un chat c'est pratique pour les souris.

Tatiana éclata d'un rire solaire, balançant sa tête vers l'arrière, ses yeux charbon soudain illuminés et espiègles en diable. La vraie Tatiana, quoi. Celle qu'elle avait rencontrée sur les bancs de la fac de médecine et qui avait traversé avec elle toutes ces années sans anicroche ou presque. Une amitié au long cours. Une fidélité sans faille.

Du pouce, Florence essuya la trace qu'avait laissée son rouge à lèvres sur le rebord du verre, et consciente qu'elle était parvenue à dégivrer l'atmosphère, que les molécules s'étaient remises à circuler normalement, elle enchaîna, un léger sourire aux lèvres.

— Les souris ça peut être infernal, tu sais. C'est pas les rats, certes, mais je te jure que c'est pas marrant.

Il se trouve que depuis quelque temps – depuis sa fête d'anniversaire, pour être précis – Florence entendait gratter derrière les cloisons et dans les faux plafonds. Et particulièrement le soir, lorsqu'elle était dans son lit et essayait de s'endormir. Ça la rendait dingue. Des souris derrière mes murs, tu y crois toi ? Pour les faire fuir elle donnait de grands coups dans le mur, comme pour des voisins trop bruyants ; elle avait aussi bouché tous les trous et passages possibles et enfermé dans des bocaux hermétiques ses pâtes, lentilles, biscottes, céréales, bref, tout ce qui était susceptible d'être bouffé par les souris. Le pire c'est que ces bestioles se nourrissent d'un rien, à peine trois grammes par jour. Avait-elle appris. Et surtout, elles se reproduisent à une allure folle, jusqu'à huit portées par an. Alors évidemment quand Florence avait retrouvé sur le sol de sa cuisine des petits grains de riz noirs, qui étaient en fait des crottes de souris, elle avait aussitôt appelé une entreprise de dératisation. Ils avaient été sympas avec elle. C'est vrai qu'en ce moment, les souris et les rats c'est pas ce qui manque à Paris, avait dit le type au téléphone, et dès le lendemain il était venu déposer aux quatre coins de l'appart des petites boîtes remplies d'une pâte rose bonbon destinée à empoisonner les bestioles.

Florence avait imaginé ses souris en train de succomber dans les faux plafonds, échouées sur le dos, pattes figées en l'air et prêtes à pourrir, aussi avait-elle interrogé le monsieur sur l'odeur éventuelle. Il avait répondu qu'il n'y avait pas à s'en faire. Que les souris ingéreraient le produit et s'en iraient *mourir ailleurs* – c'est l'expression qu'il avait employée. Il avait ajouté qu'elles se dessécheraient, qu'il n'y avait donc aucun risque d'être importuné par l'odeur. Florence avait paru perplexe. Était-on bien certain qu'il n'y aurait pas d'odeur ? Pas d'odeur de mort par ici ? Le monsieur dératisation s'était un peu agacé, la rembarrant poliment.

— Vous savez madame, ça fait trente ans que je suis dans le métier. Vous pouvez me faire confiance.

Pourtant, quelques jours plus tard, Florence avait remarqué une curieuse odeur de poisson dans sa cuisine. Elle avait d'abord cru que c'était le dos de cabillaud qu'elle avait fait poêler la veille, mais l'odeur s'était intensifiée au fil des heures alors elle avait fini par regarder sous l'évier, et là elle avait vu trois gros moutons de poussière (par réflexe elle avait éternué), qui étaient en fait trois cadavres de souris (trente ans de métier, t'sais). Elle avait maudit le type dans sa tête et puis, pas le choix, avait enfilé une paire de gants Mapa et attrapé la balayette. Elle avait enfermé les petites souris molles dans un sac plastique, direction le local poubelle, et au moment de s'en débarrasser elle avait lâché un cri de dégoût, claquant la porte derrière elle.

Cette histoire de souris fit beaucoup rire Tatiana, elle en avait les larmes aux yeux.

— Quand on sait comme tu es maniaque, c'est un comble ! Ah là là, je te jure… J'espère au moins que t'en es débarrassée pour de bon.

Puis, s'essuyant le khôl du bout de l'auriculaire, elle accepta l'idée du chat.

— Pourquoi pas, après tout.

Florence reçut un message sur son téléphone, jeta un œil. Elle esquissa un sourire.

— Excuse-moi, j'en ai pour deux secondes, dit-elle en tapotant quelques mots de l'index, le petit doigt légèrement retroussé. C'est un patient, ajouta-t-elle. Enfin, pas le mien directement. Mais on a sympathisé et on est restés en contact.

Son téléphone vibra à nouveau. Smiley joyeux.

— Il sort demain, expliqua-t-elle. Il était hospitalisé à Saint-Louis pour un lymphome. Un sale truc.

Tatiana la regardait d'un œil attentif, semblait attendre la suite.

— J'ai croisé sa petite amie il y a quelque temps, ils habitent le quartier, dit Florence. Du coup on a pris un café ensemble.

— Ah. Et ?

— Bah rien. C'est tout. On a discuté, je l'ai dépannée d'une boîte de Valium, et voilà, maintenant ils me tiennent au courant.

Tatiana lâcha un petit rire, se cala au fond de sa chaise.

— Quoi ? dit Florence.

— Non non, rien.

— Mais si. Pourquoi tu ris ?

— Ben parce que – Tatiana se pencha vers l'avant, poitrine collée à la table, regard narquois – parce qu'il faut toujours que tu mettes ton grain de sel partout. Faut toujours que tu veuilles sauver la terre entière.

Florence connaissait bien Tatiana et la savait de nature plutôt jalouse, mais quand même, sa remarque la heurta. C'était un peu vrai, au fond. Elle voulait sans cesse aider les autres. Même lorsqu'on ne le lui demandait pas. Par empathie bien sûr – c'était une de ses grandes qualités, indéniablement – et sans doute aussi pour être certaine d'être appréciée en retour, d'être aimée. Pour exister, tout simplement.

Tatiana insista pour régler l'addition, c'est bon, c'est pour moi aujourd'hui, et lorsqu'elles se retrouvèrent toutes deux sur le trottoir elle parut un peu gênée, comme si elle regrettait de s'être montrée si cassante.

— Bon mais te vexe pas, je disais ça comme ça. Tu sais bien que je t'adore, Flo.

Elle la regarda dans les yeux, hein ? tu le sais n'est-ce pas ? et sans prévenir elle lui claqua un petit smack sur la bouche. Florence vacilla, déconcertée. Ne sut plus où se mettre, où poser son regard, quoi faire de ses bras. Tatiana se moqua gentiment, fais pas cette tête, faut pas exagérer quand même, puis elle sortit son paquet de Nicorette, en avala deux d'un coup.

— Et t'inquiète pas pour Nils. Tu sais, tout le monde est tatoué aujourd'hui. Ça ne va pas en faire un bad guy, de ton fiston.

— Ce type est un magicien, dit Virgile en passant la porte de l'appartement. Un vrai magicien.

Il retira son bonnet de laine rouge, le posa sur la console à l'entrée, et regarda un instant autour de lui. Marianne avait garni les vases de fleurs, elle avait ciré le parquet, nettoyé vitres et placards, et rempli le frigo de tas de bonnes choses. La chambre sentait le propre et le soleil, les draps vert amande étaient tirés à quatre épingles et sur la table de nuit il y avait une pile de livres tout neufs.

Marianne observait Virgile déambuler dans l'appartement, son regard s'attardant ici ou là, comme un invité qui découvre les lieux. Il se posta à la fenêtre et fut heureux de constater que tout était en place, que rien n'avait bougé depuis son départ – les toits en zinc, les cheminées rouge brique, les grues au loin, les collines d'Île-de-France. Il fit couler un peu d'eau, remplit son verre et y ajouta une pincée de poudre chamanique. Il agita pour diluer, puis avala la potion d'un coup.

— Ça paraît dingue mais dès que j'ai commencé à prendre ce truc mes douleurs ont disparu du jour au lendemain. Tu me le fais rencontrer quand, ce type ?

— Arrête Virgile, je t'ai déjà répondu dix fois : oui tu vas le rencontrer. On attend juste que tu sois un peu plus en forme.

C'était tellement lui, ça. Attiré par ce qui sort de l'ordinaire comme la limaille de fer sur un aimant. Il retroussa la manche de son tee-shirt et gonfla fort son biceps, lui fit tâter.

— Bah tu vois, je suis en super forme.

Marianne haussa les yeux au ciel, ok c'est bon t'as gagné, puis elle vint l'entourer de ses bras. Se lova contre lui. Mais au lieu du souffle tiède de Virgile, c'est un courant d'air glacé qui lui parcourut la nuque et descendit jusqu'au fond de son cœur – il avait tellement maigri, putain.

Virgile avait repris son quotidien comme si de rien n'était. Jamais il ne parlait maladie, hôpital, fatigue ou quoi que ce soit de ce genre. Il avait décidé, je crois, de tout oublier. De passer à la suite. De célébrer la vie et l'amour. Pour ça, il préparait de bons repas à Marianne, lui offrait des bouquets de fleurs ou des plantes en pot, il réservait leurs prochaines vacances au bord de la mer (peut-être la Grèce, ou bien le Portugal) et presque chaque jour il achetait des vêtements pour bébé. La première fois que Marianne avait vu le paquet posé comme ça au milieu du salon, avec tous ces pyjamas miniatures, ces chaussettes minuscules et cette doudoune taille poupon, elle s'était emportée.

— Qu'est-ce que c'est que ça, Virgile ? Je ne suis même pas enceinte !

— Oui je suis au courant. Et alors ?

— Et alors ça peut nous porter malheur.

Marianne en était convaincue. Il ne fallait pas faire ce genre de choses. C'était une mauvaise idée. Virgile, lui, avait éclaté de rire, enfin Marianne tu vas chercher de ces trucs, et il avait déballé les petits vêtements les uns après les autres, prenant bien soin de couper toutes les étiquettes. Lui qui n'avait pas eu une seule érection depuis sa chimio.

Chaque jour Virgile se promenait longuement dans le quartier. On lui avait dit que c'était bon pour sa guérison alors il marchait autant qu'il pouvait, parfois plusieurs heures, faisant tout de même des pauses régulières car la fatigue avait souvent raison de lui. Il s'arrêtait devant la boulangerie, respirait les effluves de croissants et de mie chaude, puis, à son rythme, il gravissait les rues de Montmartre, s'y perdait, s'adossait à la porte cochère d'un immeuble et écoutait la conversation qui se tenait dans la cour juste derrière. Il reprenait ensuite son chemin. Croisait des touristes le nez dans leur guide, des vieilles qui promenaient leur chien, des jeunes mamans avec leur bébé, et quand il redescendait de la butte, il rêvassait un moment devant la devanture du libraire où s'alignaient les nouveautés. Il avait encore du mal à lire pour l'instant. S'endormait au bout de quelques pages. Alors il ne rentrait pas dans la librairie. Ça l'attristait un peu mais il ne s'apitoyait pas, se forçait à poursuivre sa promenade. À regarder autour de lui. À apprécier chaque seconde, chaque détail. Tout lui parvenait avec une intensité décuplée – le marchand de fruits qui bâtissait adroitement une pyramide de mandarines, la mendiante qui disait bonjour aux passants, le boucher qui s'essuyait les doigts sur son tablier taché de sang, et puis les pigeons estropiés, les marronniers qui commençaient à perdre leurs feuilles, la chaleur sale qui s'échappait de la bouche de métro.

Un jour, en remontant la rue Caulaincourt, il croisa le docteur Marchand qui portait dans ses bras une brassée de pivoines rouges éclatantes. Elle était perdue dans ses pensées, ne le vit pas tout de suite.

— Quel bouquet ! s'exclama Virgile. Elles sont incroyables, ces pivoines.

— Ça alors, répondit Florence, surprise. Comment vous allez ? Tout se passe bien depuis votre sortie de Saint-Louis ?

Virgile lui fit son plus beau sourire.

— Au top. Vraiment parfait. D'ailleurs faut que je passe chez vous pour votre balcon, voir un peu ce qu'on peut y faire pousser. La semaine prochaine, peut-être ?

Sans attendre la réponse il caressa l'une des boules de pivoine, la paume en creux, puis la porta à ses narines, inspira. La pivoine – il s'en souvint à cet instant – tient son nom de Péan, le dieu guérisseur, le dieu des médecins. On vit ses joues pâlir, son regard se voiler.

— Ça ne va pas ? demanda Florence. Vous ne vous sentez pas bien ?

— L'odeur des pivoines, répondit Virgile en se tapotant le nez, ça me fait souvent ça. Mais tout va bien, ne vous inquiétez pas. On dit la semaine prochaine, c'est bien ?

Florence changea le bouquet de côté, se remit une mèche.

— Oui c'est parfait, c'est adorable de votre part. À la semaine prochaine alors. Et n'oubliez pas de vous reposer, c'est important.

— Me reposer ? se marra Virgile. Mais je ne fais que ça, me reposer !

Virgile s'était mis le fond de teint de Marianne, histoire de ne pas avoir trop mauvaise mine. C'est lui qui avait insisté pour y aller, et ils s'étaient même un peu engueulés à ce sujet.

— Attends Marianne, ça fait des siècles que je ne suis pas sorti pour m'amuser. Tu ne veux quand même pas que je reste enfermé ici toute ma vie ?

Marianne n'avait pas su quoi répondre. Il fallait bien que la vie normale reprenne son cours, c'est vrai. Il fallait bien qu'ils recommencent à sortir, qu'ils recommencent à s'amuser à danser à rire à s'étreindre fort. Pourtant, sans qu'elle sache très bien pourquoi, ces choses-là provoquaient en elle une sorte de réticence. Contrairement à Virgile, elle n'arrivait pas à faire comme si. Comme s'il n'y avait pas de ver dans la pomme. Comme s'il ne s'était rien passé. Et depuis que Virgile était sorti de l'hôpital, il faut reconnaître qu'elle était toujours un peu sur la retenue. Ne pas faire trop de bruit. Ne pas trop manger, ni trop boire. Ne pas vivre trop intensément non plus, comme si le moindre excès ou écart de conduite avait le pouvoir de tout désintégrer – comme si leur univers était devenu aussi fragile qu'une coquille d'œuf.

La fête avait lieu quelque part dans Montmartre, non loin de chez eux, mais jamais ils n'auraient pu soupçonner qu'un tel endroit existât. C'était une maison ancienne, haute de deux étages, entièrement éclairée aux chandelles, et où tout avait été décoré de meubles chinés à droite à gauche, de fausses toiles de maîtres, de fleurs artificielles et d'animaux empaillés (zèbres, tigres, cerfs). La pièce principale avait été transformée en salle de bal – au moment où ils arrivèrent on passait un hard rock assourdissant – et elle s'ouvrait sur un magnifique jardin. De là, on avait vue sur tout Paris. Des lanternes avaient été accrochées aux arbres, d'autres posées dans l'herbe, et le jardin dégageait des senteurs de figue, de tilleul et de poire. La façade de la maison, elle, était envahie par la vigne vierge et les ipomées ; il y avait aussi quelques gerbes de roses trémières, éclatantes et désordonnées.

Dans un coin du jardin, un homme jouait du clavecin. On ne voyait pas son visage. Il portait un costume en cuir blanc et un masque impressionnant – une tête de bouquetin. Une dizaine de personnes s'étaient attroupées autour de lui et l'écoutaient religieusement. Marianne et Virgile s'approchèrent, intrigués par l'animal.

Pendant ce temps, des garçons en costume trois-pièces allaient et venaient en poussant des chariots débordant de nourriture. Marianne et Virgile n'avaient jamais vu ça, il y avait des cochons grillés entiers, des volailles rôties, des poissons fumés, des pyramides de fromages, et puis une orgie de desserts – babas au rhum géants, pièce montée de choux caramélisés, coupes débordant de sabayon et de fruits des bois, seaux remplis de mousse au chocolat.

— On a bien fait de venir, n'est-ce pas ? dit Virgile.

— C'est dingue, répondit Marianne qui n'en croyait pas ses yeux. Mais où je suis, là ?

Virgile la regarda avec tendresse.

— Là, dit-il en se tapotant à l'endroit du cœur. Tu es là, ma plus belle.

C'était une douce soirée d'automne. Les gens portaient des tee-shirts et des vestes légères, Virgile était le seul à avoir un bonnet sur la tête. Son petit bonnet de laine rouge qui, avec ses joues amaigries, l'apparentait plus que jamais au commandant Cousteau.

— Je reviens, dit Marianne, tu m'attends là ?

Elle avait aperçu quelqu'un qu'elle connaissait, allait le saluer. Virgile lui déposa un baiser au creux du poignet, oui à tout de suite, et attendit que l'un des chariots passe devant lui pour attraper une cuisse de pintade rôtie qu'il accompagna d'une louche de mousse au chocolat. C'était divin. Il se resservit trois fois, s'avala aussi plusieurs vodkas d'un coup. Le brouhaha commençait à l'étourdir. Le bouquetin au clavecin jouait désormais du Scarlatti et il envoyait les notes valser dans les airs avec une telle joie, une telle grâce, que Virgile se surprit à en avoir les larmes aux yeux. Il fit quelques pas pour se calmer, respira un coup. La nuit était tombée tout à fait. Partout dans le jardin les lanternes brillaient doucement, comme des veilleuses d'enfant.

Virgile reprit une vodka et se mit à déambuler parmi les convives, s'arrêtant ici pour capter une bribe de conversation, là pour trinquer avec un inconnu, ou juste dire bonjour. Sa tête commençait à tourner gentiment. Il était tellement heureux de voir ces gens. Toutes ces vies autour de lui. Ces vies joyeuses et insouciantes, ces vies qui laissaient le temps filer sans faire gaffe. Ces vies qui parfois aussi avançaient dans le mauvais sens, laissaient leurs rêves s'évanouir sur le trottoir, et après, les regrets, les *j'aurais tellement aimé faire ci*, *j'aurais tellement voulu être ça*, il en eut la nausée d'un coup. Savait ce qui compte, lui. Brûler la vie par tous les bouts. L'émotion comme seule boussole. Et surtout, surtout – aspirer chaque seconde jusqu'à la moelle.

— Mais c'est mon Virgile chéri ! cria une voix. Viens par ici, toi !

Il vit Olive agiter le bras. Elle était avec Kamel et deux ou trois personnes qu'il ne connaissait pas.

— Alors comment tu vas, mon beau ? demanda Olive tandis que Virgile entamait la tournée des bises.

— Je vais parfaitement. Je suis surtout hyper heureux de vous voir.

— Mais nous aussi, tellement. T'imagines même pas.

Olive l'enlaça avec tendresse, lui susurra quelques mots affectueux.

— Merde ma pétasse, tu nous as foutu une sacrée trouille.

Elle le relâcha d'un coup, comme pour chasser l'émotion, puis le regarda d'un air plein de malice.

— Au fait, tu ne connais pas Juliette ?

— Non je ne connais pas Juliette, répondit Virgile en se tournant vers la jeune femme à côté de lui. Mais je suis tout à fait enchanté.

Son regard fit la mise au point, et alors Virgile bloqua net. La chanteuse qu'il écoutait en boucle depuis des mois, Juliette Armanet, se trouvait là juste devant lui, discutant tranquille avec ses amis.

— Ouh là j'ai trop bu, moi, dit Virgile, se retenant à l'épaule de Kamel.

— Ha ha, j'étais sûre que ça te scierait sur place, ironisa Olive. T'es tellement sensible, mon chéri.

Virgile resta quelques secondes sans qu'aucun son parvienne à sortir de sa bouche, puis on l'entraîna à l'intérieur de la maison où le hard rock avait cédé la place à la disco et aux rythmes rétro. Allez Virgile, en piste. Il n'opposa aucune résistance et enchaîna plusieurs danses au bras de sa chanteuse préférée, rock, slow, mambo, charleston, tout ce que tu veux. Mon dieu, c'était complètement surréaliste. Il ne comprenait rien de ce qui se passait. Rien du tout. Il laissait simplement les choses arriver.

Virgile ne s'était pas rendu compte qu'Olive et Kamel n'étaient plus avec lui depuis un moment. Il les chercha parmi la foule compacte des danseurs mais ne vit personne ; l'air était saturé de sueur, de bras et de jambes qui s'agitent, de sourires qui sentent l'alcool et l'innocence. Il tâcha de se frayer un passage, poussant les uns du coude, bousculant les autres, quand un jeune homme à la beauté californienne, bras bronzés et blond de plage, se planta devant lui.

— Tu danses ?

— Euh… on se connaît ? demanda Virgile.

— Pas encore, répondit le garçon, mais ça peut s'arranger.

Et sans que Virgile ait eu le temps de réagir, il lui colla un baiser sur la bouche, glissa sa langue à l'intérieur, resta quelques instants à tournoyer.

— Ça va t'es à l'aise toi, fit Virgile en le repoussant.

— Je suis amoureux, s'exclama l'autre en riant.

Le garçon lui fit un clin d'œil et disparut parmi les danseurs aussi vite qu'il était apparu. Virgile s'essuya la bouche du revers de la main, pas gêné celui-là, mais il se retourna tout de même, le cherchant un instant du regard. Le garçon l'avait troublé – sa langue avait le goût de celle d'Andy, son ex photographe.

Il avait résolument abusé de la vodka, devait retrouver Marianne maintenant. Ça tournait si fort autour de lui, ça tanguait de partout, c'était affreux. Pourtant, il le savait – il le sentait – tout ça allait finir bientôt. Tout allait s'arrêter. Le monde de tourner, les rivières de couler, la lune de nous narguer. Hé délire pas trop quand même, Virgile. Va prendre l'air plutôt. Il avança en titubant, et se retint à une jeune fille qui se trémoussait en rythme. Effluves de shampoing à la pêche, bracelets qui scintillent.

— T'aurais pas vu Marianne, par hasard ?

La fille lui sourit tout en continuant de se dandiner, haussa les épaules. Virgile se dirigea alors tant bien que mal vers le jardin, et à peine fut-il dehors qu'il vomit tout ce qu'il avait avalé, la pintade, la vodka, le chocolat. Personne n'avait rien vu. Il fit quelques pas de plus en se tenant le ventre. Sa vue se brouilla. Et il s'évanouit au pied d'un arbre rongé par un parasite.

Marianne l'avait cherché partout, soulevant ici un chapeau, là un pan de veste, elle avait secoué les uns et les autres, demandé s'ils n'avaient pas vu un bonnet rouge – non pas par terre, imbécile : un *homme* qui porte un bonnet rouge. Mais tous répondaient par un sourire plein de dents blanches bien alignées, non ils n'avaient rien vu, pas de bonnet, pas de Virgile, rien, juste la fête qu'ils suaient par tous les pores.

On finit par lui dire que quelqu'un avait fait un malaise, dans le jardin, et que les pompiers étaient déjà sur place. De loin elle vit Virgile allongé sur la civière.

— Est-ce que tu m'entends ? dit-elle en se penchant au-dessus de son visage. Virgile ? Est-ce que tu m'entends ?

Une légère brise agita ses cheveux. Une mèche chatouilla la peau de Virgile. Il ne sembla pas réagir.

— Est-ce qu'il m'entend ? demanda Marianne aux pompiers, et celui qui se trouvait agenouillé à côté d'elle hocha la tête, je pense, oui, puis il attrapa la bouteille d'oxygène.

Il était aux alentours de 2 heures du matin lorsqu'on hissa Virgile dans le camion des pompiers. Les portières claquèrent et le véhicule fonça droit vers l'hôpital Saint-Louis, gyrophare muet. La sirène était en panne.

Lorsque plus tard la fête fut terminée et l'endroit déserté, on retrouva de multiples objets dans la salle de bal. Des briquets, une ou deux paires de boucles d'oreilles, un trousseau de clés, des mégots écrasés. Et puis dans un coin : un bonnet de laine rouge – tout piétiné.

Florence avait intubé le patient, injecté les anesthésiants, et elle avait fixé chaque paupière avec un bout de sparadrap pour éviter que l'œil se dessèche. Elle aimait se retrouver au bloc opératoire. Hors du monde, hors du temps. Elle aimait ce moment où le patient sombrait dans ce sommeil artificiel, sous la lumière artificielle, avec toutes les constantes à portée de regard (fréquence cardiaque, tension artérielle, saturation) – la vie sous total contrôle pour quelques minutes ou quelques heures.

Tandis que les produits se diluaient dans les veines du patient (homme, quarante-deux ans, soixante-quinze kilos), elle observait le visage de cet inconnu, allongé sur la table d'opération, littéralement entre leurs mains. Elle posa la paume sur le front du patient, dégagea une mèche de cheveux d'un geste délicat.

— C'est bon Florence ? Je peux y aller ? demanda le chirurgien.

C'était l'un des sympas du bloc. Tous deux s'appréciaient beaucoup, ils étaient même partis une fois en week-end avec leurs conjoints respectifs.

— Oui c'est bon pour moi, acquiesça-t-elle, et à cet instant elle sentit son portable vibrer dans la poche de sa blouse.

Le patient était endormi, il était loin déjà. Quand il se réveillerait, il n'aurait aucun souvenir de tout ça. Comme les enfants avant l'âge de quatre ans, à ce qu'on dit. Florence avait toujours trouvé ça délirant, que les enfants n'aient soi-disant aucun souvenir avant d'avoir soufflé leurs quatre bougies sur le gâteau. Elle, elle revoyait très bien Nils et Elena, âgés de deux et trois ans, en train de jouer dans leur salon de la rue Caulaincourt, elle revoyait nettement les fenêtres grandes ouvertes, le soleil qui filtrait à travers les arbres et rendait le feuillage vert transparent, et puis les ombres que ça faisait aux murs. Elena portait sa petite salopette rouge, sa préférée, et elle s'amusait à attraper les ombres avec une épuisette tandis que Nils riait aux éclats, se cachant la bouche de ses deux petites mains – t'as vu ça, maman ! s'exclamait-il, alors Florence lui souriait, complice, puis elle soufflait vers ses deux enfants des baisers imaginaires. Ne me dis pas qu'ils n'auront aucun souvenir de tout ça ? avait-elle souvent pensé. Et les maisons en Lego, les histoires de loups, de petits cochons, de sorcières, les câlins, les chagrins, et puis – et puis si je meurs avant leur quatrième anniversaire, je n'existerai donc plus du tout pour eux ? black-out complet ? effacée totale du cerveau ?

Le chirurgien avait pratiqué la première incision et s'était mis au boulot, trafiquant dans les viscères du patient. Florence sortit son portable. C'était un message de Marianne. Elle contracta la mâchoire. Merde. Virgile avait de nouveau été hospitalisé cette nuit à Saint-Louis, apprenait-elle, quarante de fièvre à 5 heures du matin, et à sept le diagnostic épinglé pile sur la poitrine : septicémie sévère.

Le chirurgien releva la tête, retira ses mains. Il demanda des compresses.

— Est-ce qu'on peut aspirer par là, je vois plus rien, y a trop de sang.

Florence vérifia les constantes du patient, tout est ok pour moi, c'est bon, tandis que le sang se faisait aspirer dans un grand bruit de succion. Elle lut alors le post-scriptum : « Virgile tenait à vous prévenir. Il ne vous a pas oubliée, il dit qu'il passera chez vous bientôt. »

Marianne avait aussi précisé le numéro de la chambre. Au cas où Florence voudrait passer.

Lorsqu'elle sortit du bloc Florence retira blouse, sabots et charlotte, et quitta le vestiaire rapidement. Dans les couloirs elle croisa Tatiana qui venait de terminer sa consultation.

— Bah tu cours où comme ça, Flo ? Qu'est-ce qui t'arrive ?

— Je file à Saint-Louis.

— Ah bon ? Mais pourquoi ?

Florence se trouvait déjà plusieurs mètres devant.

— Le patient dont je t'ai parlé. Il fait une septicémie.

La chambre de Virgile était encore plus petite que la précédente. Marianne avait même l'impression qu'elle rétrécissait au fil des heures. Quand Florence Marchand poussa la porte et entra, Virgile se redressa, tâchant de faire bonne figure.

— J'ai eu un petit contretemps, dit-il d'une voix pâteuse. On vous a prévenue, n'est-ce pas ?

Florence acquiesça, salua Marianne d'un signe de tête.

— Mais on va me filer quelques vitamines et je serai sur pied très vite, ajouta-t-il en rigolant.

Marianne baissa les yeux. Qu'est-ce qu'il raconte. À quoi il joue. Florence, elle, voyait très bien. Réaction de défense, de survie. Tous ces mécanismes que le cerveau met en place quand le réel vous semble inacceptable. Elle-même avait déjà connu ça – elle s'en souvint à cet instant – quand cinq ou six semaines après la naissance de son fils, épuisée par les nuits sans sommeil et le chambardement hormonal, elle s'était retrouvée sans une goutte de lait dans les seins. Pourtant, durant plusieurs jours, elle avait absolument voulu continuer d'allaiter son bébé, qui hurlait de faim. (Baptiste, entre-temps, était descendu à la pharmacie, avait acheté du lait en poudre et des biberons, et nourrissait son fils durant les rares moments où sa femme dormait.) Nier l'évidence, c'est fréquent lorsqu'on est confronté aux défaillances du corps. Florence l'avait maintes fois constaté, chez elle comme chez ses patients – et elle le voyait encore ici avec Virgile.

Marianne était sortie de la chambre pour aller s'isoler dans le couloir. Elle se répéta la phrase qu'elle allait devoir prononcer. Hésita. Changea plusieurs fois. Et finalement composa le numéro d'Henri Lifar. Elle tomba d'abord deux fois sur messagerie, mais comme elle insistait on finit par décrocher.

— Allô oui ?

— Bonjour monsieur Lifar, je suis Marianne. La compagne de Virgile.

Silence au bout du fil.

— Je vous appelle parce que votre fils est à l'hôpital. Pour une septicémie. Elle passa sur le reste, sachant que Virgile s'y était opposé. Il faudrait venir le voir, je crois.

Silence toujours.

— Monsieur Lifar, vous êtes là ? Vous m'avez entendue ?

Mais c'est une voix féminine qui répondit, Henri avait passé le téléphone à sa femme.

— Je suis la mère de Virgile, dit-elle. Je vais venir. Donnez-moi juste le numéro de la chambre. Puis d'un ton solennel et funèbre qui glaça Marianne, elle ajouta : merci de nous avoir prévenus, mademoiselle.

Lorsque Marianne revint dans la chambre, Florence avait disparu et Virgile s'était endormi. Elle s'approcha de lui, embrassa son front. La fièvre avait un peu baissé. Il semblait apaisé. Juste endormi, pas malade. Elle souleva le bras de Virgile, se blottit au creux de son aisselle, et dut elle aussi s'assoupir quelques instants – aspirée par la fatigue comme dans un canapé trop mou, le sommeil heurté de visions bizarroïdes. Quand elle rouvrit les yeux, elle vit ces trois petits merles, noirs comme l'encre, qui s'étaient posés sur le rebord de la fenêtre. Elle s'approcha sans bruit puis tendit une main vers eux. Bonjour, vous. Les oiseaux ne bougèrent pas d'une plume. Ils la regardaient fixement. On aurait dit qu'ils la dévisageaient.

Elle aurait tant voulu qu'ils se promènent encore sur des chemins de campagne, qu'ils ramassent des œillets, des coquelicots, des branches d'orties,

elle aurait tant voulu sentir ses caresses – encore,

respirer sa peau – encore,

pleurer avec lui devant des films tristes, rire pour des conneries, et puis goûter ensemble les premières framboises de la saison.

Elle aurait tant voulu qu'ils s'installent encore en terrasse au milieu des gens bruyants, avec Virgile qui hélerait le serveur, hé s'il vous plaît monsieur, je voudrais la mer à boire dans un joli verre à cocktail – ils auraient échangé un baiser salé, le ciel aurait rougi, et ils auraient regardé les hirondelles se tirer en douce vers les pays chauds.

Elle aurait tant voulu bercer ses bébés durant des heures, debout dans la pénombre, quand lui se serait endormi dans le lit juste à côté. Elle aurait tant voulu qu'ils s'angoissent ensemble de l'avenir, qu'ils se disputent le soir et s'adorent au matin, elle aurait tant voulu qu'ils passent leurs vacances sur les bords de la

Méditerranée ; on aurait acheté des seaux et des pelles en plastique bleu, les enfants auraient appris à faire des châteaux de sable, à collectionner les coquillages et à peindre les galets, à mettre la tête sous l'eau, et Virgile se serait extasié de leurs éclats de rire, de leurs dents de lait minuscules, de leurs bouts du nez tout pelés par le soleil.

Elle aurait tant voulu vieillir avec lui. Elle aurait eu mal aux os, il aurait eu mal au dos. Ils auraient trouvé refuge dans une maison simple et tous les matins ils se seraient retrouvés dans la cuisine, leurs pas lents frottant le sol, leurs mains osseuses qui viennent se dire bonjour, avec délicatesse, s'effleurant à peine. On aurait ri de cette peau devenue aussi sèche que du parchemin. Ne penser à rien, juste allumer la cafetière et apprécier la journée qui vient. Vieillir heureux, dans une maison où les oiseaux viennent grappiller les miettes du petit déjeuner sur la terrasse, où l'on peut lire des heures entières assis sous la pergola et contempler les arbres fruitiers qui au crépuscule embaumeront le jardin.

Aujourd'hui la ville est grise et sale, et dans leur appartement de Montmartre ça commence à sentir le moisi. Marianne regarde par la fenêtre. Il n'y a ni nuages ni oiseaux. Que du vide. Rien que du vide. Marianne entend alors le téléphone, *son* téléphone, et quand elle décroche ce sont ces trois mots qui résonnent comme trois cartouches tirées dans un ciel pâle : Virgile est mort.

La première nuit, Marianne la passa chez ses parents. Dans le lit une place de sa chambre d'enfant, avec le papier peint aux montgolfières, l'odeur des mines de crayons et des protège-cahiers, les romans jeunesse bien alignés dans la bibliothèque, et le vieil ours en peluche posé sur la table de nuit. Elle s'était réfugiée là où elle avait pu.

Quand elle arriva au petit déjeuner, Sam la prit dans ses bras, ce qu'il n'avait plus fait depuis mille ans, et il serra fort. Il sentit le cœur de Marianne battre contre sa poitrine à lui, et il en fut tant ému qu'il dit à voix haute les mots qui flottaient alors dans sa tête.

— Je suis fier de toi, tu sais. De ce que tu as fait pour Virgile. Comme tu l'as soutenu. Comme tu l'as aimé.

Sa voix s'étrangla, il ne put aller plus loin.

Alice sortit de la salle de bains, secouant d'une main ses cheveux encore humides, le peignoir lâche laissant paraître un bout d'épaule. Elle n'avait pas dû se démaquiller la veille, le khôl vert avait laissé une trace poudreuse sous l'œil. Elle vint embrasser

Marianne. Ne prononça pas un mot, caressa juste les cheveux de sa fille. Les vapeurs de gel douche au jasmin avaient envahi la pièce.

Pour chasser les mauvaises ondes, Alice alluma quelques bougies, mit un disque tout bas – *Summertime*, Janis Joplin – et prépara des pancakes. Elle ajouta des rondelles de banane par-dessus, un peu de noix de coco râpée, et apporta ça à table avec une théière fumante. Alice s'assit à côté de sa fille, versa le thé.

— Je voulais te dire, commença-t-elle mais sa voix s'enraya. Elle se reprit, plus calmement, essayant d'articuler du mieux qu'elle put. Avec Sam – avec ton père – on a pas mal discuté. De ce que vous vouliez faire, Virgile et toi. Alors voilà : nous, on va t'aider autant que possible. Tu peux compter sur nous.

Marianne attrapa un peu de noix de coco avec la pulpe de l'index et la fit fondre sur sa langue, regard dans le vague. Si elle avait su. Quelle tournure allait prendre son existence. Est-ce qu'on décide de quelque chose, à un moment. Est-ce qu'on choisit ce qui nous arrive – la vie qui est la nôtre.

Voir le monde s'écrouler devant soi, elle en avait déjà eu un avant-goût avec l'hôpital, la maladie, la chimio, mais à la morgue ça avait été autre chose. Elle s'était souvenue de ces paroles, *il faut voir le mort pour réaliser, pour se rendre compte, pour faire son deuil* – quand d'autres voix disent, *dans ces cas-là chacun fait comme il veut, comme il peut* – mais va savoir pourquoi elle avait suivi la première voix, et elle s'était même forcée à le toucher. À poser ses lèvres sur son front. Mon dieu ce qu'elle avait regretté ce geste, embrasser cette peau dure et froide comme la pierre, tout droit sortie du frigo, en quoi ça l'aidait, franchement, où était Virgile là-dedans ?

Virgile son unique. Son poète. Son disparu. Combien de fois elle avait essayé de l'appeler depuis ? Combien de textos elle lui avait envoyés, juste pour être sûre qu'il n'y avait pas de réponse ? Et puis à la morgue, cette phrase qu'elle lui avait chuchotée à l'oreille, tout doucement : *si ce n'est pas avec toi, jamais je n'aurai d'enfant*. Une phrase qui s'était aussitôt dissoute dans l'air pour se reformer la seconde d'après, lui revenant dans la figure tel un boomerang. Oui, c'est ça. Pensa Marianne. Avec personne d'autre que lui.

Virgile qui ne respire plus. Virgile qui ne rit plus. Virgile qui gît dans son petit tiroir à la morgue.

Elle fit un pas en arrière, serra le tube de Lexomil qu'elle tenait au creux de la paume – combien par jour, déjà ?

Quelque temps plus tard, dans la queue du supermarché, elle s'était attardée sur ce bébé qui dormait dans sa poussette devant elle, la tête penchée sur le côté, comme débranchée, un reste de varicelle aux poignets et sur le haut du front. Et puis sur cet autre, un peu plus loin, qui tapait furieusement du pied pour un paquet de bonbons. Elle avait regardé les caddies qui débordaient de couches, de steaks hachés, de biscuits pour le goûter, et de toute cette vie de famille si bien rangée. Dans son caddie à elle, il y avait des céréales et un bidon de lait, du gel douche au format familial, un pack de bières, un gros poulet rôti. Surtout pas de plat préparé. Rien en portion individuelle. Rien qui puisse trahir sa solitude – monstrueuse, odieuse, hideuse en cet instant.

Sa vie ressemblait à un jardin dévasté, comme si tout avait été détruit par l'orage. Arbres foudroyés. Parterres de fleurs pulvérisés. Il ne restait que les souches calcinées, les débris de branches et la terre retournée. Même si l'on sait que tout finit par repousser – différemment. Sous une autre forme. Avec d'autres plantes, d'autres couleurs, d'autres espèces. Comment allait-il repousser, son jardin à elle ? Quelle part d'elle-même était encore vivante ?

Pour tenir le choc, Marianne se concentrait sur les tâches du quotidien, l'aspect concret des choses. Elle rangeait l'appartement et lavait les vêtements accumulés dans le panier à linge, elle organisait la cérémonie, contactait les amis proches et moins proches, essayait de n'oublier personne. Elle ne se posait pas de question, n'analysait rien. La rationalité avait déserté son cerveau. Et sans cesse elle repensait à Virgile qui, durant les jours précédant sa mort, n'avait plus qu'une chose à la bouche :

— Je veux que tu récupères les gamètes. Je veux qu'on fasse cette insémination et que tu tombes enceinte, *quoi qu'il m'arrive.*

Plusieurs fois Marianne s'était mise à pleurer et s'était énervée, mais arrête avec ça, tais-toi tu es fou, et Virgile avait essuyé les larmes de Marianne avec son pouce et il avait ajouté :

— Faut que tu le fasses, Marianne. Parce que moi je voudrais vivre encore un peu. Avec toi.

Le premier rang était resté vide. Personne n'avait osé l'occuper, pourtant l'église était pleine à craquer. Ça fourmillait de gens, des jeunes et des moins jeunes, qui tous portaient des couleurs claires et avaient les yeux rougis. Il flottait un parfum d'encens, de fleurs fraîchement coupées, et sur les vitraux colorés les madones avaient les mains jointes et le regard implorant.

Marianne était assise au deuxième rang, Alice et Samuel à ses côtés. Tandis que le monde continuait d'affluer et que l'on se serrait sur les bas-côtés, on la vit se retourner plusieurs fois. Elle aperçut Olive et Kamel. Lucie et son mec. Puis Tom, Andy, William, Benoît et tous ces autres qu'elle ne connaissait pas. Il faut croire qu'à chaque seconde elle s'attendait à le voir surgir, son Virgile, dans un beau costume clair, un canotier sur la tête, se frayant un passage parmi la foule – laissez-moi passer, pardon, je suis en retard !

Marianne avait du mal à rester en place. Elle avait des fourmis dans les jambes et au fond de l'estomac quelque chose comme un début de rire nerveux. Elle se sentait si mal accoutrée, la veste trop cintrée, le pantalon trop serré – et le chagrin beaucoup trop grand pour elle.

Les quatre employés des pompes funèbres pénétrèrent dans l'église, le cercueil de Virgile calé sur l'épaule. Ils avaient les cheveux courts et bien peignés, les mains solides et les ongles ras. Au passage du cercueil, ça se moucha de partout dans l'assistance, chacun repliant son souvenir de Virgile comme un petit papier précieux. Chacun flippant aussi que vienne son tour, un jour, de se retrouver à l'horizontale, dans une boîte en chêne clair.

On plaça le cercueil devant l'autel. Juste à côté il y avait cette photo de Virgile posée sur un chevalet en bois. On le voyait assis sous un magnolia, fumant une cigarette, le regard vers le ciel – la photo prise à Varengeville-sur-Mer, des années plus tôt.

On récita quelques prières. Alice lut un texte de Patti Smith. Les amis se succédèrent pour dire un mot ému. Et Marianne, elle, hésita jusqu'au dernier moment, finalement garda sa lettre pliée dans la poche de son pantalon – comme on veut, comme on peut.

La famille Lifar resta silencieuse le temps que dura la cérémonie. Aucun d'eux ne prononça de discours, on les vit simplement passer devant le cercueil, l'un après l'autre. Le père se signa. La mère étouffa un sanglot dans sa manche. Les deux sœurs suivirent, un mouchoir collé sous le nez. Aucun d'eux n'avait revu Virgile. Ils étaient arrivés trop tard.

Quand Marianne quitta l'église, elle aperçut un vol d'étourneaux là-haut dans le ciel ; ils se déplaçaient en parfaite cadence, formant un nuage qui s'étirait, se gonflait, s'aplatissait telle une forme molle à la Dalí. Peut-être Virgile était-il l'un d'eux désormais. La journée on le verrait s'envoler vers la campagne pour picorer des chenilles, des cerises et des bouts de pommes, et puis le soir il reviendrait trouver abri en ville, se glisserait sous un toit, ou se réchaufferait à la lueur des grands magasins. Comme ça. Là. Tout près d'elle.

Florence arriva au café Francœur avec un bon quart d'heure d'avance et s'installa à une table près de la fenêtre. Elle ouvrit son livre, relut la même phrase plusieurs fois, et finit par le refermer, incapable de fixer son attention. Autour d'elle les gens discutaient et riaient, on entendait le percolateur siffler, les tasses se choquer et les serveurs s'apostropher, réclamant l'addition pour la deux, l'appareil à cartes pour la dix, et tout cela lui parut si étranger, si lointain. Le brouhaha du quotidien. Elle demanda au serveur un verre d'eau, oui avec un café merci, ou bien était-ce l'inverse, et elle avala son deuxième Tranxene de la journée. Elle posa les deux mains à plat sur la table. Pourquoi fallait-il que le vide soit si présent, que la mort rôde toujours comme un vieux corbeau. Pourquoi fallait-il que la médecine soit incapable de sauver. Ils n'avaient même pas eu le temps d'avoir un enfant ensemble, ces deux-là. Pourtant, ça crevait les yeux, ils s'aimaient comme des dieux. Avaient la vie devant eux. Le monde à leurs pieds. Comment allait-elle tenir, cette jeune femme ? Comment allait-elle faire avec ce trou béant en plein milieu du chemin ? Et avec cette solitude ? Florence savait à quel point ça l'avait sauvée, elle, d'avoir des enfants. Elle se souvient de leurs petits corps tout chauds posés contre elle, de leur haleine au lait maternel, douce et sucrée, elle se souvient aussi de leurs sourires aux gencives roses, sans dents aucune, de leur façon de s'étirer si fort que ça faisait trémuler leurs petits poignets. Et puis toute cette vie qui s'était organisée autour d'eux, pour eux, et pour des années.

Marianne entra dans le café et aperçut tout de suite Florence. Elle lui adressa un petit signe de la main, s'avança vers elle. Marianne se tenait très droite, les cheveux relevés en chignon. Rien d'accablé ou d'anéanti en elle. Elles échangèrent une bise puis Florence l'entoura de ses bras. Marianne appuya un instant sa joue contre l'épaule de Florence ; un instant durant lequel le brouhaha se mit en sourdine et leurs respirations s'accordèrent, au ralenti.

— Comment ça va ? demanda Florence en desserrant les bras et se rasseyant.

Marianne sentit ses yeux s'embuer. Elle tira la chaise à elle et força un sourire.

— Ça va.

Florence commanda deux verres de vin et entama la conversation. Elle s'enquit de choses concrètes, voulut savoir si elle avait besoin d'aide pour les courses, les papiers administratifs, ou bien d'une ordonnance ou d'un numéro de psy.

Marianne remercia, dit qu'elle n'hésiterait pas à lui demander. Elle parla aussi du rendez-vous qu'elle avait eu avec Maître Lardet. Quelqu'un de très bien, très compétent dans son domaine – droit médical et bioéthique.

— Vous le connaissez peut-être ?

Florence fit non de la tête, Marianne poursuivit. Ignace Lardet avait accepté de se charger du dossier. Il avait mis sur la table ses compétences et ses raisons d'y croire, mais n'avait toutefois pas caché que la victoire était loin d'être évidente.

— Nous nous appuierons sur la Convention européenne des droits de l'homme, avait-il expliqué, mais il faut cependant vous attendre à ce qu'on vous refuse la restitution des gamètes. Car vous le savez, l'insémination post-mortem reste une pratique interdite en France.

Marianne attrapa le verre de vin qui se trouvait devant elle. Elle le porta à ses lèvres, finalement le reposa avant d'avoir bu.

— Je voulais savoir un truc, dit-elle en regardant Florence droit dans les yeux. Si ça ne marchait pas, on aurait quand même un moyen de… ?

Florence fut prise de court. Elle avait tout de suite compris. Elle essaya de soutenir le regard de Marianne, mais eut du mal.

— Je pense qu'il faut y croire, finit-elle par répondre. Vous avez un bon avocat apparemment. Et puis l'époque est plutôt favorable aux changements de société, non ?

Marianne hocha la tête. Il faut l'espérer, oui. Elle fit tourner le pied du verre entre ses doigts, but une gorgée, et ajouta :

— Mais si ça ne marchait pas, on sait toujours où ils se trouvent, les gamètes de Virgile.

Maître Lardet se consacra corps et âme à cette affaire. C'était un homme de confiance, honnête et travailleur, avec un goût certain pour le défi. Il commençait ses journées à 7 heures du matin, à la salle de sport, en courant ses neuf bornes sur un tapis roulant en caoutchouc – avec les années et la vie sédentaire, les kilos s'accumulaient vraiment trop facilement – puis il enchaînait avec les dossiers au cabinet, parfois avec un rendez-vous à l'extérieur, parfois aussi avec une plaidoirie au tribunal. Il n'avait ni femme ni enfants. Que des clients et sa vieille maman, chez qui il passait presque tous les jours après le boulot.

Marianne et lui s'étaient tout de suite entendus. Elle appréciait son dévouement et son caractère méticuleux, perfectionniste jusqu'à l'os, et lui était sensible à son tempérament de guerrière – une guerrière de l'amour, pensait-il – ainsi qu'à son port de tête et à ses fines taches de rousseur.

Souvent ils déjeunaient ensemble dans le quartier des Batignolles, à deux pas du cabinet de Maître Lardet, et ils discutaient de l'avancement du dossier – de cette veuve qui avait obtenu les gamètes de son défunt mari, de cette autre qui avait été déboutée – mais ils parlaient également de choses tout autres, de souvenirs d'enfance ou de paysages de vacances, et elle l'appelait désormais par son prénom.

Marianne alternait les états d'exaltation, persuadée qu'elle allait gagner, qu'elle mettait là tant d'énergie qu'il était impossible qu'on lui refuse les gamètes de Virgile – de quel droit ? –, et ceux où elle se trouvait totalement abattue, démotivée au point de ne plus pouvoir se lever le matin, l'impression de jouer contre Goliath. Dans ces moments-là elle ne pouvait s'empêcher de houspiller Maître Lardet, lui posant mille fois les mêmes questions.

— Dites-moi franchement, Ignace : c'est quoi la probabilité pour qu'on gagne et qu'on me restitue les gamètes de Virgile ? On fait tout ça pour rien, vous pensez ?

— Je fais tout ce que je peux pour que vous obteniez gain de cause, la rassurait-il. L'important, c'est vraiment que vous gardiez le moral.

Alors elle ouvrait le menu, le refermait presque aussitôt, vous avez raison, faut garder le moral, se battre, toujours, et au milieu du brouhaha de la brasserie elle commandait la seule chose qu'elle arrivait encore à manger parce que ça lui rappelait les soirées avec Virgile.

— Une salade César, s'il vous plaît. Avec beaucoup de croûtons.

Ignace Lardet, lui, parcourait rapidement la carte qu'il connaissait par cœur puis, s'adressant au serveur, il disait :

— La même chose mais sans croûtons ni sauce César. Juste un peu de balsamique.

Un copain journaliste avait contacté Marianne pour écrire un article sur elle. Elle avait d'abord refusé, n'étant pas du genre à déballer sa vie privée, mais Ignace Lardet lui avait suggéré de réfléchir, cela pouvait susciter un mouvement favorable dans l'opinion, il ne fallait pas négliger ce type de facteur. Un peu à contrecœur, Marianne avait donc rappelé le copain et ils avaient convenu d'un rendez-vous. Chez elle. Par chance il avait été délicat dans sa manière d'aborder le sujet et de lui poser les questions, l'article était bien mené, bien écrit. Et comme souvent lorsqu'on a un bon sujet, d'autres journalistes avaient appelé et il y avait eu d'autres articles. Tous abordaient les enjeux éthiques de l'insémination post-mortem, ils parlaient législation européenne, parlaient évolution des structures familiales et nouvelles parentalités, parlaient surtout de son histoire avec Virgile. De leur amour fou. Hors norme. Et puis de sa volonté à elle, de son courage. C'était un beau portrait de femme. Elle avait même eu droit à un sujet au 20 heures de France 2.

Plusieurs semaines passèrent ainsi, jusqu'à ce qu'on se lasse un peu de l'écouter et que l'hiver arrive. Un soir, le ciel s'était couvert de gros nuages sombres et les températures avaient chuté d'un coup. Chacun avait vite rejoint son chez-soi, les lampadaires avaient gelé, et les voitures cessé de circuler. Les cheminées fumaient comme jamais. Ce soir-là, il n'avait fallu que quelques heures pour que la ville se trouve couverte de neige et de silence.

Florence sortit la première du restaurant et Baptiste suivit, refermant la porte derrière eux. Dehors ils s'empressèrent de reboutonner leurs manteaux, d'enfiler gants et bonnets, puis ils frappèrent leurs mains l'une contre l'autre dans un clap clap ouaté.

— Quel froid, dit Florence. Heureusement qu'on ne va pas loin.

De la vapeur blanche se condensait devant sa bouche, il n'avait pas fait aussi froid depuis longtemps. Baptiste lui frictionna le dos avec tendresse, et tous deux rirent de bon cœur.

— Quelle bonne soirée on a passée, il est vraiment super ce resto.

Dans leurs veines coulait un bourgogne clair et brillant, ils étaient gais, légers, heureux d'être ensemble. Tandis qu'ils remontaient le boulevard de Clichy, Baptiste prit le bras de Florence, se serra contre elle. Il lui déposa un baiser à la commissure des lèvres, juste à l'endroit où avec les années la peau fait un repli tendre. Il trouvait ce détail charmant, terriblement émouvant aussi. Tout ce que l'on peut lire sur un visage qui se ride, les joies, les chagrins, la lassitude, tout ce qui s'imprime au fil des ans et que l'on ne peut plus cacher – quand tu vieillis, disait-il souvent, tu ne peux plus mentir sur qui tu es, c'est écrit sur ton visage.

Il n'était pas loin de minuit. Florence et Baptiste dépassèrent un couple avec une poussette où se trouvait un bébé emmitouflé dans une couverture ; on voyait juste ses deux grands yeux ahuris qui dépassaient. Il ne bâillait pas, ne braillait pas, avait le regard aussi fixe qu'un camé. La femme cavalait les deux mains agrippées à la poussette et le buste penché vers l'avant, une cigarette coincée entre les lèvres. Parfois elle disait un mot à l'homme alors la cigarette s'agitait de bas en haut, puis s'immobilisait à nouveau lorsqu'elle tirait dessus, abreuvée non-stop en nicotine. L'homme, lui, marchait à la traîne, légèrement titubant, et il répétait en boucle d'une voix débile :

— Jessi, marche pas si vite. Il est bien au chaud, ton petiot.

Quelques jours auparavant, Marianne avait appelé Florence.

— Ça n'a pas marché, avait-elle annoncé d'un ton étonnamment calme. Le Conseil d'État a rejeté ma demande.

Florence l'avait écoutée énumérer les arguments, ceux qui avaient motivé la décision, et elle avait compris bien sûr – *on ne fait pas naître délibérément un orphelin de père*, avait-on objecté, on évite également que *l'enfant devienne un substitut de l'homme décédé* –, mais en même temps elle n'avait pu s'empêcher de trouver ça dégueulasse. Qu'on lui refuse ça alors qu'ailleurs, en Espagne ou en Belgique par exemple, c'était possible.

— On ne me rendra pas les gamètes de Virgile, avait ajouté Marianne, ils vont être détruits. Dans peu de temps, d'après ce que j'ai compris.

Florence n'avait rien répondu mais à cet instant elle s'était sentie vriller, comme si d'un coup la raison s'était fait la malle, comme si à partir de là elle ne maîtrisait plus vraiment le reste de l'histoire.

— Ça va, Flo ? demanda Baptiste. Tu ne dis plus rien.

Ils étaient presque arrivés chez eux, toujours bras dessus bras dessous. Jessi et son bébé et le père bourré étaient loin derrière. Florence ralentit légèrement le pas, se serra un peu plus contre Baptiste.

— J'ai appelé Monique finalement, lâcha-t-elle. Je la vois demain à Port-Royal.

Baptiste pila net, se tourna vers elle.

— Comment ça tu as appelé Monique ? Mais t'es dingue ou quoi ! On en a parlé hier, ça peut te coûter ton poste à l'hôpital. Et probablement aussi ton droit d'exercer la médecine.

Ils avaient eu cette discussion la veille, c'est vrai, et ils s'étaient engueulés jusque tard dans la soirée. Ils s'étaient toutefois réconciliés avant de se coucher, tous deux s'accordant sur le fait qu'il valait mieux rester en dehors de ça. Alors pourquoi revenait-elle sur sa décision maintenant.

— Mais oui pourquoi, Flo ? C'est quoi ton délire ?

Elle ne répondit rien. Elle se tenait face à Baptiste, les deux mains enfoncées dans les poches, la tête rentrée dans les épaules. Frigorifiée. Baptiste la fixa un instant, il semblait attendre la suite, mais Florence prononça juste son prénom, Baptiste, écoute, avec l'air désolé de celle qui annonce une nouvelle difficile à encaisser. Il pinça alors les lèvres et son menton se mit à trembloter un peu, comme lorsqu'il était très ému. Il la connaissait si bien. Savait qu'elle irait jusqu'au bout si elle l'avait décidé.

Florence tenta de lui attraper la main, essaye au moins de comprendre, s'il te plaît, mais Baptiste se dégagea d'un geste vif.

— Non, laisse-moi Flo. Je rentre.

Ses pas claquèrent sur le trottoir et résonnèrent jusqu'en haut des immeubles, Florence eut l'impression qu'on n'entendait plus que ça. Un scooter passa à toute allure, et le conducteur et son passager beuglèrent des hourras d'alcoolos. Un couple se hâtait vers la station de métro, partageant une cigarette. Il y avait aussi un mec qui faisait son jogging en short et débardeur, un cinglé. Florence, elle, était complètement étourdie par ce qui venait de se passer. Elle remonta son écharpe jusqu'au-dessus du nez, souffla dedans pour se réchauffer. C'était la nuit la plus froide de l'année.

« Admis dans l'intérieur des maisons mes yeux ne verront pas ce qui s'y passe, ma langue taira les secrets qui me seront confiés. » Depuis qu'elle avait prêté serment à la faculté de médecine d'Amiens en 1994, Monique Rozan se récitait souvent ces mots d'Hippocrate. Elle était d'une droiture et d'une probité telles qu'elle n'avait eu aucun mal, au cours de sa carrière, à les appliquer à sa pratique médicale.

Quand elle raccrocha le téléphone, elle pensa à son père et à tout ce que Florence avait fait pour lui. C'était il y a plusieurs années déjà. Il souffrait alors d'une maladie dégénérative incurable – la maladie de Charcot – et il avait pu mourir chez lui, entouré de ses proches, en paix avec lui-même et avec la vie qu'il avait menée. On lui avait évité la chaise roulante, les escarres, l'élocution hasardeuse, les dents qui tombent et la bouche qui pue la mort. Florence Marchand l'avait accompagné jusque dans ses derniers instants, l'avait aidé à mourir en paix. Elle avait fait preuve d'une humanité hors du commun, avait pris des risques. Des choses qu'on n'oublie pas. Monique Rozan n'avait pas oublié, évidemment. Et elle avait toujours su qu'un jour ce serait elle qui tirerait Florence d'un mauvais pas.

Florence avait appelé Monique Rozan au moment de la pause déjeuner. Il fallait qu'elles se voient.

— Oui c'est urgent, dit Florence. C'est pour un patient. Enfin pas tout à fait, je t'expliquerai. Tu es libre aujourd'hui ?

Monique Rozan était gynécologue à Port-Royal et s'occupait principalement des fécondations in vitro ; de ce fait elle était bien connue au CECOS de Cochin, là où étaient conservés les gamètes de Virgile Lifar. Elles se donnèrent rendez-vous en fin de journée au café Bullier, à l'endroit où se rejoignent les boulevards du Montparnasse et de Port-Royal. De la terrasse du café on apercevait l'Observatoire, sa grande coupole blanche et ses galaxies lointaines à portée de lunette. Monique demanda un thé Lapsang Souchong. Florence, gênée de prendre un verre de vin toute seule, commanda un Perrier.

— Rondelle ? glaçons ? fit le serveur.

— Les deux, oui, merci.

Florence ne tourna pas autour du pot, en vint très vite aux faits. La mort de Virgile, les gamètes conservés au CECOS, et puis Marianne. Son projet d'insémination, la justice qui se mettait en travers. Oui, elle lui demandait une folie. Franchir la ligne. Se mettre hors la loi. Florence n'avait pas hésité, elle, lorsqu'il s'était agi d'aider son père.

— Tu te souviens ?

— Oui bien sûr que je me souviens.

Et de fait tout se bousculait dans la tête de Monique Rozan, le souvenir de son père, si beau même le jour de sa mort, les gestes qu'avait eus Florence, sa prévenance, son regard doux et pur, la façon dont elle avait posé la main sur celle de son père à l'instant fatidique – comment cette femme (et mère de famille) avait-elle pu mettre son intérêt personnel de côté au profit d'un intérêt qui lui paraissait, on suppose, supérieur ? Qu'est-ce qui avait poussé Florence à l'aider, à se mettre elle-même en danger ?

Le thé brûla la gorge de Monique Rozan, il avait un goût de feu de cheminée et d'aiguilles de pin. Tandis qu'elle avait le nez plongé dans sa tasse, un autre fragment d'Hippocrate vint s'enrouler autour des vapeurs de thé, embuant ses pensées – « ma langue taira les secrets qui me seront confiés et mon état ne servira pas à corrompre les mœurs ni à favoriser le crime ». Mais elle avait déjà basculé de l'autre côté. Rien qu'en acceptant ce rendez-vous avec Florence. Elle termina sa tasse, se leva, et remit son écharpe à grosses mailles.

— On se voit vite, dit-elle à Florence. Embrasse Baptiste pour moi.

Monique Rozan avait cinquante-quatre ans. Elle avait fait un rapide calcul dans sa tête, treize années encore avant la retraite. C'est long et c'est court, treize années. Elle ne comprenait pas exactement ce qui se passait, c'était pas mal embrouillé dans son cerveau, mais ses pas, eux, n'hésitaient pas – traverser l'avenue de l'Observatoire, au feu rouge entendre le scooter pétarader et sursauter, presser le pas, puis passer devant la maternité de Port-Royal, continuer encore un peu ; elle connaissait tout le monde au CECOS, elle avait les clés, savait les codes, Florence lui avait demandé de récupérer les gamètes du patient Lifar, Virgile, et bien que cela soit opposé à ses principes, à la majorité de ses principes disons, elle allait le faire.

Marianne était assise à l'arrière. Florence conduisait et Tatiana se trouvait à côté d'elle, à la place du mort, tenant sur ses genoux un petit chat noir aux yeux vert émeraude.

— Tu l'as appelé comment, celui-là ? demanda Florence. Il porte aussi le nom d'un de tes ex ?

Le chat miaula, vint se frotter à la poitrine de Tatiana.

— Haha pas du tout, répondit-elle. Celui-là je l'ai appelé Stromae. Même beauté, même fragilité. Ça lui va pas mal, non ?

Tatiana avait mis de grandes lunettes fumées et s'était noué un foulard de soie autour de la tête, comme Susan Sarandon dans *Thelma & Louise*, et tandis que le paysage défilait à toute allure elle tapotait son paquet de clopes sur le rebord du siège. Depuis qu'elle avait adopté ce chat, elle s'était remise à fumer comme une dingue.

Elle tourna le bouton de la radio, s'agaça aussi sec, tsst-tsst pas de blabla, on veut de la musique, nous. Elle tâtonna, fit grésiller le son en passant d'une chaîne à l'autre, et comme elle ne trouvait rien de convenable, elle ouvrit la boîte à gants et fouilla parmi les disques.

— Voilà, ça c'est parfait pour nous ! dit-elle en agitant l'une des pochettes en l'air.

Elle mit le disque, poussa le volume, et la voix éraillée limite cassée de Marianne Faithfull résonna dans l'habitacle, agrandissant l'espace d'un coup. *The morning sun touched lightly on the eyes of Lucy Jordan / in a white suburban bedroom / in a white suburban town.* Devant elles, la route était presque déserte. Aucune voiture, juste quelques poids lourds poussiéreux qui transportaient du matos informatique, des volailles mortes, des tulipes ou des cageots d'agrumes.

— Je m'identifie totalement, dit Tatiana.

— À qui ? demanda Florence.

— Bah à cette fille, Lucy Jordan. Écoute ce qu'elle dit là (elle monta encore le volume). *She could clean the house for hours / or rearrange the flowers / or run naked through the shady street / screaming all the way* : elle pourrait nettoyer la maison pendant des heures, changer l'eau des fleurs, tout ça, mais elle pourrait aussi bien se mettre à courir à poil dans la rue en hurlant. C'est génial. J'adore.

Elle se retourna vers Marianne, ajouta :

— T'es pas d'accord ?

— Si si, répondit-elle.

Et tandis que Tatiana continuait à fredonner, Marianne appuya son front à la vitre, partie pour rêvasser un moment devant le paysage.

Florence enfonça l'accélérateur et dépassa le poids lourd qui l'emmerdait depuis des kilomètres.

Elle pensa à sa mère, Suzanne Marchand. Les folies se transmettent de génération en génération, à ce qu'on dit. Florence, elle, avait tout fait pour tromper l'ennemi. Elle s'était organisé une vie aussi réglée qu'un protocole médical. Elle aimait voir sa maison nette et bien rangée, elle aimait les placards qui sentent le frais, les éviers rutilants, les vêtements repassés. C'était sa manière à elle de garder l'équilibre. Elle voulait des bouquets de fleurs qui ne pourrissent pas, des patients qui guérissent, un frigo toujours propre, des vacances prévues six mois à l'avance, ses enfants auprès d'elle. Maîtriser ce qu'elle pouvait. Garder le contrôle sur la vie. Ne pas sortir du cadre.

Pourtant, à présent, elle roulait à cent quarante sur cette autoroute avec Marianne et Tatiana à ses côtés, elle ne savait pas exactement où tout ça la mènerait et, il faut bien le dire, elle en éprouvait une certaine jubilation. Je dois quand même être un peu cinglée, pensa-t-elle en doublant maintenant un mobile home pourri. Elle qui attachait tant d'importance à la famille – à *sa* famille – elle était en train de risquer gros pour cette jeune femme, Marianne, qu'elle connaissait à peine. Pour qu'elle puisse avoir son bébé. Comme quoi, les fêlures anciennes finissent toujours par ressurgir. Quoi qu'on fasse. Quoi qu'on fasse pour les enfouir, pour les enterrer au loin.

Elle jeta un œil au compteur, ralentit un peu, mais pas trop, car elle avait la sensation de libérer quelque chose en elle, de *se* libérer – cette obsession infernale de tout maîtriser. Elle se souvint alors des extravagances de sa mère, son irrévérence, sa liberté. Soupira. Pourquoi la mélancolie, si tenace et si vorace, insoutenable, l'avait-elle emporté sur le reste.

Florence mit son clignotant et bifurqua vers l'aire de repos.

— On s'arrête un peu ? dit-elle. Faut que j'aille pisser, pas vous ?

— Si si, dit Tatiana qui gratouillait le cou de son chat. Elle se retourna vers Marianne. Ça va derrière ? On t'entend plus.

Elle sourit, baissa la musique. Marianne s'était assoupie, le front appuyé contre la vitre froide.

— Y a pas un péquin ici, dit Tatiana. C'est royal.

Elle claqua la portière, fit quelques pas sur le parking désert pour se dégourdir et aussitôt fut saisie par le vent glacial.

— On peut dire que t'as choisi ton week-end, lança-t-elle à Florence. Quelle caillante, bordel.

Florence réveilla doucement Marianne et toutes deux sortirent à leur tour, s'emmitouflant dans leurs écharpes. Elles s'empressèrent de rejoindre la station-service pour aller se mettre au chaud. Lorsqu'elles entrèrent, le jeune type derrière la caisse ne bougea pas, absorbé par son téléphone portable.

— J'espère que vous avez du bon café ici, dit Tatiana pour le faire réagir.

Il leva les yeux, l'air abruti, et d'un coup de menton indiqua la machine qui se trouvait dans le coin de la boutique.

— Mais vous pouvez pas prendre de cappuccino, dit-il. Y a plus de lait dans la machine.

Tatiana lui lança un clin d'œil en levant le pouce, fit couler trois expressos et toutes les trois s'installèrent au comptoir devant la vitre, avec leurs gobelets fumants. Dehors, le vent glacial soulevait des papiers gras et quelques feuilles mortes. Les pompes à essence semblaient hors d'état de fonctionner. Comme si la station était désaffectée.

— Tu sais que j'ai pas remis les pieds dans cette maison depuis que j'y ai dispersé les cendres d'Yves-Claude, dit Tatiana, le regard flottant. Ça me fait quand même bizarre d'y retourner.

— C'est bien que tu ne sois pas toute seule du coup, dit Florence, lui posant une main sur le genou.

Tatiana mit quelques pichenettes dans son sachet de sucre, versa les petits grains sur sa langue, laissa fondre doucement.

— Oui, c'est bien que vous soyez là.

Elles arrivèrent à Perros-Guirec dans l'après-midi. La vieille maison de famille semblait les attendre. Quand Florence coupa le contact, on entendit le cliquetis du moteur durant quelques secondes – puis le silence. Juste leurs souffles tièdes flottant dans l'habitacle. Tatiana ouvrit sa portière et lâcha Stromae à ras de terre, il détala aussi sec.

— Hello tout le monde, lança-t-elle au paysage, puis elle se dirigea vers le vieux prunier au fond du jardin.

Elle respira l'odeur sèche de l'hiver. Ça sentait le bois brûlé et l'algue échouée. La mer était à marée basse. Elle posa sa paume contre le tronc et resta un moment ainsi, à se recueillir. Stromae, lui, explorait le jardin à coups de grandes foulées élastiques, il allait et venait d'un côté à l'autre, surexcité, comme désorienté. Tatiana finit par s'allumer une cigarette, appela son chat :

— Tu viens Stromae ? Je voudrais te montrer un truc.

Elle s'accroupit et épousseta le galet qu'elle avait placé là pour marquer l'endroit.

Le soir, elles eurent droit à un festin de homards et de grosses crevettes. Tatiana était allée chercher ça chez un copain du coin, pêcheur à ses heures.

— Les homards, je les fous d'abord au congèl pour les anesthésier avant cuisson, dit Tatiana. Je peux pas supporter, sinon.

Elle retira la bouteille de champagne qu'elle avait mise à rafraîchir, y casa les homards à la place.

— Hein Flo ? C'est une bonne idée, l'anesthésie au froid ?

Sans attendre la réponse, elle déboucha la bouteille et servit trois coupes à ras bord.

— Bon on y va les filles ? Je commence à me déshydrater, moi.

Florence attrapa les verres, en tendit un à Marianne et toutes trois trinquèrent.

— À Virgile, à nous.

Tatiana jeta quelques bûches dans la cheminée, du papier journal, enflamma le tout, et elles s'assirent devant l'âtre avec leurs coupes de champagne. Personne n'avait vraiment envie de parler. On se contenta de regarder le bois crépiter, se tordre, puis les flammes grandir dans la cheminée.

Après le dîner, emmitouflées dans leurs manteaux et leurs grosses écharpes, elles allèrent au jardin et s'allongèrent sur des transats déglingués. Le ciel était bourré d'étoiles. La bouteille de rhum ambré s'évapora assez rapidement, sans doute pour maintenir les températures corporelles à un niveau décent. Tatiana chercha plusieurs fois la Grande Ourse, puis Cassiopée, puis Orion, mais elle ne vit rien, rien du tout, c'était si flou partout.

— Je crois que je suis pétée les filles, finit-elle par dire, je vais aller me coucher.

Florence se leva pour l'embrasser, bonne nuit ma biche, dors bien, puis elle vint s'asseoir à côté de Marianne. Celle-ci ne disait rien mais son anxiété était palpable.

— Ça va bien se passer, lui dit Florence. Faut pas que tu t'inquiètes.

Marianne renifla, s'essuya le nez du revers de la main. Alors Florence la serra contre elle. Caressa doucement sa joue. Puis elle posa ses lèvres sur son front. Il y avait là des effluves de rhum et de peau douce, une odeur de feu de bois dans les cheveux, et des sentiments qui se frôlent. Malgré le froid glacial elles restèrent un long moment dehors, comme ça, serrées l'une contre l'autre. Le temps filait délicatement, sans faire de bruit. On entendait juste les bestioles s'agiter dans les buissons, le ressac de la mer au loin. Elles virent plusieurs étoiles traverser la voûte céleste, laissant derrière elles une trace incandescente, et chaque fois elles firent le même vœu. Virgile était partout. Dans chaque bout de ciel, chaque scintillement d'étoile, chaque coup de vent, chaque éclat de lune.

Marianne s'est éveillée avant l'aube, à l'heure où les formes sont encore grises et imprécises. Elle a dormi d'un sommeil fragile, seule dans les draps froids et humides, se réveillant souvent – ce volet qui grince, ce courant d'air qui passe sous la fenêtre, l'odeur de vieille maison, le silence assourdissant de la campagne. Le givre a dessiné aux fenêtres des motifs délicats. Marianne entend quelques oiseaux sautiller jusqu'à la mangeoire, donner des petits coups de bec dans le récipient en métal, puis s'envoler d'un claquement d'aile sec. Alentour la campagne est gelée, encore nimbée de brouillard matinal. Il y a juste quelques nuages suspendus çà et là, des cumulus blancs et mousseux qui ressemblent à des flocons de chantilly.

Florence s'affaire à la cuisine pour préparer le petit déjeuner – lard grillé, œufs brouillés et pain de mie beurré. Elle pose la cafetière sur la table, sourit lorsque Marianne paraît.

— Pas trop mal dormi ? demande-t-elle. Tiens, sers-toi. Le café est chaud.

Marianne s'assied à la grande table familiale et se verse une tasse, se brûle un peu la langue.

— Tatiana n'est pas là ? demande-t-elle tandis que Florence lui tend une assiette avec des œufs et du lard.

— Elle est chez le voisin, à la ferme d'à côté. Y a un petit veau qui va naître, alors elle donne un coup de main.

Marianne porte à nouveau la tasse de café à ses lèvres, et Florence capte alors la grâce qui se dégage de cette jeune femme – son regard lumineux, ses taches de rousseur si fines qu'elles semblent éclaboussées au pinceau, et ses lèvres couleur groseille, protégées du froid par un baume transparent. Elle a aussi autour du cou un bijou ancien – un ovale vermeil entouré de petits rubis – qui lui donne un côté parfaitement intemporel.

Un peu plus tard, lorsque le soleil est tout à fait levé, Florence demande à Marianne si elle est prête. Quelques braises faiblardes rougeoient encore dans la cheminée. Oui. C'est bon. On peut y aller.

Florence se désinfecte les mains puis sort le petit tube du congélateur, le cathéter de son emballage stérile. Marianne, elle, est allongée sur le vieux canapé du salon et pense à tous ceux qui ont dû s'installer là pour rêvasser, refaire le monde, piquer un somme ; elle pense à tous les gamins de la famille qui ont dû sauter dessus à en faire péter les ressorts. Elle pense aussi à Virgile, évidemment. Virgile dont elle s'apprête à porter en elle autre chose que la mort et les souvenirs. Alors elle ferme les yeux, inspire profondément, et prie tous les dieux et tous les sorciers de la terre pour que ça marche.

Florence, au même instant, lui appose une main sur le ventre. Elle introduit le cathéter tout doucement. Puis la rassure – ça y est, c'est fait.

Dans la ferme d'à côté, Joseph, le vieux paysan aux mains calleuses, a rapporté de la corde et un grand bidon d'huile d'olive. La vache couleur acajou, avec ses six cent vingt-cinq kilos et sa douleur, peine à respirer. Ça ne vient toujours pas. Le petit veau est coincé à l'intérieur. On voit très bien le bout des petites pattes qui ont réussi à franchir la vulve et dépassent à l'extérieur, mais elles restent comme ça, rassemblées tel un bouquet, tout à fait immobiles. Joseph se badigeonne l'avant-bras d'huile d'olive et l'introduit à l'intérieur. Il farfouille, tente de dégager l'animal, mais comme ça ne bouge toujours pas il ficelle les pattes avec de la corde et tire dessus. D'abord doucement puis plus franchement. Le front moite de sueur il se retourne alors vers Tatiana et gueule, tu peux m'aider Titou j'y arrive pas, et tous deux se mettent à tirer en même temps, avec force. Après plusieurs tentatives ils parviennent enfin à extraire le veau, et Joseph le traîne sur deux ou trois mètres pour l'éloigner de sa mère, avant de lui vider un seau d'eau sur la tête. Le petit veau, tout moche et tout fripé, tressaille. Joseph lui agite un brin de paille devant les narines, l'animal remue le museau, hésite un peu, finalement attrape la paille et se met à la mâchonner fébrilement. Il a les oreilles toutes gelées.

Marianne s'est assoupie sur le canapé. Florence lui a surélevé les jambes et l'a couverte d'un plaid en polaire. Plusieurs fois Marianne a semblé rire dans son sommeil, murmurant des bouts de phrases sans queue ni tête.

Florence a remis des bûches dans la cheminée et elle a préparé un gâteau avec les pommes du jardin. L'odeur de beurre cuit et de cannelle embaume la maison. Une fois le gâteau enfourné, elle a nettoyé les différents ustensiles, les a séchés avec minutie, et a remis chaque chose à sa place.

Tatiana paraît sur le pas de la porte, frottant énergiquement ses bottes sur le paillasson. Elle a l'air exténuée mais elle sourit, des brins de paille encore coincés dans les cheveux. Elle fait une bise à Florence, s'allume une cigarette.

— Ça y est ? C'est fait ?

Florence acquiesce d'un bref mouvement de tête.

— Et t'as fait un gâteau en plus ? dit Tatiana. Elle l'embrasse sur l'autre joue, se marre. Notre mère à toutes !

Lorsque Marianne ouvre les yeux, il y a quelques secondes durant lesquelles elle ne sait plus où elle se trouve. Son regard s'attarde sur la fissure au plafond. Sur la table basse. Puis sur les braises dans la cheminée. Les voix de Florence et de Tatiana s'amplifient peu à peu, prennent forme.

— Ça y est t'es réveillée, Marianne ? dit Tatiana en s'asseyant sur l'accoudoir du canapé. Tu ne viendrais pas respirer un peu l'air de la mer ? On n'est pas là pour feignasser, après tout !

Marianne se redresse doucement tandis que Tatiana sort du placard trois paires de bottes, des cirés et des seaux.

— Allez les filles, on va ramasser des coques, dit-elle. Et se tournant vers Florence : j'ai déjà remporté trois fois le championnat interrégional de ramassage de coques, tu savais ?

La plage à marée basse est immense – et déserte. Tatiana est partie devant, avec son grand seau et sa volonté d'en découdre. Il faut dire que cette fille se bat même quand il n'y a pas d'ennemi. Il n'y a que les victoires qui l'intéressent.

Florence marche aux côtés de Marianne d'un pas tranquille, en silence, leurs épaules se touchant parfois. La lumière d'hiver est douce et pâle, le ciel bleu poudré. Le vent s'est levé. Il emmêle les cheveux et gerce les lèvres. La peau de Marianne, sous ses fines taches de rousseur, commence à rosir de froid. On entend le bruit des coquillages et des couteaux qui craquent sous le caoutchouc des bottes, et puis on voit çà et là des restes d'écume, dispersés sur la plage, et qui avec le vent font comme des petits paquets de mousse tremblotante. Florence et Marianne ne disent rien. Elles respirent les embruns. Regardent les mouettes qui se chamaillent ou pataugent dans les flaques.

— Ça va ? dit Florence, doucement.

Marianne hoche la tête, esquisse un sourire. Florence comprend qu'elle fait attention. À ne pas trop bouger, trop faire d'efforts.

— Attends-nous là si tu veux, et on se retrouve après.

— D'accord, dit Marianne, qui s'assied sur le sable humide, en tailleur.

Florence marche quelques mètres et se retourne pour lui faire un petit signe de la main. Marianne sourit en retour, frissonne à cause du vent. Elle resserre son écharpe puis regarde un long moment vers la mer. Ses cheveux lui chatouillent le visage, parfois viennent se coincer entre ses dents. Elle se replace plusieurs mèches derrière l'oreille, et se met à tracer des dessins dans le sable, avec son index.

Marianne pense à Alice, qui avait tout de suite su qu'elle était enceinte d'elle. C'est du moins ce qu'affirme la légende familiale. Elle avait aussi toujours voulu que Marianne l'appelle par son prénom, jamais *maman* ; un truc qu'elle avait hérité de 68, l'égalité entre les générations, la vieille autorité remisée au placard, et que Marianne n'avait jamais vraiment compris, même si elle s'y était habituée avec les années.

À l'autre bout de la plage, Tatiana accumule les coques dans son seau. Elle repère aussi les petits trous qui indiquent la présence de couteaux enfouis dans le sable, et on la voit s'accroupir devant, plonger une main dans la poche de son ciré, puis jeter quelques grains de gros sel dessus. Avec cette technique il suffit de quelques secondes pour que le mollusque sorte du sable, lentement mais sûrement, et que l'on entende Tatiana s'exclamer :

— Ah j'adore ! C'est magique !

Elle attrape alors le couteau, le fourre dans son seau, et crie aux filles :

— J'en ai eu plein ! Sautés à l'ail, ça va être génial !

Marianne a les fesses humides. Elle commence à avoir froid. Elle se lève et se met à arpenter la plage elle aussi. Elle ramasse quelques coquillages, ceux qui ne sont pas trop abîmés, et s'amuse à écraser les couteaux vides. Elle adore le craquement léger que ça fait sous ses pieds. Elle se baisse ensuite pour recueillir un petit crabe, le laisse courir un peu au creux de sa paume, puis elle le redépose sur le sable, le regarde filer cahin-caha. Il lui manque une patte, à celui-là. Mais ça ne l'empêche pas de poursuivre son chemin.

La mer commence à remonter. Tatiana crie que son seau est presque plein, les filles ont intérêt à se grouiller si elles veulent faire mieux qu'elle. Florence se moque gentiment, c'est pas la peine, t'es la meilleure ma biche, après quoi elle ramasse une bouteille en plastique à moitié écrasée et une vieille sandale abandonnée. Quelques mètres plus loin, une mouette est en train de becqueter un sachet de supermarché, hargneuse.

— Terminé ! crie alors Tatiana en levant son seau. Terminé !

Florence applaudit joyeusement, la rejoint à petites foulées. Toutes deux rient de bon cœur et se mettent à improviser une gigue, les mouvements un peu gauches à cause de leurs bottes. Les mouettes tournoient au-dessus d'elles et s'égosillent comme des dingues.

En voyant les filles danser au loin comme ça, le visage de Marianne s'éclaire. Elle a son joli sourire, les yeux brillants, le cœur à sa place. Elle glisse quelques coquillages dans sa poche, et regarde vers la mer – à cet instant, l'horizon est parfaitement dégagé.

REMERCIEMENTS

Un merci tout particulier à Constance Trapenard pour sa confiance, et pour son enthousiasme si précieux.

Merci également à Maylis de Kerangal pour ses conseils lors de l'écriture de ce roman, et à Laurence Tardieu pour sa lecture avisée.

De la même auteure :

Babylone Underground, Serge Safran éditeur, 2015.

PAPIER À BASE DE FIBRES CERTIFIÉES

Le Livre de Poche s'engage pour l'environnement en réduisant l'empreinte carbone de ses livres. Celle de cet exemplaire est de :
200 g éq. CO_2
Rendez-vous sur www.livredepoche-durable.fr

Composition réalisée par NORD COMPO

Achevé d'imprimer en France par
CPI BRODARD & TAUPIN (72200 La Flèche)
en mai 2021
N° d'impression : 3043585
Dépôt légal 1re publication : juin 2021
LIBRAIRIE GÉNÉRALE FRANÇAISE
21, rue du Montparnasse – 75298 Paris Cedex 06

33/8223/0